古典文獻研究輯刊

二五編
曾永義 主編

第2冊

宗教與古代文學藝術及人倫（下）

田若虹、邵蘇南 著

國家圖書館出版品預行編目資料

宗教與古代文學藝術及人倫（下）／田若虹、邵蘇南 著 -- 初

版 -- 新北市：花木蘭文化事業有限公司，2022〔民111〕

目 4+194 面；19×26 公分

（古典文學研究輯刊　二五編；第2冊）

ISBN 978-986-518-784-2（精裝）

1.CST：中國古典文學 2.CST：宗教文化

820.8　　　　　　　　　　　　　　　　　110022404

ISBN-978-986-518-784-2

9 789865 187842

古典文學研究輯刊

二五編　第 二 冊　　　　　　ISBN：978-986-518-784-2

宗教與古代文學藝術及人倫（下）

作　　者　田若虹、邵蘇南
主　　編　曾永義
總 編 輯　杜潔祥
副總編輯　楊嘉樂
編輯主任　許郁翎
編　　輯　張雅淋、潘玟靜、劉子瑄　美術編輯　陳逸婷
出　　版　花木蘭文化事業有限公司
發 行 人　高小娟
聯絡地址　235 新北市中和區中安街七二號十三樓
　　　　　電話：02-2923-1455／傳真：02-2923-1452
網　　址　http://www.huamulan.tw 信箱 service@huamulans.com
印　　刷　普羅文化出版廣告事業
初　　版　2022 年 3 月
定　　價　二五編 19 冊（精裝）台幣 48,000 元　　版權所有·請勿翻印

宗教與古代文學藝術及人倫(下)

田若虹、邵蘇南　著

目

次

參、宗教與古代小說文化（二）

　　道教對文學的影響。小說方面，道教的流行直接促成六朝志怪小說的繁榮，唐傳奇中的部分作品仍未離搜神志怪的傳統，明清的大量神魔小說多表現神仙濟世的主旨。詩歌方面，則促成遊仙詩的興起和山水詩的繁榮。

一、《說苑・至公、正諫》的文化內蘊

（一）楚地民間巫歌之於楚辭

　　游國恩在《中國文學史》中曾指出：「楚國民歌，如《子文歌》《楚人歌》《越人歌》《滄浪歌》等，都是楚國較早的民間文學……後來便成為楚辭的主要形式」。〔註1〕《說苑・至公、正諫》篇即為這種楚地民間的巫歌。楚國巫風盛行，民間祭祀必使巫覡「作歌樂鼓舞以樂諸神」，充滿了原始的宗教氣氛。《離騷》的巫咸降神，《招魂》的巫陽下招，以及《楚辭》中詩人自我形象的塑造和高貴品德的象徵，乃至豐富的神話故事的運用，即彼時巫風的表現。這種原始宗教的巫風對屈原的作品產生了直接影響。《呂氏春秋・侈樂篇》曰：「楚之衰也，作為巫音」。這種具有巫音色彩的詩歌亦即「楚辭」。

　　南音之於楚辭：楚辭體詩歌是屈原的新創造，然而它並非憑空產生，它對於文化和文學的繼承與取鑒與楚國的區域性文化關聯密切。春秋戰國時代，楚國是南方的大國，佔有江淮流域的廣大地區，它在政治、文化上，雖然早已與中原地區有了交往，但在很大程度上還一直保持著自己的文化傳統。在宗教、民俗、詩歌、樂舞等各個方面，都有自己獨立的特色。當時書楚語、作

〔註1〕游國恩：《中國文學史》（一），人民文學出版社，1990年版，第九十頁。

楚聲、紀楚地、名楚物之《楚辭》正是在我國南方區域性文化基礎上發展和產生出來的。

（二）《楚人歌》儒家尚賢之文化意蘊

遠在周初，江漢汝水間的民歌如《詩經》中的《漢廣》《江有汜》等篇都產生在楚國境內。其他文獻也保存了不少的楚國民歌，如《子文歌》《楚人歌》《越人歌》《滄浪歌》等，楚國歌詞中每句或隔句的末尾用一個語助詞，如「兮」、「乎」、「思」之類。已成為其後《楚辭》的主要表現形式。

《楚人歌》曰：「薪乎萊乎？無諸御己訖無子乎？萊乎薪乎？無諸御己訖無入乎！」〔註2〕這首楚人寫的詩歌表達了楚人對諸御己無畏精神的崇敬與讚揚。諸御己面對楚莊王「築層臺，延石千重，延壤百里……民之釁咨血成於通塗」，「大臣諫者七十二人皆死矣」而臣莫敢諫者之境況，堅持策略地而又無畏地向莊王進諫：

> 竊聞昔者虞不用宮之奇而晉並之，陳不用子家羈而楚並之，曹不用僖負羈而宋並之，萊不用子猛而齊並之，吳不用子胥而越並之，秦人不用蹇叔之言而秦國危，桀殺關龍逢而湯得之，紂殺王子比干而武王得之，宣王殺杜伯而周室卑；此三天子，六諸侯，皆不能尊賢用辯士之言，故身死而國亡。

他的真情與言辭終於打動和說服了莊王「用子之諫」，並令曰：「有能入諫者，吾將與為兄弟」。遂解層臺而罷民。全詩共兩章。詩中用燃燒的雜草來起興。「薪乎萊乎」，對為民請命的諸御己表達了讚揚與感激之情。起興句與其後的「無諸御己訖無子乎」，「無諸御己訖無入乎！」句，有著比喻和聯想的作用。諸御己就像點燃的薪草一樣，使莊王打開了納諫大門，而得以造福於民。敘事、抒情與議論在這首詩中融為一體。全詩共二十四個字，結構緊湊，內容和詞句相同，僅易「子」、「入」，二字，這種淳樸自然的藝術風格是其樸實生活與願望的反映。詩中「子」，即為諸御己解救之處於患難中之民眾；「入」指納諫者之事。歌詞表達了對諸御己熱愛的強烈情感，情由中發，充滿了濃鬱的鄉土氣息。

（三）《子文歌》法家抱法處勢之文化意蘊

《說苑・至公篇》令尹子文在維護法制執法不阿方面，給當時的楚國作

〔註2〕劉向：《說苑・正諫》卷九。

出了表率。子文的一個族人犯了國法，廷理將其拘捕起來。後來聽說是令尹的族人，就將其釋放了。子文得知，即召來廷理，譴責他「棄法而背令」，「為理不端」，「心懷不公」，「駁於法也」。是「執一國之柄而以私聞」。子文並「致其族人於廷理」，表示「不是刑也，吾將死！」這種大義刑親的行動，受到了「國人」的極力讚揚。乃相與作歌曰：「子文之族，犯國法程，廷理釋之，子文不聽，恤顧怨萌，方正公平」。

這首楚地民歌表達了楚人對大公無私、秉公執法的令尹子文的高度讚美。此歌雖僅二十四字，卻凝聚著深刻的思想文化意蘊。子文的清廉為「公」、憂國「恤民」的精神，在楚國貴族中堪稱典範。在當時他國的名卿要人中，也很少能有可與匹敵者。故明人周聖楷稱許其賢能說：「當時齊、魯諸名卿，可一、二見耳，何能望之後世之為相者乎」。

先秦法家的集大成者韓非主張「抱法處勢則治，背法去勢則亂」。〔註3〕他指出：「法令行而私道廢矣。私者，所以亂法也」；「能去私曲就公法者，民安而國治。能去私行行公法者，則兵強而敵弱」；「能去私曲就公法者，民安而國治。能去私行行公法者，則兵強而敵弱」。戰國初期楚國的吳起主張「明法審令」，厲行「使私不害公」之「法治」。商鞅要求明「公私之分」，主張「任法去私」，反對「釋法任私」。他稱讚堯、舜、三王、五霸「皆非私天下之私也，為天下治天下也」。並指責「今亂世之君臣」，「皆擅一國之利，而管一官之重，以便其私，此國之所以危也」。這正是楚令尹子文主張法制的思想基礎及理論依據。

法家思想中，關於「刑無等級」，「法不阿貴」的主張，更是被認為具有平等的色彩。《管子》說：「尺寸也，繩墨也，規矩也，衡石也，斗斛也，角量也，謂之法」；〔註4〕「法律政令者，吏民規矩繩墨也」。〔註5〕在《尚書》《秦誓》《微子》中亦多有此類關於嚴明法度的記載。在兩千多年以前，法家提出的這些主張，是非常可貴的，當時法家思想家已經認識到，法是用以規範和衡量人們行為的客觀、公正的準則，將法度看得十分重要。儘管他們的政治主張是為當時地主階級建立中央集權制度服務的，但褪去濃烈的階級、時代烙印，而從單純政治學原理的學術意義上探討，我們不得不讚歎其卓越的文化貢獻了。

〔註3〕韓非：《韓非子·難勢》。
〔註4〕管仲：《管子·七法》。
〔註5〕管仲：《管子·七臣七主》。

《說苑‧至公》中，塑造的楚國令尹子文對於廷理因為其令尹之族，故「棄法而背令而釋犯法者」之舉動極其憤慨不滿，指責這是「為理不端，懷心不公也」。甚至提出要以身殉法，致使「廷理懼」，悔悟，「遂刑其族人」。其大義滅親之舉令國人感動不已。成王、廷理之類踐踏法律尊嚴的封建社會的普遍現象，在這首詩裏得到了深刻的藝術反映。

子文形象之文化意義不僅在於表現了當時法家對於修明法制、富國強兵的強烈願望，亦在於現今之觀照意義。其對於那些身居要位，結黨營私、破壞法度、聚斂財貨，將法律玩弄於股掌之中之「國蠹」不無鞭撻諷刺意義。這一文化思想亦直接影響到戰國後期屈原的美政理想，灌溉了屈原。楚辭中，屈原的「繩墨觀」，即是其美政思想的一個重要內容：

> 惜往日之曾信兮，受命詔以昭時。奉先功以照下兮，昭法度之嫌疑。國富強而法立兮，屬貞臣而日娭。（《惜往日》）

> 舉賢而授能兮，循繩墨而不頗（《離騷》）

屈原造作的憲令被扼殺在搖籃中，屈原也因而遭到放逐，但他並未因此而改變實現美政的理想：

> 亦余心之所善兮，雖九死其猶未悔。

> 雖體解吾猶未變兮，豈余心之可懲。（《離騷》）

《子文歌》從思想與形式上對《楚辭‧離騷》產生了深刻的影響。

（四）《滄浪歌》《接輿歌》道家隱退全身之文化意蘊

《接輿歌》與《滄浪歌》述隱士之識、詠隱居之樂，是春秋後期楚地道家思潮形成與勃興時的產物。道家以「道」為核心，以清淨自然、返樸歸純為旨歸，兼有養生與治國兩方面的內容，如在《莊子》《楚辭》中就有充滿對仙域之境的種種描繪，哲學內涵尤為豐富。

《滄浪歌》又名《孺子歌》初見於《孟子‧離婁上》：

> 有孺子歌曰：「滄浪之水清兮，可以濯吾纓；滄浪之水濁兮，可以濯吾足。」孔子曰：「小子聽之，清斯濯纓，濁斯濯足矣，自取之也」。

《楚辭‧漁父》亦曾記曰：

> 屈原既放，遊於江潭，行吟澤畔，顏色憔悴，形容枯槁。漁父見而問之曰：「子非三閭大夫與？何故至於斯！」屈原曰：「舉世皆濁我獨清，眾人皆醉我獨醒，是以見放！」漁父曰：「聖人不凝滯於

物，而能與世推移。世人皆濁，何不淈其泥而揚其波？眾人皆醉，何不餔其糟而歠其醨？何故深思高舉，自令放為？」屈原曰：「吾聞之，新沐者必彈冠，新浴者必振衣；安能以身之察察，受物之汶汶者乎！寧赴湘流，葬於江魚之腹中。安能以皓皓之白，而蒙世俗之塵埃乎！」漁父莞爾而笑，鼓枻而去，乃歌曰：「滄浪之水清兮，可以濯吾纓。滄浪之水濁兮，可以濯吾足」。遂去不復與言。

　　這首歌在楚地流傳久遠。隱士漁父在勸說屈原與世浮沉、隱退全身之後，即唱這首歌鼓枻而去。歌辭述隱士之識、詠隱居之樂，正是道家思潮和隱逸思想於春秋後期在楚地形成後的產物，具有鮮明的時代感和地域性。它雖是寥寥短章，但全篇皆為偶句，而且句式長短交錯、整體又勻稱統一，顯示出「南風」楚歌發展成熟的形態。

　　《接輿歌》同《孺子歌》一樣，也是人們熟知的「南風」名作。如果說《孺子歌》在形式上接近《楚辭‧離騷》的話，《接輿歌》則在形式上更類似於《楚辭‧九歌》。

　　《接輿歌》初見於《論語‧微子》：

　　　　楚狂接輿歌而過孔子，曰：鳳兮鳳兮！何德之衰！往者不可諫兮，來者猶可追也！已而已而，今之從政者殆而！

　　接輿是楚國隱士，因躬耕自食、佯狂不仕而被稱為楚狂人。孔子率弟子周遊列國，企圖說服諸侯，恢復周朝舊禮治，終因不合潮流而受到冷遇，他來到楚國時，接輿作歌嘲諷。這首嘲諷孔子不識時務、徒勞無益的楚歌，雖然是即興詠唱的民歌，卻顯示出較高的藝術性。它不僅保持了楚歌參差不齊的句式和多用助詞的特色，而且採用了對偶的修辭手法，使得辭句既富於變化又整飭和諧，既簡潔明瞭又寓意豐厚。「往者不可諫兮，來者猶可追也」兩句，對偶工整，文辭簡明，涵有綿邈之思，托出高遠之志，成為後世吟詠不絕的警句格言。

　　以上《楚人歌》與《子文歌》等，形象地闡述了戰國時期政治家的觀點和學說，其思想文化意義遠遠超出了這些故事的本身。從中我們可以取鑒富有教育意義的東西。〔註6〕

〔註6〕田若虹：《〈說苑‧善說〉的文化內蘊──兼及〈至公〉〈正諫〉》，《藝文論稿》
　　　第一輯「說部文化偶談」，《中國戲劇出版社》2007年9月。

二、俞達與《青樓夢》

清道光末年，《紅樓夢》續作及翻案者奮起，各竭智巧，使之團圓，久之，乃漸盡興。《紅樓夢》筆意，故遂一變，特以談釵黛而生厭，因改求佳人於娼優，知大觀園者已多，則別闢情場於北里。〔註7〕俞達的《青樓夢》即為此類代表作之一。無論從創作素材、藝術構思、敘事模式、亦或創作思維，其皆以《紅樓夢》為範本，刻意模仿之。它寄託了作者人生幻滅之感，抒發了其感士不遇之情。《青樓夢》亦祖述漢代仙話，假虛作實，以幻作真，將寶黛人間悲劇演為仙界大團圓結局，遂使千人一哭、萬豔同悲之紅樓夢，化為其樂融融的仙界青樓團圓之夢。《青樓夢》學《紅樓夢》那文章的旖旎和纏綿，倒是頗有所得，然而成就相當有限。未能臻於感悟和探索人生及其價值的哲理深度。作者為才力識學所限，終不能得紅樓之精髓。但該書對瞭解封建社會末世的士子心態，具有一定的認識價值。

據本人調查，《青樓夢》目前存三種版本。版本一：《繪圖繡像青樓夢》巾箱本，由上海四馬路中央書局發兌，光緒乙未冬月（1895）上海書局石印，共八冊。其裝訂封面上分別標有天、地、元、黃、宇、宙、洪、荒字樣。首頁題「繡像繪圖青樓夢」，乙未冬日於若川署。此外有序言二：其一，光緒四年戊寅（1878）重九梁溪釣徒瀟湘館侍者翰飛弟鄭弨拜語於吳門旅次；〔註8〕其二，光緒四年戊寅古重陽日金湖花隱倚裝序於蘇臺行館。版本二：《青樓夢》，共十冊。首頁有「揚州陳恒和書林左衛街」印，背頁則有「申報館仿袖珍板印」字樣，亦有兩篇序言。所不同者，其將花隱倚裝之序置於弁首；將「鄭弨」之名易作「鄒弢」。版本三：《繪圖青樓夢全傳》，亦為巾箱本，共六冊。民國二年（1913）孟春廣益書局印行。亦有序言二，提綱及夾評。與前書所不同者，序一署為「光緒三十有一年歲次乙巳寒食節後三日序於澄江客次之行館」，序二亦然。在各回目下皆標有「鱉峰真山人著，梁溪瀟湘館侍者評」字樣。以上三種版本皆為六十四回本。〔註9〕除此之外，尚有光緒戊子（1888）文魁堂刊小本，未見。

鄒弢與《青樓夢》之作者——俞吟香，為患難之交。鄒弢稱：「余幼作客歷館脣門幾及十年，所交亦眾，惟趨炎逐熱俱非同心，獨吟香一人可共患難。

〔註7〕參見魯迅：《中國小說史略》第二十六篇。
〔註8〕上述三種版本，皆存於上海圖書館古籍館。
〔註9〕鄒弢：《弍借廬筆譚》卷四。民國二年十一月印刷出版。著者金匱鄒弢翰飛。

君姓俞名達，自號慕真山人，中年累於情，余以惜玉憐香才人常事，未敢深懲其失也。比來揚州夢醒，志在山林而塵緣羈牽，遽難擺脫，甲申初夏遽以風疾亡，為之歎息不已」。〔註10〕

鄒弢著有《弌借廬筆譚》《弌借廬賸稿》《弌借廬贅譚》《客滬集》《繪圖澆愁集》和《瀟湘館筆記》等。《弌借廬筆譚》中記載，迨真娘墓亭落成，鄒弢嘗招俞吟香月夜登亭賦詩飲酒，題一律《墓上夜過始歸舟宿詩》：

> 望眼驚秋入渺茫，平林煙樹鬱蒼蒼。荒陵月黑嘻紅鬼，古冢風淒鬧白楊。永夜清尊人亦放，六朝豔跡土猶香。傳名我獨輸兒女，冷落青衫孤影涼。後花朝續游得挂，杖客拖煙裏展兜。衫香影畫中人句，同人多所許可，僻嗜瘖痴亦甚覺其無謂耳。〔註11〕

詩中所提之「真娘」，乃俞達一生仰慕、鍾情之女子，俞達自號「慕真」山人，以眷念之。作者稱其書：「半為挹香記事，半為自己寫照。」〔註12〕《青樓夢》曾敘挹香兩次去真娘墓前拜祭，第三回，悒香與「六朝遺豔」蘇小、真娘等人邂逅，見到虎阜真娘後，即下拜道：

> 僕慕卿卿，閱時已久，曾在墓上幾度欷歔。所以『慕真』二字亦為卿而得。今者邂逅相逢，豈非天作之合耶？」真娘道：「君之鍾惜，妾素深喻。前蒙冢上題詩，有『新詩空弔落花靈』之句，妾嘗傳誦不忘，今日之會，亦天意也。

第四十五回，清明之時，挹香復至虎阜真娘墓上拜了一回，並題詩一律於墓上云：

> 重臨古冢玉驄停，為溯芳名淚暗零。
>
> 無意竹枝橫個個，有情春草護青青。
>
> 淒看膠結亭前月，愁聽叮咚塔上鈴。
>
> 怪煞往來遊屐眾，幾人憑弔落花靈。

《三借廬筆談》四稱：《青樓夢》一名《綺紅小史》，作者釐峰慕真山人，即俞達，江蘇長洲縣人。中年頗作冶遊，後欲出離，而世事牽纏，又不能遽去，光緒十年（一八八四）以風疾卒。所著尚有《醉紅軒筆話》《花間棒》《吳中考古錄》《吳門百豔圖》《豔異新編》和《閒鷗集》等。

〔註10〕印刷昌明書局發行，國粹圖書社。
〔註11〕鄒弢：《弌借廬筆譚》卷十「真娘墓詩」。
〔註12〕《青樓夢》第六十四回。

　　《鰲峰俞吟香吳門百豔圖》又稱《吳門百豔圖》，五卷二冊，木刻本，光緒十年四月上海王氏印行。這本圖冊品評妓女分高品、美品、逸品、豔品和佳品五種。每種人數不等，入選五品者，皆係名花。合為百人，故名百豔。據稱，其圖冊所列，皆真有其人。《吳門百豔圖》序云：

> 於是有吳會才人，鰲峰佳士。青琴載酒，白蒙微歌。品題多麗
> 之碑，筆削群芳之譜……或美珠喉之脆竹，或傳玉貌之如花。旖旎
> 稱卞女之情，曠達識湘姬之俠……凡屬風流之選，戀留月旦之評。
> 雖鐫姓氏於苕華，未免珊湖漏網。而結因緣於花榜，居然翡卒屏嬌。
> 用是一藝一才，都歸法鐸；胡天胡地，半入選樓也。

　　《豔異新編》屬實錄體的筆記小說。本書除散體外，復融以彈詞、民歌、議談等，體裁多樣，形式活潑。所收七十七則故事，記勾欄情事。反映了狹邪女子「脫離苦海，擇其良者而從之」的願望，以及不同身份的女子對於愛情的渴望與追求。同時也揭露了人口買賣與封建婚姻的罪惡。捧花詞客序曰：「安的眾香國裏只見佳人，買笑場中不藏姹女？」俞達因蹐身於市井街巷，足跡遍及妓院、茶室、酒館，也就留下了一鱗半爪的藝術資料。如卷二編所錄持平叟的《接女彈詞小志》，即載有女彈詞之技及書場軼事。

　　俞吟香在為鄒弢《瀟湘館筆記‧索洛神》所作評語中曰：

> 宇宙茫茫，斯人碌碌，真有一日不可居者，乃為鬼仍復如是，
> 吾特怪天道無知，竟令貪囊者居然上位也，清廉冤抑，可勝歎哉！

　　《青樓夢》寄託了俞達人生幻滅之感，抒發了其感士不遇之情。金湖花隱倚裝序曰：

> 其書張皇眾美尚有知音，意特為落魄才人反觀對鏡，而非徒矜
> 言綺麗為也。噫嘻！美人淪落，名士飄零，振古如斯，同聲一哭。
> 覽是書者，其以作感士不遇也可，倘謂為導人狹邪之書，則誤矣。

　　鄒弢序中亦闡明了《青樓夢》之題旨：

> 振紙排愁，拈毫構恨，舉生平之所歷，貢感慨之所深，發揮性
> 情，吐茹風月。每值春窗雨霽，秋夕燈明，把酒問天，踞床對月，
> 栽箋一幅，聚墨十圍。臘燭高燒，記美人之韻事；胭脂多買，描妃
> 子之新裝。要知情淺情深，不外悲歡離合；莫顧夢長夢短，無分兒
> 女英雄。而況槁木灰心，浮雲作劇，追昔時之良覯，成此時之相思。
> 枕破遊仙，須補情天缺陷；珠懷記事，尚留色界姻緣。慨舞衫歌扇

以全非，問斷粉零脂其安在？此其《青樓夢》之所由作也。〔註13〕

解盦居士認為「《紅樓夢》中寶玉實作者自命，而有甄、賈兩人者，蓋甄寶玉為作者之真境，賈寶玉乃作者之幻想也」。〔註14〕《青樓夢》中挹香亦乃作者自命，挹香寄託了作者虛幻的人生理想。第六十四回，作者自白道：「這個人姓俞，他與挹香性情一般無二，其瀟灑風流也是大同小異，所以挹香慕道後，便來將其一生之事著意描摹」。書中寫道：

> 挹香看了做書的人，又看書中人，誰知就是挹香自己，眾美人姓名與著自己所為所作，一筆不錯，一事不紊。挹香看罷，不勝欣喜，便問店家道：「這部書是耶非耶？果否有其事耶？」那店主與著外邊買主均說道：「怎麼沒有？二代白日昇天之事，與著他一生風流瀟灑，大眾咸知。況且他的兒子是個欽賜狀元，現在在朝伴駕，官拜尚書，兩個弟兄都以詞林得選，鑿鑿可稽」。

其演青樓之夢，「以『情』字作楔子，以『空』字起情之色，以『色』字結情之空。人雖無，其事或有。」〔註15〕正所謂：夢中成夢無非夢，書外成書亦算書。

二知道人〈紅樓夢說夢〉中道：「蒲聊齋之孤憤，假鬼狐以發之；施耐庵之孤憤，假盜賊以發之；曹雪芹之孤憤，假兒女以發之；同是一把酸辛淚也。」《青樓夢》則是假青樓女子與名士而發之。《青樓夢》的敘事模式，無論是從小說的創作素材，亦或是創作的思維方式與表現手法，皆踵武漢代仙話文學。作者「浮雲作劇」，「枕破遊仙」，假仙話而撫慰其抑塞、落魄之心靈，以緩釋其現實壓力，超越凡俗。當作者有感於「美人淪落，名士飄零」，而悲苦無依之時，他就轉向仙話：詩感花姨，恨驚月老，仙丹還魂，遁入禪關，謝世超塵，四海雲遊，天台山得道、月老祠歸班，跨鶴高翔，度人歸仙，燒丹煉汞，與眾美及友人逢仙界、了塵緣。該書不僅將仙話作為素材，更是作為全部的精神寄託，作為對世俗的厭棄和對仙話世界的皈依。

源於神話的古代仙話，雜糅了巫術、方術與道教文化，講述的是道士修煉、仙人導引，以到達長生不老或幻化成仙之境界。《青樓夢》亦雜糅了鬼魅、

〔註13〕 《青樓夢》序。光緒四年戊寅重九梁溪釣徒瀟湘館侍者翰飛弟鄭發拜語於吳門旅次。

〔註14〕 《悟石軒石頭記集評》，《紅樓夢研究文選》郭豫適，編，華東師大出版社，1988年版。

〔註15〕 《青樓夢》第六十四回。

方術、神仙、道佛以及儒家思想。書中既有降世凡間的散花苑主座下的三十六仙，與月老座下的金童揖香與玉女鈕氏；又有棄官修道，四海遨遊，或探幽南嶽，或採藥西山，「身心塵外遠，歲月坐中忘」之得道仙人鄒、葉、姚、金；也有遁入禪關，「盤門淨修庵中剃去青絲，皈依佛教」之淪落女子陸麗春；有奉「陰陽界」冥君之命，於凡間鉤魂攝魄的鬼卒；也有服食月老仙丹後，返還陽世之揖香，還有「掇巍科，任政事，報親恩，全友誼，敦琴瑟，撫子女，睦親鄰，謝繁華」，發憤書齋之金揖梅等。

書中寫道與揖香有情感糾葛的三十六美，亦皆為花仙降世，如：

梅花	朱月素	蓮花	章幼卿	桃花	陸麗春	杏花	諸愛芳
桂花	呂桂卿	水仙	鄭素卿	木槿	方素芝	梨花	何月娟
海棠	林婉卿	芍藥	張飛鴻	素馨	胡碧珠	虞美人	陸麗仙
薔薇	梅愛春	瑞香	馮珠卿	茶蘼	袁巧雲	月季	朱素卿
木香	汪秀娟	蘭花	吳秋蘭	繡球	胡素玉	玉簪	孫寶琴
鳳仙	陳琴音	芙蓉	謝慧瓊	茉莉	胡碧娟	夜來香	何雅仙
石榴	蔣絳仙	菊花	張雪貞	山茶	武雅仙	牡丹	吳慧卿
玫瑰	陳秀英	雞冠	陸綺雲	紫薇	王湘雲	木芙蓉	陸文卿
蘆花	吳雪琴	芝蘭	王竹卿	玉蘭	葉小素	李花	錢月仙

這三十六美，因為偶觸思凡之念，被謫降紅塵，月老令她們前去迷惑揖香。揖香與其正妻鈕氏亦因如此而招致降謫，後因斬斷情根，盡心修道，方得重歸仙班。金揖香度其妻妾至仙界後，其好友鄒拜林、姚夢仙、葉仲英三人亦隱避深山，潛心修道，日後皆至地仙之職。

《青樓夢》除了祖述漢代仙話之外，亦以《紅樓夢》為範本，刻意模仿之。如其敘事模式與抒情模式，其構思、情節、結構、章法、詞藻、描摹；其隱寫人物未來命運的詩讖、偈語；其夢入幻境之所見、所思、所為；其融合於故事情節中的詩詞、曲賦、題額、擬對、製謎、贊、酒令……皆為其所吸取。

《青樓夢》的結構，前半部敘訪佳麗、品名花，眾美絡繹而來。第十七回與第二十九回「鬧紅」竭力渲染，與後半部諸妓從良，五卿訣別，三美歸西，形成強烈對比。正如作者慨歎：「昔日兩次鬧紅，何等歡樂」，〔註16〕此回范墳拾翠，虎丘偎紅，何等悽楚！這以情為綱的前聚後散成了全書的支柱與轉戾點。上半部遨遊與下半部出俗，為《青樓夢》情節轉折之關鍵。當雲飄

〔註16〕《青樓夢》第四十五回。

散風流，黃鶴西去時，全書即收筆，讓主人公了結塵緣。如果說《紅樓夢》是由歡而悲，由合而離之結構，那麼《青樓夢》則是由歡而悲，由離而合。它在情節結構上顯得有條不紊，平衡勻稱，表現出作者駕馭題材的能力。

　　書中仿寶玉隨警幻神遊太虛幻境之情節，亦取法《紅樓夢》。《紅樓夢》中，內殿仙姑告知寶玉「此各司中皆貯的是普天之下所有女子過去未來的簿冊」。〔註17〕《青樓夢》第一回，挹香與拜林隨童子至仙府「五百年前舊定緣」之所，二人偷覷了「江南冊」中「偈語」，知日後之因緣。挹香獲詩一絕云：「情耽舞席與歌筵，花諳同邀福佔先。三十六宮春一色，愛卿卿愛最相憐」。所述與寶玉在「太虛幻境」的內殿中見到的「孽海情天」聯：「厚地高天，堪歎古今親昵感不盡；癡男怨女，可憐風月債難酬」。一樣，皆隱示人物未來命運，亦即小說的中心情節——寶黛悲劇。「江南冊」中，「三十六宮春一色，愛卿卿愛最相憐」。同樣預示了故事的中心情節——挹香與三十六美的浪漫情緣。於此體現了作者安排人物命運，和小說全部情節發展上的完整藝術構思。這種讖語似的表現手法是書中人物命運的一種象徵性的縮影。第六十四回，當月老傳點三十六美時，挹香看到散花苑主處取來的花名冊子，一一應驗，可謂：「柔情繾綣證良緣」。正如金挹香與林黛玉重敘時道：「林小姐昔日一番熱鬧，轉眼虛花，成了紅樓一夢，如今我與三十幾位美姊妹塵寰中聚了一番，轉瞬間亦成幻誕，也是一個青樓癡夢」。〔註18〕

　　《青樓夢》以夢起、以夢結。第三回挹香入夢中夢，這一夢，為全書之主腦。夢中巡遊天界，暗歷代國色、「六朝遺豔」，又至「薄命司」、「絳珠宮」，「啟江南冊」而獲知一生因緣，方醒。夢境中，挹香與眾美皆為夢中人。吟詩詠賦為夢中之情。求名筮仕為夢中之事。後來之夢，出夢中夢，參破夢情，一一了卻空緣，跳出夢境而皈依仙界，其夢始醒。

　　《紅樓夢》中詩詞曲賦在藝術表現上的特殊現象，也是《青樓夢》結構藝術的一大特色。第五回，十二美人：褚愛芳、王湘雲、袁巧雲、朱素卿、陸麗春、孫寶琴、鄭素卿、陸文卿、何雅仙、謝慧瓊、何月娟和朱月素被比擬為「恰恰金釵十二」。她們聚集於「護芳樓」等處，詩歌酬唱、詠梅、評詩、酒令、歇後語、治酒相款之情景，與《紅樓夢》第六十三回中的「花名簽酒令」之做法如出一轍。《青樓夢》以詞起，以詩結，文中情節亦以詩詞、絕句、曲

〔註17〕《紅樓夢》第五回。
〔註18〕《青樓夢》第六十三回。

賦穿插，這一章法皆與《紅樓夢》無異。

《青樓夢》將寶玉品金挹香，贊曰：「癡別有癡，情獨鍾情。風流公子，豔福書生」。悒香受命投身吳門金氏後，及長，乃「遊花國，護美人，采芹香，掇巍科，任政事，報親恩，全友誼，敦琴瑟，撫子女，睦親鄰，謝繁華，做了二十餘年事業」。〔註19〕簡直就是護花使者──賈寶玉之形象再現。

作者還別出心裁地將《青樓夢》中三十六美與《紅樓夢》中眾女子一一對應，略舉數例：

黛玉品朱月素　贊曰：多愁多病，傾國傾城。以玉為骨，以花為情。

元春品朱愛芳　贊曰：才逾蘇小，貌並王嬙。韻中生韻，香外生香。

探春品王湘雲　贊曰：舞態蹁躚，憨情蹴踘。遠黛含顰，春山半盛。

熙鳳品張飛鴻　贊曰：香氣沁骨，寶光襲人。其秀在貌，其媚在神。

襲人品章幼卿　贊曰：初日芙蕖，曉風楊柳。玉骨冰肌，錦心繡口。

可卿品謝慧瓊　贊曰：卓犖瀟灑，蘊藉風流。春花兩頰，秋水雙眸。

寶釵品呂桂卿　贊曰：春風玉樹，秋水冰壺。神清意遠，態豐音朖。

惜春品陸麗仙　贊曰：骨柔肌膩，膚潔神清。身輕如燕，語細如鶯。

借書中人物之口，俞達表達了他對《紅樓夢》的熱愛。如第六回，月素問挹香道：「你看稗史之中，孰可推首？」挹香道：「情思纏綿，自然《石頭記》推首。其他文法詞章，自然『六才』為最。」第三回悒香在「薄命司」拜見「瀟湘妃子」林黛玉時，挹香點頭道：

誠哉是言也。僕讀《石頭記》，亦嘗焚香叩首，倒拜殊深。更有友人鄒拜林，謂小姐乃千古有情巾幗，又妙在不涉於邪，十分羨慕，因自號拜林外史。

《紅樓夢》中有「大觀園」，《青樓夢》中則有「挹翠園」曹雪芹所記之大觀園，林壑田池，於榮府中別一天地，自寶玉率群釵來此，怡然自樂，直欲與外人間隔，除卻怡紅公子，雅無人問津。寶玉入乎其中，縱意所如窮歡極欲者，十有九年。挹翠花木精神、房攏曲折亦無所異，頗見作者匠心。書中第十四回，挹香與愛卿回歸留香閣路過挹翠園時，謂愛卿曰：

吾想《石頭記》中有大觀園，十分寬綽，眾姊妹多居其中，甚為豔羨。幾時我欲藉此挹翠園作一佳會，未識容否？

《青樓夢》渲染三十六美聚合於挹翠園，是全文情節發展的高潮與轉折。

〔註19〕《青樓夢》第一回。

此次聚會之後，一番熱鬧，轉眼虛花，挹香即告別三十六美，與拜林去南京就試了。儒雅風流的挹香與三十六美旖旎纏綿，於珠圍翠饒，爭麗鬥妍的挹翠園中結下花月情緣。書中第二十九回道：

> 卻說挹香、愛卿邀齊大會三十五位美人，集宴於挹翠園中一碧草廬，品花飲酒，逸興遄飛。但見牡丹開得果然燦爛，姚黃魏紫，鬥麗爭妍。人面花嬌，愈覺光華灼灼，真個是無雙豔品。一枝枝多標名目，有為洛陽春、楊妃醉，有為西子妝、漢宮香，真天香奇豔，國色名葩。挹香一顧名花，一顧眾美，都是豐神綽約，雅度宜人。又眾美隨帶侍婢約略七十餘人，亦甚娉婷嫋娜。挹香狂喜道：「你們看這個挹翠園，彷彿美人國無異。花團錦簇，恍登百美圖中。」

《青樓夢》寄託了作者的人生幻滅之感，抒發了感士不遇之情，這對瞭解封建社會末世的士子心態，有一定的認識價值。其書假虛作實，以幻作真，作品將寶黛人間悲劇演為仙界大團圓結局，遂使千人一哭、萬豔同悲之紅樓夢，化為其樂融融的仙界青樓團圓之夢。

其書以紅樓為範本，學它那文章的旖旎和纏綿，倒是頗有所得，然而成就相當有限。未能臻於感悟和探索人生及其價值的哲理深度。作者為才力識學所限，終不能得紅樓之精髓。〔註20〕

三、《宣室志》：一部自神其教的唐代志怪小說集

《宣室志》是唐代一部自神其教的小說集，它的出現與當時的社會宗教背景很有關係，是唐代巫覡文化與宗教思想的雜糅。本文據其內容將此集歸為四類：1. 言神仙、道教、巫術符籙之事，表達了神仙可致，不死可求的思想。內容多為煉丹、服食、吐納、胎息、導引、辟穀、服符、誦經和登遐昇天之事；2. 借志怪宣揚釋氏之報應輪迴、出世修行思想；3. 釋夢占巫術事；4. 言鬼魅靈異類，其中亦不乏異境風俗、博物地理、神魚鳥怪之屬。並闡述之。

《宣室志》的出現與當時的社會宗教背景很有關係，我國宗教迷信思想的盛行是其滋生的土壤。自古以來，天帝崇拜常伴隨著祈禱、占卜、占夢等活動，巫覡們即以此為職志。許多巫術靈驗的神話，為志怪小說所吸收。戰國後期從巫覡中分化出來的方士，他們極力鼓吹神仙之說，追求不死之藥，至使神仙傳說層出不窮，進一步擴大了志怪小說的素材。西漢末、東漢初開

〔註20〕田若虹《俞達與青樓夢》，原載《學術前沿》2005年第五期。

始傳入中國內地的外來宗教佛教，與東漢晚期產生於我國本土封建文化氛圍中的道教，自魏晉以來廣泛傳播，因而奇門道術、佛法靈異，遂亦成為志怪小說的主要素材。而這些素材被搜集記錄下來，則往往帶有自神其教的目的。《宣室志》即為唐代一部自神其教的小說集。該書共約二百則，主要可分為四類。1. 言神仙、道教、巫術符籙之事，表達了神仙可致，不死可求的思想。內容多為煉丹、服食、吐納、胎息、導引、辟穀、服符、誦經和登遐昇天。2. 借志怪宣揚釋氏之報應輪迴、出世修行思想。3. 述夢占巫術類。4. 言鬼魅靈異事，其中亦不乏異境風俗、博物地理、神魚鳥怪之屬。且分述之。

（一）言神仙道教、巫術符籙之事

《宣室志·李回》講述巫覡治癒唐故相李回之疾。小說中李回兄輧曰：

> 召巫覡，於庭中設酒食以樂神。方面壁而臥，忽聞庭中喧然，回視，見堂下有數十人，或衣黃衣綠，競接酒食而啖之。良久將散，巫欲徹其席，忽有一人自空而下，左右兩翅。諸鬼皆辟易而退，且曰：「陸大夫神至矣。」巫者亦驚曰：「陸大夫神來。」即命致酒食於庭。其首俯於筵上，食之且盡，乃就飲其酒，俄頃，其貌頹然，若有醉色，遂飛去。群鬼亦隨而失。後數日，回疾愈。

《程逸人》其道名程斬邪，有符術。自稱：「學於師氏歸氏龍虎斬邪符籙」。聞恩人蕭季平死，即馳往視之，語其子云：「爾父未當死，蓋為山神所召，治之尚可活。」於是朱書一符，向空擲之，僅食頃，季平果蘇。語其子曰：

> 我今日方起，忽見一綠衣人云：霍山神召我。由是與使者俱行，約五十餘里，適遇丈夫朱衣，仗劍怒目，從空而至，謂我曰：『程斬邪召汝，汝可即去。』於是綠衣者馳走，若有懼。朱衣人牽我復偕來，有頃忽覺醒然。」逸人後遊閩越，竟不知所在。

《太平經》卷五十《神祝文訣》曰：「其祝有可使神佊為除疾，皆聚十十中者，用之所向，無不愈者也。但以言愈病，此天上神讖書也」。〔註21〕「道人得知之，傳以相語，故能以治病」。道教在古代巫祝之術的基礎上，建立了自己的祝咒符籙體系。用以禳災致福，保命長生。又如：

《駱玄素》善符術，「以符術行里中」。

《尹真人》寫尹喜將上升時，以石函付門弟子，約之曰「此函中有符籙，

〔註21〕王明：《太平經合校》第一百八十一頁，中華書局 1979 年版。

慎不得啟之，必有大禍」。

《石旻》道術玄妙，殆不可測，甚至能以「良藥」使死魚而「活之」。〔註22〕

《房建》述其性尚奇，好玄元之教。常從道士，授六甲符及《九章真籙》，二十年後。他南遊衡山，遇一道士，風骨明秀。並為之「述上清仙都及蓬萊方丈靈異之事，一一皆若涉歷……」。

《王先生》用道法以紙月「狀今夕之月，置於室東垣上」。有頃，可見「夕有奇光自發，洞照一室，纖毫盡辨」。

《俞叟》曾從道士學卻老之術，又能招尚書王公之魂。

巫術入道後，往往通過道符的形式表現出來，符籙已成為道術的基本形態。是溝通人神之間的媒體。此外諸如占卜，煉丹、導引等，亦為道士之主要道術如：

《宣室志·周生》述周生以道術濟吳楚，「且能挈月致之懷袂」。可見其「衣中出月寸許，忽一室盡明，寒逼肌骨」。

《馮漸》因有神術數，長安中人率以「漸」字題其門者，以為護祐神。《楊居士》之奇術能使廡之美人「攜樂而至」，「為君召其妓，可以佐酒」：〔註23〕

> 因命具酒，使諸客環席而坐，又命小童閉西廡空室。久之乃啟
> 之，有三四美人自廡下來，裝飾華煥，攜樂而至。居士曰：「某之術
> 何如？」諸客人大異之，殆不可測，乃命列坐，奏樂且歌。客或訊
> 其術，居士但笑而不答。時昏晦，至夜分，居士謂諸妓曰：「可歸矣。」
> 於是皆起，入西廡下空室中。客相目駭歎。

《十仙子》記玄宗夕夢仙人奏《紫雲曲》，因以授之。唐玄宗常夢仙子十餘輩，御卿雲而下，他們「列於庭，各執樂器而奏之。其度曲清越，真仙府之音」。

反映道教長生不老和佛教靈魂不滅思想是中國古代小說中常見的主題；這種外禪內莊的，或者說莊禪互補的「隱逸情結」貫穿於中國文人思想的始終。

《宣室志·尹君》〔註24〕述道士尹君「隱晉山，不食粟，常餌柏葉，雖發盡白，而容狀若童子」。並稱：「仙人不死，脫有死者，乃尸解也」。

〔註22〕參見：《太平廣記》卷第七十四「道術」四。
〔註23〕參見：《太平廣記》卷第七十五《道術》五。
〔註24〕此條亦見於《太平廣記》卷二十一，《神仙》二十一。

《章全素》鼓吹：仙丹「食之則骨化為金，如是，安有不長生耶？」

《閭丘子》之鄭常，好黃老之道，就謁於蜀門山。吳道士勸曰：「子既慕神仙，當且居山林，無為汲汲於塵俗間」。

《侯道華》述道華利用侍奉道院院事周悟仙之機，偷食仙丹和三年一熟的大棗登遐昇天之事。此情節不禁令人想到《博物志》述西王母瑤池中的桃樹「三千年一生實」，食之得道登仙之事；以及《漢武帝內傳》所記，西王母賜三千年結果之蟠桃，命董雙成送給武帝四個品嘗，令武帝頓覺通體舒泰，齒根生香。偷食仙桃、仙丹成仙。這一故事經歷了漫長的歷史積澱、傳承與演變。從《山海經》《穆天子傳》《漢武帝內傳》《宣室志》至明代《西遊記》，其演化之跡甚明，其所傳承的神仙道化思想，深蘊著厚重的道教文化內涵。

（二）宣揚釋氏之報應輪迴與出家修行思想

佛教主張因果報應、六道輪迴，因果報應是其思想體系的基礎。佛教認為任何思想和行為，都將導致相應的後果。又認為世俗世界的一切法規，都依於善惡二類而顯現出來，依類而生，依類流轉。所以，眾生行善則得善報，行惡則以惡報。但凡未解脫的眾生，都會在天道、人道、阿修羅道、畜生、鬼道、地獄道中循環往復，此即佛教之「輪迴」。《宣室志》集，亦通過大量的故事詮釋了這一思想。

《郭釗》宣揚佛氏之知恩圖報思想。謂有一閹者，因罪獲刑。被命笞於庭時，「忽有十餘犬爭擁其背，吏卒莫能制。釗大異之，且訊其事」。閹者曰：「某好閱佛氏《金剛經》，自孩稚常以食飼群犬，不知其他」。正是因為閹者幼小時常以食飼群犬，故得到群犬的圖報。致使命者釗感動曰：「犬尚能感其惠，吾安可以不施恩」。

《許文度》疾甚之時，夢已被衣黃袍者引入地府，後又被二金人挈歸生途。其原因是由於他的妻子曾為釋氏「鑄二金人之像，每清旦，常具食祭之」。釋氏因而感恩圖報，「自是，許文度之苦亦瘳除」。

《佛陀薩》亦因陀薩生前積德，照顧里中窮餓者。死時，他召里中民告曰：「我今夕死矣。汝為吾塔瘞其屍」。果而卒。於是里中之人「建塔於岐陽之西岡上。漆其屍而瘞焉。後月餘，或視其首，髮僅寸餘，弟子即剃去。已而又生。里人大異，遂扃其戶，竟不開焉」。作品極力宣揚佛教修集世間功德之益。

《李生》因其二十七年前殺人越貨，而終於在二十七年後遭到了報應：

　　昨夕君侯命（李生）與王公之宴，既入而視王公之貌，乃吾曩
時所殺少年也……有頃，士真醉悟，忽召左右，往李某取首……太
守密訊其年，則二十有七矣，蓋李生殺少年之歲，而士真生於王氏
也。〔註25〕

　　《師夜光》為此類故事之代表作。具有一定的藝術感染力。它以藝術形
象鞭撻了恩將仇報的師夜光，集中表達了佛教倡導的「諸惡莫作，眾善奉行」
的抑惡揚善的道德觀念，其為佛教禁忌文化的核心所在。小說記曰：

　　唐師夜光者，薊門人。少聰敏好學，雅尚浮屠氏，遂為僧，居
於本郡。僅十年，盡通內典之奧。又有沙門惠達者，家甚富，有金
錢鉅萬，貪夜光之學，因與為友。是時，玄宗皇帝好神仙釋氏，窮
索名僧方士，而夜光迫於貧，不得西去，心常怏怏。

　　在此交代了夜光與惠達之關係，以及故事發生的背景、緣由。同時夜光追
名逐利之性格始展現出來，這一層是鋪墊。繼而，刻畫了惠達重義善行的美德：

　　惠達知之，因以錢七十萬資其行，且謂夜光曰：「師之學藝材
用，愚竊以為無出於右者。聖上拔天下英俊，吾子必將首出群輩，
沐浴恩渥，自此託跡緇徒，為明天子臣，可翹足而待也。然當是時，
必有擁帚子門，幸無忘半面之舊。」夜光謝曰：「幸師厚貺我，得遂
西上。倘為君之五品，則以報師之惠矣」。

　　以上對話，惠達之慷慨、重意氣；夜光之敷衍、虛偽，性格鮮明。情節進
一步地展開。接著敘述了夜光果然不負所望，得以高官厚祿，時號「幸臣」：

　　夜光至長安，因賂九仙公主左右，得以溫泉，命內臣選碩學僧
十輩，與方士議論，夜光在選。演暢玄奧，發揮疑義，群僧無敢比
者。上奇其辯，詔賜銀印朱綬，拜四門博士，日侍左右，賜甲第洎
金錢繒綵以千數。時號幸臣。

　　然而，夜光得志之後，不僅不思圖報、言而無信，反而加害於有恩之人：

　　惠達遂自薊門入長安訪之。夜光聞惠達至，以為收債於己，甚
不懌。惠達悟其旨，因告去。既以北歸月餘，夜光慮其再來，即密
書與薊門帥張廷珪：「近者惠達師至轅下，訕毀公繕完兵革，將為逆
謀。人亦頗有知者。以公之忠，天下莫不聞之。積毀銷金，不可不
戒。」廷珪驚怒，即召惠達鞭殺之。

〔註25〕參見：《太平廣記》卷第一百二十五。《報應・冤報》第二十四。

夜光的倒行逆施最終遭到了報應：

> 使我冤死。何負我之深也！言訖，遂躍而上，珪拽夜光，久之
> 乃亡所見。師氏家僮咸見之。其後數日，夜光卒。

佛教認為一切事物的產生、發展和消亡，都受因果規律支配。「因」，即觀點和行為，含善、惡焉。不同的因，特別是行為，必然導致不同的果報。即所謂「善有善報」，「惡有惡報」。它是佛教禁忌文化和戒律的核心。儘管作者力圖自神其教，通過其故事宣揚佛教的教義。但由於其筆下人物個性鮮明，語言簡潔傳神，和引人入勝的情節，使之頗具藝術感染力。是一篇較好的文以載道的作品。

《太白老僧》述以佛教四海為家之老僧，導引道士路君云：「徒為居深山中。莫若襲輕裘，馳駿馬，遊朝市，可不快平生志，寧能與麋鹿為伍乎？」路君於是請其師示玄妙之跡，僧即「於衣中出一合子，徑寸餘，其色黑而光。既啟之，即以身入。俄而化為一鳥，飛衝天」。表現了佛家雲遊四海、普渡眾生、出塵修行之志趣。

《僧契虛》記契虛入仙山稚川，「見仙童百輩，羅列前後」。回來後便盧於太白山，「絕粒啄氣」，而「骨狀豐秀」。最終遁去，竟不知所在。

《辛七師》記其十歲即好浮圖氏法，日閱佛書，自能辨梵音，無師自通。

《唐休璟》此僧發言多中，好為厭勝之術。

《惠照》居武陵郡開元寺六十載，其容狀無少異於昔時。「但不知其甲子」。

《抱五師》述享有「真佛」之譽之抱五師死後，人以香乳灌其口，「已而有祥光自口出，晃然四照」。以上故事皆言佛法之靈驗。

（三）述夢占之巫文學

夢占亦即把夢中所見當作某種徵兆，並對夢兆作出解釋。夢占在戰國之前就已流行，周人已有占夢之官職，《漢書‧藝文志》：「眾占非一，而夢為大，故周有其官。」《周禮‧春官》載曰：「占夢，掌其歲時，觀天地之會，辨陰陽之氣，以日月星辰占六夢之吉凶：一曰正夢，二曰噩夢，三曰思夢，四曰寤夢，五曰喜夢，六曰懼夢。」張衡《思玄賦》：「抨巫咸作占夢兮，乃貞吉之元符」。「懼筮氏之長短兮，鑽東龜以觀禎。」夢兆被人們視為神靈傳送的信息。《宣室志》中，呈現出大量夢的情節、心理與對話的描寫，以及濃鬱的巫術氣息，是唐代巫覡文化與宗教思想的雜糅。《宣室志》往往借夢和夢占傳達所謂神靈之意，此類小說如《李賀》，述託夢其母，謂己已為神仙中人，其與

文士數輩皆被上帝召去著書：

> 及李賀卒，夫人哀不自解。一夕夢賀來，白夫人曰：「某幸得為夫人子，而夫人念某且深，故從小奉親命，能詩書，為文章。所以然者，非止求一位而自飾也，且欲大門族，上報夫人恩。又說：「某雖死，非死也，乃上帝命。」夫人訊其事，賀曰：「上帝，神人仙之君也。近者遷都於月圃，構新宮，命曰『白瑤』，以某業於詞，故召某與文士數輩，共為《新宮記》。帝又作凝虛殿，使某輩纂樂章。今為神仙中人，甚樂。願夫人無以為念。」既而告去。夫人寤，甚異其夢，自是哀少解。〔註26〕

述《楊炎》亦因夢中登山捧日，其後遂登相位：

> 嘗夢陟高山之巔，下瞰人境，杳不可辨；仰而視之，見瑞日在咫尺，紅光赫然，洞照萬里。公因舉左右手以捧之，炎燠之氣，如熱心目。久而方寤。視其手，尚瀝然而汗。公異之，因語於人。有解者曰：「夫日者，人君像也。今夢登山以捧日，將非登相位而輔人君乎？」其後楊公周歷清貫，遂登相位。果葉捧日之祥也。〔註27〕

其中充滿了人神交往的離奇描寫。此類題材又如《鄭光》：

> 於會昌六年春，夢自御牛車，車中載瑞日，光燭天地，自執引，行通衢中。俄而驚寤，且奇歎。後月餘，宣宗即位，以元舅之故，累拜尚書淄青節度，果契前夢。〔註28〕

再如《竇參》，因夢皇上以錦半臂賜之，故拜中書侍郎：

> 上喜，因以錦半臂賜之。及寤，奇其夢，默而念曰：「臂者，庇也。大邑所以庇吾身也。今夢半臂者，豈上以我叨居顯位，將給半俸，俾我致政乎？」憮然久之。因以夢話於人，客有解曰：「公之夢，祥符也。且半臂者，蓋被股肱之衣也。今公夢天子賜之，豈非上將以股肱之位而委公乎？」明日，果拜中書侍郎平章事。〔註29〕

上述夢幻情節，是封建士子追求功名富貴心理的真實寫照。夢，作為藝術手段，已廣泛地為後世小說所借鑒。

〔註26〕張讀：《宣室志》「李賀」。
〔註27〕張讀：《宣室志》「楊炎」。
〔註28〕張讀：《宣室志》「鄭光」。
〔註29〕張讀：《宣室志》「竇參」。

又如《婁師德》《侯生》，籍夢宣揚佛氏輪迴報應的思想。

　　　沉疾，夢一人，衣紫，來榻前再拜曰：「君之疾且間矣，幸與某偕去。」卻引公出。忽覺力甚捷，自謂疾愈。行路數里，見有廨署，左右吏卒，朱門甚高，曰：「地府院」。驚曰：「何地府院而在人間乎？」紫衣者對曰：「冥道固與人接跡。世人又安得而知之？」公入其院，吏卒辟易四退。見一空室曰「司命署」。問：「職何如？」對曰：「主世人祿命之籍也。」公因竊視之，有書數千幅在几上，傍有綠衣者，稱為按掾。公命出己之籍，按取一軸以進，公閱之，書己名，載其祿位年月，周歷清貫，出入台輔，壽至八十有五。鑒之喜，謂按掾曰：「某一布衣耳，無饑凍足矣。又安敢有他望乎？」言未畢，忽有一聲沿空而下，震砌簷宇。按掾驚曰：「天鼓且動，君宜疾歸，不可留矣。」聞其聲，遂驚悟，始為夢遊耳。時天已曙，其所居東鄰有佛寺，擊曉鐘，蓋按掾所謂天鼓者也。是日，疾亦間焉。後入仕，歷官咸如所載者。及為西涼帥，一日，見黃衣使者至閤前曰：「冥途小吏，奉命請公。」公曰：「吾嘗見司命之籍，紀吾之位，當至上臺，壽凡八十有五，何為遽見命耶！」黃衣人曰：「公任某官時，嘗誤殺無辜人，位與壽為主吏所降，今則窮矣。」言訖忽亡所見。自是臥疾，三日乃薨也。〔註30〕

　　值得一提的是，其中關於地府、祿命之籍的描寫，不難於明清小說《西遊記》《紅樓夢》等此類冥府、幻境情節的藝術描寫中發現其借鑒痕跡。孫悟空去陰曹地府，把猴屬名字從生死簿上一一勾銷。《紅樓夢》第五回「遊幻境指迷十二釵」，警幻仙姑與賈寶玉來到「薄命司」，「判詞」暗示「金陵十二釵」之命運的描寫等無不受其直接影響。

　　《侯生》中，韓氏嘗夕夢黃衣者數輩，召出其門，偕東行十餘里，被盧氏告之：「我前身嘗為職官，子誣告我罪而代之，使吾擯斥草野而死，豈非仇敵乎？今我訴於上帝，且欲雪前身冤。帝從吾請，汝之死不朝夕矣……遂令吏出案牘。吏曰：『韓氏餘壽一年。』果然韓氏回去後「疾益加，歲餘遂卒」。〔註31〕上述故事皆一一應驗了夢占，亦為釋氏自神其教之說。

〔註30〕張讀：《宣室志》「婁師德」。
〔註31〕張讀：《宣室志》「侯生」。

（四）述鬼魅靈異類

自晉迄隋，張皇鬼神，稱道靈異，特多鬼神志怪之書，如曹丕的《列異傳》、干寶的《搜神記》、託名陶潛的《搜神後記》、王嘉的《拾遺記》、吳均的《續齊諧記》等，皆對唐朝志怪產生了直接的影響。唐《宣室志》中的志怪故事亦曲折地反映了社會現實、表達了人民的愛憎，以及對美好生活的嚮往。如《竇裕》，展現了友人之間的幽顯情誼：

> 大歷中，有進士竇裕者，家寄淮海，下第將之成都。至洋州，無疾卒。常與淮陰令吳興沈生善，別有年矣，聲塵兩絕，莫知其適。沈生自淮海調補金堂令，至洋州，舍於館亭中。是夕，風月晴朗，夜將半，生獨若有所亡，而不得其寢。俄見一白衣丈夫，自門步來，且吟且嗟，似有恨而不舒者。久之，吟曰：「家依楚水岸，身寄洋州館。望月獨相思，詩襟淚痕滿。」生見之，甚覺類竇裕，特起，與語未及，遂無見矣。乃歎曰：「吾與竇君別久矣，豈為鬼耶！」明日，駕而去。行未數里，有殯其路前，有識者曰：「進士竇裕殯宮。」生驚，即弛至館，問館吏。曰：「有進士竇裕，自京遊蜀，至此暴亡。太守命殯於館南二里外，道左殯宮是也」。即致奠拜泣而去。〔註32〕

《陸喬》，述齊梁文壇領袖，「永明體」代表作家沈約與詩人陸喬之間，以及與友人范雲、愛子青箱之間的冥界情緣：

> 曰：「我，沈約也。聞君善詩，故來候耳」。喬驚起曰：「某一賤士，不意君之見臨也。願得少留，以侍談笑」。既而命酒，約曰：「吾平生不飲酒，非阻君也」。又謂喬曰：「吾友人范僕射雲，子知之乎？」喬對曰：「某常讀《梁史》，熟范公之名久矣」。約曰：「吾將邀之」。喬曰：「幸甚」。約乃命侍者邀范僕射。頃之，雲至，喬即拜，延坐，雲謂約曰：「休文安得而至是耶！」約曰：「吾慕主人能詩，且好賓客，步月至此，遂相談謔久之」。約呼左右曰：「往召青箱來」。俄有一兒至，年可十歲餘，風貌明秀。約指謂喬曰：「此吾愛子也。少聰敏，好讀書。吾甚憐之，因以青箱名焉，欲使傳吾學也。〔註33〕

值得注意的是，文中關於沈約、范雲、青箱，及其《梁史》《昭明文選》、青箱詩、齊梁體的記載，提供了珍貴的史料文獻價值。

〔註32〕張讀：《宣室志》「竇裕」。
〔註33〕張讀：《宣室志》「陸喬」。

《潯陽李生》,述李生歸潯陽,途次商洛,與一墓穴女子邂逅之事,在《宣室志》中被作為死而復生的奇異傳聞記載下來:

> 四顧唯蒼山萬重,不知所適。時日暮,馬劣,無僕徒,見荊棘之深,有殯宮在焉,生遂投匿其中。使既過,方將前去,又不知道途之幾何,乃歎曰:「吾之寄是,豈非命哉!」於是止於殯宮中。先拜而祝曰:「某家廬山,下第南歸,至此為府公前驅所迫,既不得進,又不得退,是以來。魂如有知,願容一夕之安。」既而閒望,時風月澄霽,雖郊原數里,皆可洞見。又有殯宮在百步外。彷彿見一人,漸近,乃一女子,縷飾嚴麗,短不盡尺,至殯宮南,入穴中。生且聽之,聞其言曰:「金華夫人奉白崔女郎:今夕風月好,可以肆目,時歡再得,原稍留念。」穴中應曰:「屬有貴客寄吾之舍,吾不忍去。乖一夕之歡,不足甚矣。」其人乃去,歸殯宮下。生明日至逆旅問之,有知者,是博陵崔氏女也,隨父為尉江南,至此而歿,遂槁葬焉。生感之,乃以酒膳致奠而去。〔註34〕

當時被認為幽明雖殊途,而人鬼乃皆實有。小說《裴少尹》《陳岩》《江夏從事》《呂生》《吳任生》中的主人公皆具有善視鬼的本領:

> 任生笑曰:「鬼甚多,人不能識耳,我獨識之。」然顧一婦人,衣青衣,擁豎兒,步於岸。生指語曰:「此鬼也。其擁者,乃嬰兒之生魂耳。」楊曰:「然則何以辨其鬼耶!」生曰:「君第觀我與語。」即屬聲呼曰:「爾,鬼也,竊生人之子乎?」其婦人聞而驚懾,遂疾回去,步未十數,遽亡見矣。〔註35〕

《陳岩》中的郝居士有符籙呵禁之術;《呂生》中的田氏子,善以符術除去怪魅;《江夏從事》中,許元長能以符術考召怪異:

> 後一夕,元長坐於堂西軒下,巨人忽至,元長出一符飛之,中其臂,劃然有聲,遂墮於地。巨人即去。元長視其墮臂,乃一枯木枝。至明日,有家童謂元長曰:「堂之東隅有枯樹焉。先生符今在其上。」即往視之。其樹有枝稍折者,果巨人所斷臂也。即伐而焚之。宅遂無怪。〔註36〕

〔註34〕張讀:《宣室志》「潯陽李生」。
〔註35〕張讀:《宣室志》「吳任生」。
〔註36〕張讀:《宣室志》「陳岩」。

　　其中，寫得尤為生動，而人物個性鮮明者乃《裴少尹》。書敘裴君十歲之子，病篤，「旬日益甚，醫藥無及」。此時，先後有三位狐妖冒充道士前去行醫，並「相詬辱不已」：

　　　有叩門者，自稱高氏子，以符術為業。裴即延入，令視其子。生曰：「此子非他疾，乃妖狐所為耳。然某有術能愈之。」即謝而祈焉。生遂以符術考召。近食頃，其子忽起曰：「某病念愈。」裴君大喜，謂高生為真術士。具食飲，已而厚贈縑帛，謝遣之。生曰：「自此當日日來候耳。」遂去。其子他疾雖愈，而神魂不足，往往狂語，或笑哭不可禁。高生每至，裴君即以此且祈之。

　　　生曰：「此子精魄，已為妖魅所擊，今尚未還耳，不旬日當間，幸無以憂。」裴信之。居數日，又有王生者。自言有神符，能以呵禁除去妖魅疾。來謁，裴與語。謂裴曰：「聞君愛子被病，且未瘳。願得一見矣。」裴即使見其子，生大驚曰：「此郎君病狐也。不速治，當加甚耳。」裴君因話高生。

　　　王笑曰：「安知高生不為狐」，乃坐。方設席為呵禁，高生忽至。既入大罵曰：「奈何此子病癒，而乃延一狐於室內耶即為病者耳。」王見高來，又罵曰：「果然妖狐，今果至。安用為他術考召哉？」二人紛然，相詬辱不已。裴氏家方大駭異，忽有一道士至門，私謂家僮曰：「聞裴公有子病狐，吾善視鬼，汝但告，請入謁。」家僮馳白裴君，出話其事，道士曰：「易與耳。」入見二人，二人又詬曰：「此亦妖狐，安得為道士惑人。」道士亦罵之曰：「狐當還郊野壚墓中，何為撓人乎？」既而閉戶相鬥毆。數食頃，裴君益恐。其家僮惶惑，計無所出。及暮，闃然不聞聲。開視，三狐皆仆地而喘，不能動矣。裴君盡鞭殺之。其子後旬月乃愈矣。〔註37〕

　　故事情節曲折跌宕，引人入勝。最終三個狐妖原形畢露，被盡鞭殺之。這一故事是唐代道教盛行，道術惑人之道文化背景下的產物。然而，其表現手法卻為明清戲劇、小說傳奇提供了藝術借鑒。

　　如果說在《裴少尹》中，狐狸還為陷人、惑人之妖狐，那麼《計真》中，狐狸已演變為善良、溫柔，容色端麗、聰敏柔婉的女子，已成為計真之妻之狐狸，其形象後為《聊齋誌異》中的狐鬼花妖取法。計真妻臨終時，告知了

〔註37〕張讀：《宣室志》「裴少尹」。

自己的真實身份：

> 且妾非人間人，天命當與君偶，得以狐狸賤質奉箕帚二十年，未
> 嘗纖芥獲罪，懼以他類貽君憂。一女子血誠自謂竭盡。今日求去，不
> 敢以妖幻餘氣託君，念稚弱滿眼，皆世間人，為嗣續。及某氣盡，願
> 少念弱子心，無以枯骨為仇，得全支體，埋之土中，乃百生之賜也。

二人相對泣良久，「以被蒙首，背壁臥，食頃無聲。生遂發被，見一狐死被中。生特感悼之，為之斂，葬之，制皆如人。」而他們的七子二女卒時，「視其骸，皆人也」。作者賦予計妻以美好的品貌，故而其子女亦輪迴為人類，而再非另類。

作者亦籍此志怪題材，抨擊了秦皇漢武們竭天下之財以學神仙之荒謬可笑，兼及唐代求仙惑道之風：

> 生奉道，每晨起閱《黃庭內景經》，李氏常止之曰：「君好道，
> 寧如秦皇漢武乎求仙之力，又孰若秦皇漢武乎彼二人貴為天子，富
> 有四海，竭天下之財以學神仙，尚崩於沙丘，葬於茂陵。況君一布
> 衣，而乃惑於求仙耶！」

《王坤》述其夢中，在亡婢輕雲的導引下，於熟識人家求食，又入於輕雲墓中……醒後，一一皆如墓中所見：

> 至郊野數十里，見一墓，輕雲曰：「此妾所居，郎可隨而入焉。」
> 坤即挽首曲躬而入，墓口曛黑不可辨。忽悸然驚窹，背汗股恌。時
> 天已曉，心惡其夢，不敢語於人。是日，因召石貫，既坐，貫曰：
> 「昨夕有鬼扣吾門者三，遣視之，寂無所睹。」至曉，過小吏，則
> 有焚紙錢跡，即立召小吏訊其事。小吏曰：「某昨夕方會食，忽有婢
> 中惡，巫云『鬼為祟』。由是設祭於庭，焚紙於此！」盡與坤夢同。
> 坤益懼，因告妻孥。是歲冬，果卒。

魯迅道：「小說亦如詩，至唐代而一變，雖尚不離於搜奇記逸，然敘述婉轉，文辭華豔，與六朝之粗陳梗概者較，演進之跡甚明，而尤顯者乃在是時則始有為小說」。〔註38〕以《宣室志》為代表的唐朝志怪小說更注重人物刻畫、細節的鋪敘和語言的提煉，並已完全擺脫了六朝志怪「粗陳梗概」、「叢殘小語」之模式，為明清志怪小說的創作積累了豐富的經驗，提供了藝術借鑒。唐以後

〔註38〕魯迅：《宋之志怪及傳奇文》，《中國小說史略》第十一篇，齊魯書社，1997
　　　　年版。

的文言小說中始終有志怪一類，《聊齋誌異》即乃這類小說的顛峰之作。〔註39〕

四、明成化詞話之包龍圖系列論

　　筆者所見《詞話》為 1967 年於上海市嘉定縣出土，上海市文物保管委員會、上海博物館 1973 年之影印本（藏於湛江古籍館），共十二本。其中涉及到包龍圖傳說八種：《包待制出生傳》《陳洲糶米傳》《仁宗認母傳》《斷歪烏盆傳》《斷曹國舅公案傳》《張文貴傳》《斷白虎精傳》和《劉都賽上元十五夜看燈傳》。本文將通過對上述詞話表現的三教觀所作的個案分析，促進理解深入人心之明代三教歸一思想是如何滲透、貫穿於包龍圖斷案系列之中。同時對於包龍圖詞話雖云宋代，實憤明事之思想傾向，及其詞話之藝術特徵等亦略作探究。

（一）

　　三教歸一之旨，在唐代「久已普遍朝野」。到了明代更成一代思潮，蔚為風氣，並對社會思想、文化影響深刻。「於斯三教，除仲尼之道，祖堯舜，率三王，刪詩制典，萬世永賴。其佛仙之幽靈，暗助王綱，益世無窮」。〔註40〕

　　成化詞話本中三教合流思想較之《宋史》及元雜劇所記包拯事蹟，鼓吹之跡甚明。如《新刊全相包待制出生傳》中，道士、神仙暗助包拯，使之應試得官，一舉成名。《出生傳》中包拯被稱為「上方文曲星」。「文曲星」乃道教掌握人間功名利祿之神仙。明代道家已從遠離人情物理的虛寂、玄遠世界，回歸充滿人情意味的塵世。有道之士，只要嚴守「中心之所存」，「依本心而行」，就不必拘泥於是否「混跡於名利之場」。包拯既為神仙，又得佛道幽靈之暗助。書述其因面目醜陋，被太公鄙棄，遣往「南莊去做使牛人，南莊水田耕不了，晚西不得轉莊門」。為此「驚動雲中太白星，當時差神來下界，替他去作使牛人」。太白星亦乃道教之尊神。包拯歸家時，又遇見變化為買卦先生之太白星，並為之算命，說他「二十九上及第狀元濠州知縣，又做陳州安撫改除汴梁府主」。隨即，買卦先生「垂雲去步上天門。雲端之中高聲叫，叫言文曲姓包人，我不是凡人○○。我是南方太白星」。

　　包拯赴京趕考夜宿東嶽廟時，半夜三更又遇見判官持簿入來監殿。告知

〔註39〕田若虹：《〈宣室志〉：一部唐代小說集》，《中國文化月刊》三百一十二期，2006 年 12 月。

〔註40〕朱元璋：《三教論》，載石峻等編：《中國佛教史資料選編》第三卷第三冊，中華書局，1981 年版。

來年狀元「是盧州合肥縣小包村包十萬第三個兒子名文拯」。元明清三代，道教供奉的東嶽天齊大帝之廟宇，碑石林立。「明代每年三月二十八日在東嶽大帝誕日至祭東嶽廟。」〔註41〕詞話中多處提及此廟，即反映了這一社會現象。

包拯又曾拾得送書承局所丟失的天符牌。承局被天神順風耳與千里眼告知，天符牌被包拯拾得。解元展開一看，亦見天符牌上寫著「第一狀元身及第，家住盧州保信軍⋯⋯」。包拯來到東京後，天色已晚，「大店不著單身漢，小店不著獨行人」。當他無奈在汴河橋上歎氣之時，又驚動了城隍大王，命使者說：「文曲星來求官，東京無人肯著他歇，你引去煙花巷裏張行首家宿歇」。「城隍神」原乃儒教掌管城市之神，明代正式列入國家祀典。地方官上任，要首先參拜城隍。後為道教所信奉。道教吸收其信仰後，擴大為護國安邦、祛惡除凶、調和風雨、管領亡魂等職。明清以後，各地城隍廟除在城隍旁邊塑牛頭馬面、黑白無常外，還塑有十殿閻王像，顯然是受到佛教地獄觀念的影響。

《包龍圖陳洲糶米傳》敘包龍圖「見（現）在寺裏學修行」。王丞相向仁宋皇帝推薦包拯去陳州做監倉糶米人，包拯被宣入朝時，王丞相入廟中尋訪，長老道：「弊寺僧行甚多⋯⋯那一個是包行者」。〔註42〕明經儒士、能文道士留居僧寺，為其時鼓勵僧流參儒、道二氏法度，所透露的基本信息則是三教合流。

明代士子們不僅「九經三略都念過」，而且「葛洪三卷腹中心」。〔註43〕儒教在明代進一步通俗化。儒家講究「仁義禮智根於心」（《盡心上》）。「夫孝，天之經，地之義，民之行也」。〔註44〕詞話所塑造的包拯嫂即是這樣一位遵循儒教禮儀之賢者。包拯出身後，太公因其面目「生得醜」，「面生三拳三角眼」。叫童子「抱去南山下，澗水中溺殺，免得後來千年之害」。此事驚動了包大嫂，即刻向太公求情拜託：「三叔雖然生得醜⋯⋯面有安邦定國紋。公公不要三叔後，媳婦乞叔做兒孫，看養在房年十歲。看看長大得成人」。包拯在大嫂的呵護下長成年十五。他亦視大嫂勝過親生父母。年三十，包拯請教大嫂如何拜年，嫂告知：「先拜爺爺並媽媽，後拜哥哥兩個人，第三拜你親嫂嫂，第四便拜六親人」。當包嫂得知算命先生預言包拯日後將中狀元，便開始「交（教）叔爭氣讀書文」。「請個先生在家門，日裏耕田夜上學」。三年學成後又為之

〔註41〕明・沈榜：《宛署雜記》卷十七。北京出版社 1961 年版。
〔註42〕《明成化詞話叢刊・包龍圖陳洲糶米傳》（四）。
〔註43〕《張文貴傳》（七）上。
〔註44〕《孝經・士章》。

「安排盤纏足，便叫三叔去求名」。包拯一舉成名，返回家中，仍故意穿著破爛，先見嫂嫂。嫂雖意有所失，仍不棄捨，到廚房中為之安排點心，又借三千貫錢，要他往西京去開庫。

洪武元年（1368）三月一日，朱元璋命翰林儒臣修《女誡》。成祖朱棣朝時，又曾編撰大量善書。其《孝順事實》一書中，已將儒家之孝道與道教的感應思想結合起來。其敕撰《為善陰騭》一書，通過「陰騭」觀念，教化民眾行善積德，從而使儒、佛、道在「陰騭」觀念上趨於融合。這些御製書或敕撰書，均以儒家的五倫甚或孝道為中心，別采佛、道勸善之言，以為祐護、佐證，儒佛道融而為一。這些書籍又被陸續頒發於天下學宮，為士子所必讀，產生了深刻的影響。明成化詞話中之包嫂形象即可視為此種思想衍化的產物。

《新刊全相說唱足本仁宗認母傳》中有典型的道教建築描寫。如述包拯離別陳州，返回東京，途經桑林鎮時，遇見一座寺廟，名為東嶽廟，廟內有各具特色的道教建築：「門上朱紅嵌綠漆，兩邊描畫鬼和神，入見廟堂門裏面，聖帝抬前瑞○生，真君座下生雲霧，靈公案上起祥雲。層層殿上鋪銅瓦，斗栱行行盡嵌金，瑪瑙妝成文共武，琉璃瞰就水晶宮……渾金織在龍衣上，翡翠妝成侍女人」。這些建築模式蘊涵著豐富的道文化內涵。

紀昀謂：「道家有太陰煉形法，葬數百年，期滿則復生……呂留良焚骨時，開其棺，貌如生，刃之尚有微血。蓋鬼神留使伏誅也」。〔註45〕《包龍圖公案斷歪烏盆傳》中亦有此類情節，被冤殺致死之宗富，死後，其魂魄依附於物，變為醜烏盆，向包龍圖敘訴冤情，致使血恨伸冤。

佛教初傳中國時，早期的重要教義即神靈不滅，輪轉報應，與道教追求靈魂不滅、長生不老、羽化昇天的思想較為接近，所以佛教徒為求「適者生存」，也往往迎合當時社會上的神仙方術。《烏盆傳》中道家僧人聚為一堂。宗富死後，其父「更去請僧並力崇，道場七夜薦兒身」。楊公置立孝堂門。「請到僧人並長老，道場做起眾人聽。香花道場七晝夜，十位高僧看頌經。請聖迎王能奇異，開設亡齋不住停。梁皇水懺都懺悔，地藏金剛念得清」。頌經以道教為中心而又氤氳著佛教氣氛。顯示出明代宗教信仰的多元化雜糅。明代士大夫與佛、道人士相交成風，導致佛、道之世俗化。雖民間強人之母耿婆，亦為「早間念佛夜看經」之人。傳終詩曰：「湛湛青天不可欺，未曾舉意早先

〔註45〕紀昀：《閱微草堂筆記》卷十，上海古籍出版，1980年版。

知。勸君莫作虧心事，古往今來放過誰」。則是佛教因果報應思想的體現。

《新刊說唱包龍圖斷曹國舅公案傳》，曹國舅「犯了依條該死刑」，被包龍圖判處斬首。仁宗皇帝傳聖旨，「大赦天下罪人身」，遇赦回家後，即表示歸依道門，不再做官：「我今不願為官職，入山修道念聖文……便去朝中別聖人，拜別正宮親姐姐，回來作別闔家人。紫袍金帶都燒了，不戀榮華富貴門。頭上梳了雙丫髻，身披道服入山林……」。曹國舅為道教八仙之一。傳說中經鍾離權與呂純陽點化感悟後，引入仙班。明代《續文獻通考》記載曹國舅遇二人，「純陽問曰：『聞子修養，所養何物？』對曰：『養道。』曰『道安在？』舅指天。曰：『天安在？』舅指心。鍾離笑道：『心即天，天即道，卻識本來面目矣。』」〔註46〕從中不難窺見書中人物之道教情愫。

詞話中亦述，被曹家小國舅搶奪的張氏逃離了曹家，欲往東京開封府包拯處告狀。卻苦於「腳小鞋尖難行走，仰面叫天天不應」。她的哭聲「驚動上方太白星，此人不是凡間女，他是蓬萊洞裏仙。太白金星遙觀見，化作凡間一老人……婦人上了車兒坐，合掌高臺向頂門。公公便推車兒走，城隍土地盡催行。魔兒睡著裙釵女，車兒推在半虛空。騰雲駕霧○前走，一時來到大東京」。在此道教眾仙太白金星、城隍、土地、蓬萊仙人紛紛登場。道典稱最初之太白金星為女性，明代之後其形象已衍變為慈顏白髮之老神仙。

《新刊全相說唱張文貴傳》，張文貴因懷有道家法寶三件，而為強人楊二絞殺。這三件寶物「第一青絲碧玉帶，死人繫了再還魂。病人若把腰間繫，四百四病盡除根。老人若把腰間繫，白髮原來長黑雲。跎子若還來繫了，其時便作好郎君。聾子若還腰間繫，諸般言語聽分明。啞子若還來繫了，言辭說得甚分明。第二逍遙瓶一個，才拍之時酒滿瓶。第三一隻溫涼盞，飲酒之時樂器鳴」。〔註47〕張文貴初因其寶得禍，終因其寶得福。包龍圖最終用青絲碧玉帶將其救活，使其「三魂七竅再臨身」。強人楊二亦曾用謀取的青絲碧玉帶醫治了太后娘娘的重病，而得高官厚祿。張文貴所乘之龍駒馬亦善通人情：「自從絞死張文貴，如常眼淚落紛紛……日日園中長叫屈」。於是「玉皇大帝傳宣敕，急宣上界眾神兵。眾神此時蒙宣召，下方去救姓張人。風伯雨師歸下界，雷公電母便行呈。興動黑風並黑雨，刮地翻砂吹倒人，洗見屈死張文貴」。上述之玉皇大帝、天界眾神兵、風伯雨師、雷公電母亦皆為道教尊神，

〔註46〕 明王圻撰：《續文獻通考》，卷二百四十三，現代出版社1991年版。
〔註47〕 《張文貴傳》（七）上。

參與襄助破案。龍駒馬見其屍後，「口咬衣裳只一挾，駝其背上便行呈。一呈來到開封府，馬兒直入府廳門。屍靈撇在案桌下，拜在廳前不起身」。傳中充滿神秘的道教氛圍，是典型的神怪與公案小說的合流。

《新編說唱包龍圖斷白虎精傳》則展現了道、妖與人之鬥法場面。白虎精化為美女，在廟中與進京應試書生沈元華結為夫妻。試圖吃了丈夫後「將身變作丈夫身，專待朝廷有敕命。敕令何處管人民，若得朝中為官職，他州處府吃卿民」。不料被天慶觀中張道士識破，並教給書生道法：「你今將符歸店內，只待晚間他睡了，將符燒了見真形，看他本像依然虎，來朝與你去除根」。然道高一尺，魔高一丈。白虎精終因神通廣大，戰勝了張道士：「狂風一陣忽然起，觀主聽得汗淋身。當時即便來做法，冠簪撥在手中心。淨水一噴叫道變，丈二神槍手內存。便把香灰撒在地，黑雲駕起官師身。虎精一見觀主到，變其本像要吞人。觀師即把槍來使，虎精要吃官師身。二人雲頭齊鬥法，三回四合沒輸贏。觀主法力雖然大，虎精神通不可論。一連鬥了十來合，官師本事欠三分。入進房中來躲避，虎精趕上不容情」。虎精於是「銜了頭頸打一灑，一身法服地中心。身體盡皆都吃了，只剩人頭手腳存」。最終邪不敵正，在天師的幫助下「龍圖勾到斬其身」。

以上通過對包龍圖斷案系列之宗教文化的討論，我們不難感受雜糅於故事中隱性傳播之三教歸一思想。包拯斷案系列通過對明代士大夫生活與意識的勾勒，對明代社會各階層人物的描述，顯示了三教合一思想對明代社會意識的滲透和深入人心。

（二）

包拯（999～1062），是北宋著名的政治家。南宋和金已經有以他為主人公的故事，小說和戲曲，元雜劇中亦有大量的包公戲。包拯已成為宋元以後「清正廉明」的代名詞。本文認為包拯斷案系列，雖云宋代，實憤明事，作者假詞話以寄筆端。明代奢糜、腐敗之風，自永樂後日甚一日，如《萬曆野獲編》卷一所云，「蓋宣德正值全盛之極，然去開創未遠，尚冗濫冒破如此，況正、成以後乎！」

成化詞話包龍圖斷案系列矛頭直指明代腐朽黑暗的統治集團、皇親國戚與爪牙們。從社會學的角度，我們可以將它做為一面鏡子，瞭解明代中期上至皇親國戚，下至地痞流氓，中至各種市井人物的真實面貌及當時社會黑暗

污穢的情況。根據同名元雜劇改編的《陳洲糶米》詞話中，即展現了這樣一幅民不聊生、危機四伏之明代社會畫圖：「陳州三縣遭乾旱，三停餓死二停人，空了字藍無米糶。多年〇底起灰塵，早稻頭焦秀不出，晚稻抽心結不成。大家小戶都遭難，忍餓都齊生歹心，媳婦釜盤煎婆肉，女婿鍋中煮丈人，師姑寺裏偷油吃，長老僧堂掛死人」。造成這樣一種陳州人食人局面的原因，正如書中揭示「把定陳州城三縣，都是金枝玉葉人」。包括糶米、監倉、管量、封庫、管庫之人「盡是皇親共國戚」。如「管量升斗趙皇親，封庫之人馬孔目，管庫監務楊姓人。」糶米時他們「三十貫錢糶斗米，蔽稻糠皮占兩停」。朝廷官員們瘋狂地汲取民脂民膏來滿足自己奢靡的生活。正如包拯嚴詞譴責：「你是皇親，朝廷委派你賑濟饑民，望你替國家出力，與百姓分憂。你豈不聞仁宗皇帝御制出爾俸，爾祿民膏民瞻」。引人注目的是包拯詞中「你豈不聞仁宗皇帝御制出爾俸」句，點明作者實憤明事之意圖。

揭露皇親國戚違法犯罪的還有《曹國舅公案傳》和《劉都賽上元十五夜看燈傳》。前者敘皇親曹國舅依仗權勢殺人奪妻，「絞殺秀才夫和子，奪他妻子做夫人」。〔註48〕後者敘西京河南府基盤巷織機匠師官受之妻劉都賽在上元十五夜去鰲山寺看燈，撞見西京府主趙皇親。趙雖「有嬌妻十三個」，但見劉都賽貌美，又威逼、霸佔之。並殺了師家一百單三口老小和四個織機匠。

《仁宗認母傳》揭露了宮廷內部爭權奪利的殘酷鬥爭。仁宗之生母李皇后是宮廷權利、地位之爭的犧牲品。南宮劉妃為了爭奪皇后地位，暗中將自己所生女嬰與西宮之男嬰調換。致使西宮失寵而被打入冷宮，後淪為乞丐，露宿破窯中。詞中描述她：「身上煙薰不似人，頭髮蓬鬆憔悴了，頭上蝨子似魚鱗……一條爛裙補納了，上秤稱來十入斤。竹杖挾在胳膊上，瓦罐提在手中存」。

反映市井階層及農村社會矛盾的有《張文貴傳》和《歪烏盆傳》。前者書寫靜山大王殺戮搶劫，聚斂財富、為富不仁。張文貴帶二安童進京應試，二童被殺，自己亦險些成其下酒菜。山王命其嘍羅：「今交縛在剝皮亭，只待來朝天色晚，去取心肝下酒巡」。《歪烏盆傳》展示了明代社會動亂，盜賊肆虐、殺人越貨之暴行。強人耿一、耿二以搶劫殺人為生，他們將進京應試書生楊宗富騙殺於家中，又謀其金銀羅綃，將「屍靈扛在窯中去，猛火燒他不見形」致使其「孤魂變作醜烏盆」。故事以超現實主義的手法表現了較深刻的社會主題。反映出明朝封建統治的黑暗，百性的慘苦與無奈，以及社會各階層人物的心態等。

〔註48〕《曹國舅公案傳》（六）。

明成化詞話尤其刻畫了「清正如秋水」之包龍圖如何在強權與道義之間巧妙平衡，用剛烈懲治邪惡、以智慧伸張正義「日判陽間夜判陰」之清正廉明。正由於「文有清官包待制，武有西河狄將軍」。故而「創立仁宗致太平」，〔註49〕成就其「四十二年興社稷」。〔註50〕相對於太祖、太宗、真宗帝，仁宗被譽為「有道之君」。其「用人行政，善不勝書」。尤顯「仁德、慈善」。延及宣宗，乃「吏稱其職，綱紀修明，倉庾充羨，閭閻樂業」。故史稱仁宣父子之治績為「仁宣致治」。

（三）

詞話是興盛於元、明兩代的民間說唱藝術，它是中國古代通俗文學的一種樣式，詞即唱詞，話就是說話，亦即講故事。南宋灌圃耐得翁在其《都城紀勝》「瓦舍眾伎」條目中說：「說話有四家。一者小說，謂之銀字兒，如煙粉、靈怪、傳奇、說公案，皆是搏刀趕棒、及發跡變泰之事……」。包龍圖詞話系列為公案、靈怪之合流，它反映了編纂者的思想傾向、道德觀念與審美情趣，是具有小說意趣的明代現實生活的真實反映。在藝術形式上，它繼承了宋元話本的諸多特色，並對明清長篇小說產生了直接影響，對於研究中國長篇小說的成書過程、小說藝術發展史關係重大。包龍圖詞話系列的發現，不僅可從中窺見包公故事的發展衍變軌跡。亦為文學史上詞話這一文學體裁的研究提供了有價值的實物數據，開拓了人們的視野。

通過《詞話》，我們不僅可從宗教學、社會學的角度，認識當時的政治、經濟、文化與哲學思潮，亦可從文學的角度瞭解明代詞話的體裁、結構，及敘事特徵；從語言學的角度研究當時白話小說的特點，如口語、方言；以及人物形象的塑造等。亦略分述之。

包龍圖詞話結構體制以唱、說為主，正文前有「人話」，結尾有「詩曰」。其中又附若干情節畫面，書有標題，如：「宗富拜辭父母去求官」，「天師龍圖斷白虎精」，「劉都賽鰲山寺看燈」等。這些畫圖實際上起到了回目之作用。每一正文之前又有一段開場白，相當於宋元話本的「入話」，或曰「得勝回頭」、「笑耍回頭。入話以七言三句的詩文形式表達，其內容與主題或正文相關，如《包龍圖斷白虎精傳》開場白片段：

〔註49〕《曹國舅公案傳》（六）。
〔註50〕《張文貴傳》（七）上。

幾朝無道帝王君，太祖太宗真宗帝，四帝仁宗有道君。

四十二年真命主，佛補天差有道君，王有道時臣有德。

至今朝內出賢人，文官只說包臣相，武官好個姓楊人。

不唱龍圖多清正，回文且唱一人身，有一豪家沈百萬。

　　顯然，這種三七體式的結構並非完整的語意段，只為句式整齊的需要罷
了。以上交代了歷史、背景，與故事的主人公。所述內容不僅起過渡作用，亦
引出正文話題。詞話正文以唱詞的形式表達。唱詞無論敘事、寫景亦皆為三
七句，如：「東市接連西市上，南街人看北街人，買布舖對緞子舖。茶坊門對
酒坊門，生藥舖兼熟藥舖，買花人叫賣花人」。〔註51〕亦包括有「攢十字」的
結構，如：「九卿臣，十節度，扶助明君。百花袍，束玉帶，殿前大尉」。詞中
「說話」，或敘事，或議論。詞話結尾往往以詩曰的形式點評，歸結全篇的寓
意，大都帶著勸懲的意味。如：「詩曰：湛湛青天不可欺，未曾舉意早先知。
勸君莫作虧心事，古往今來放過誰」。〔註52〕「詩曰：逢人只說三分話，未可
全拋一片心」。〔註53〕「善惡到頭終有報，只爭來早與來遲」。〔註54〕明詞話
體制的建立對明代擬話本，以及其後的長篇小說都有直接影響，如《聊齋》
中之「異史氏曰」類等。

　　明代詞話的敘事方法在明清長篇小說的敘事模式中留有明顯的痕跡，如：
詞話中情節的過渡、分段處往往用「休唱狀元回歸去，且唱東京報牓人」。〔註
55〕「話中莫唱楊元帥，且唱龍圖包直臣」。〔註56〕「權時莫唱官人事，回文
且唱一千人」。〔註57〕「不唱天神歸上界，再唱龍駒馬事」之樣式，對明清長
篇小說的章節、回目的形式不無借鑑意義。在宋元話本與明代長篇小說之間
承上啟下的成化說唱詞話，進一步奠定了明清小說發展的基礎。詞話白話間
雜韻文的說唱形式，亦為其後的章回小說所借鑑。這種形式起於宋元，流行
於明代。明代也有把夾有詞曲的章回小說稱為詞話。

　　此外，包龍圖詞話敘事性強，情節跌宕起伏而具有完整性。如《白虎精傳》

〔註51〕 《曹國舅公案傳》（六）。
〔註52〕 《曹國舅公案傳》（六）。
〔註53〕 《仁宗認母傳》（四）。
〔註54〕 《仁宗認母傳》（四）。
〔註55〕 《仁宗認母傳》（四）。
〔註56〕 《張文貴傳》（七）下。
〔註57〕 《包龍圖斷白虎精傳》（八）。

之故事。白虎精吃了張道士之後，第二天，張道師屍體首先被道童發現，道童因害怕而逃離道觀。於是眾道徒疑其為兇手，而狀告包龍圖，將其抓獲。正此時，書生張元華出現，狀告張道士拐騙其妻逃跑。又使案情迷離。於是包拯親自去天慶觀勘察。並決定「山中去捉虎妖精」。包拯命張尤、李虎二人去勾白虎精時，「二人祝告拜尤神」，得神之助。神託夢示之：「狗血傾在它身上，隨你神通變不成」。終於將虎精擒拿。然而，化為美女的虎精繼續施展妖術，致使二人「心歡意喜骨頭輕」，而欲把麻繩解。此時，「空中出現一尊神，身穿一付黃金甲，神槍把在手中輪，喝道二人休貪色……」那婦人被押道開封府後，又謊稱「奴是山中白家女，不是山中白虎精」。在書生面前，她已「變了真容難認形」。包拯使計將她與張尤、李虎同押一牢。「張尤李虎將言罵」，白虎精不知是計，怒斥道：「奴奴被你狗血○，難變神通走脫身」。誰知隔壁有耳。「包相牢前親聽得，原來正是虎妖精」。於是，仁宗皇帝召來天師，以「業鏡將來照」，使其現原形畢露。故事完整、嚴密、體現了詞話前後照應之敘事特點。

詞話語言則以通曉易懂的白話寫成，同時大量吸收民間口語、方言，並加以提煉。加之圖文並茂，很適合中下層市民之欣賞習俗，流傳易廣。同時圖文還起到了內容標題之作用，如：《包待制出生傳》有圖八幅，標為：太公譴兒去耕田、三郎耕田遇算命先生、嫂送三郎去讀書、三郎獨宿汴河橋、三郎及第為知縣、太公犒賞報喜人、公人錯打包知縣、冠帶公裳報父母。《陳州糶米傳》圖十幅；《仁宗認母傳》圖十二幅；《歪烏盆傳》圖七幅；《曹國舅公案傳》圖十二幅；《張文貴傳》圖十三幅；《斷白虎精傳》圖三幅，《劉都賽上元十五夜看燈傳》上下圖共十三幅。此外，詞話中亦不乏風俗民情之記載，頗具史料價值。

《宋史》記曰：「拯性峭直，惡吏苛刻，務敦厚，雖甚嫉惡，而未嘗不推以忠恕也。與人不苟合，不偽辭色悅人，平居無私書，故人、親黨皆絕之。雖貴，衣服、器用、飲食如布衣時。嘗曰：『後世子孫仕宦，有犯贓者，不得放歸本家，死不得葬大塋中。不從吾志，非吾子若孫也。』」〔註58〕拂去《詞話》中包龍圖形象之宗教色彩，我們不難感受到包拯形象的人格魅力，和人們對清明政治的嚮往與追求。亦能體會到其企盼清官之情結無不於當時社會法治之缺失相關。〔註59〕

〔註58〕 《宋史》標點校勘本，卷三百一十六，中華書局，1977年版。
〔註59〕 田若虹：《明成化詞話之包龍圖系列論》，《中國文化月刊》三百二十三期，2007年11月。

肆、宗教與民間信仰文化（一）

一、道教經籍書文中的道派人物及民俗文化研究

　　道教文化在中國傳統文化中的地位和作用，已被愈來愈多的人所認識。魯迅說「中國的根柢全在道教」。本文亦順著這一思路，繼續探究中國民俗文化與道教之血脈關聯。並擬通過對道教經籍書文中的道派人物、道教神仙，以及道門學者思想、文化、典籍與事蹟之梳理，闡釋其對中國民俗文化、文化心理，以及社會哲學、文化觀念諸方面之影響。本文將從道派人物與民俗文化、道派諸神及民俗文化心理、以及道門學者及典籍詮釋之民俗三個方面，討論與描述滲透、凝聚於中國民俗事象中的道文化因子，以利發掘道教的精神底蘊和價值。

（一）道派人物與民俗文化

1. 老子與函谷關文化

　　《史記・老莊申韓列傳》曰：「老子修道德，其學以自隱無名為務。居周久之，見周之衰，乃遂去，至關，關令尹喜曰：『子將隱矣，強為我著書！』於是老子乃著書上下篇，言道德之意五千餘言而去，莫知其所終」。此中所提老子當年「至關」、「著書」之處，亦即函谷關。據《大明一統志・河南府》（卷二十九）載：「函谷關在靈寶縣南十里，老聃西度，田文東出皆此關。左右有望氣、雞鳴二臺遺址」。

　　2004 年 3 月 17 日，本人應邀赴靈寶市函谷關參加「老子誕辰二千五百七十五週年紀念」，及《老子》劇本研討會。來到靈寶、函谷關，首先映入眼

簾的便是充滿文化意蘊，引人聯想的「紫氣東來照鍾靈興社稷」，「八方嵐氣老君來，四面雲山青牛臥」類的楹聯，傳達了「紫氣東來」典故之美妙意境，與函谷關地望神奇、靈氣沛然之貌。宋，陳景元《道德真經藏室纂微篇》載：「（老子）到周昭王二十五年癸丑歲，五月二十九壬午，乃乘青牛，薄奄車，徐甲為御，遂去周……至七月十二日甲子，老子到關。（尹）喜擎跽曲拳……授道德兩篇」。《列仙傳》載：「關令尹喜，為周大夫。善內學星宿，服精華，隱德行仁，時莫知。老子西遊，喜先見其氣，知真人當過，為著書」。老子西度函谷關之優美故事已世世代代廣為流傳，函谷關更是年年洋溢著「新春正月二十三，天上老君煉仙丹。家家門上貼金牛，一年四季保平安」之氣象。

與會時，在「道家之源」，本人有幸目睹了「天藏地蘊道家風，虎踞龍盤中山氣」之聖境。以及「宮清關秀客正來，霞蔚雲蒸虹方起」之靈地。聯中所謂「客」即老子；所謂「宮」，即指「太初宮」，（原為觀）乃老子當年著經之所。唐開元 29 年，玄宗因聞在此掘得「靈符」，遂改年號為天寶元年。宋崇寧四年（1105），敕修殿宇行廊，改太初觀為「宮」。清肅、玄妙、俊秀的太初宮、函谷關；雲蒸霞蔚、冉冉飄拂的彩虹，展示了一幅「紫氣東來」之絢麗的民俗畫卷。在「道家之源」大門兩側，輝映著「三百代太初之光生一生二生萬物，五千言道德真經法天法地法自然」之對聯。太初宮因「道德經」之光輝普照，傳之久遠。聯中「生一生二生萬物」，體現了老子哲學思想的基本觀點；「法天法地法自然」，則表現了老子清淨無為、崇尚自然的崇高境界。千百年來，無數文人墨客在詩中詠歎著「東來紫氣滿函關」〔註1〕，「此時飄紫氣，應兆真人還」〔註2〕；「流沙丹照沒，關路紫煙沉」〔註3〕；「黃塵漲戎馬，紫氣隨龍旆」〔註4〕；「紫氣氤氳捧半岩，蓮峰仙掌共巉巉」；〔註5〕「紫氣已隨仙杖去，白雲空間帝鄉消」；〔註6〕「紫氣久無傳道叟，黃塵哪有棄繻郎」；〔註7〕「青牛關上征驂度，紫氣天邊莫囂勻」；〔註8〕「太白星傍飛紫閣，洛陽羈客

〔註1〕杜甫：《東來紫氣滿函關》，收入趙來坤編著：《老子與函古關》中州古籍出版社，2002 年版。

〔註2〕唐・徐惠：《秋日涵古應詔》。

〔註3〕唐・李隆基：《老子故宅》。

〔註4〕唐・錢起：《鸞駕出關後登高愁望》。

〔註5〕唐・溫庭筠：《老君廟》。

〔註6〕唐・韋莊：《尹喜宅》。

〔註7〕金・辛願：《自古函關一戰場》。

〔註8〕明・許進：《老子故宅》。

屢登遊」；〔註9〕「層漢青牛踏沓，荒臺紫氣紆」；〔註10〕「紫氣無蹤虛夜月，金雞有信度秋風」；〔註11〕「峰高下見黃河盡，開闊遙看紫氣來」；〔註12〕「道氣發揮成紫氣，眾生尊榮可長生」；〔註13〕「不是當年賢令尹，東來紫氣認誰真」〔註14〕等讚語。「紫氣東來」，已是函谷關民俗文化的顯著特徵。在函谷關，本人亦曾目睹規模盛大，充滿地方民情風俗的老子祭奠儀式，深切地感受到函關古道濃鬱、神秘、肅穆的道民俗文化氣氛，以及「千古雄關，道家之源」的道文化魅力。以《道德經》為標誌的道學乃中國古代優秀思想的集大成者，老子研究已成為國際顯學。據《中外老子著述目錄》不完全統計，國內外老子研究的專著、文集達二千種以上。對老子和《道德經》的研究，已成為一種文化現象，其價值和意義正日益彰顯。

2. 媽祖與海洋民俗

媽祖，亦稱天妃、天后、天上聖母等，是道教信奉的航海保護神。媽祖信仰從產生至今已延續了一千多年，它是一種影響至深，流播久遠的宗教文化。據宋、清史料記載，媽祖乃湄州人氏。宋紹興二十年（1150），《聖墩祖廟重建順濟廟記》中記曰，媽祖「姓林氏，湄州嶼人」。元人程瑞學在《靈慈廟記》中曰：「……生而神異，能力拯人患難，室居未三十而卒，宋元裕年間邑人祠之」。《敕封天后志》和《天后顯聖錄》亦載其事蹟。歷代對於天后文獻的編撰，集中深刻地反映了民眾海神崇拜與認同的文化心理。

「湄洲供海神，四海祭天妃」，媽祖精神已融入湄島，撒向蒼穹廣宇，蔚為文化壯觀。媽祖祖廟，香火鼎盛，每年吸引進香朝拜的臺胞、僑胞和大陸遊人達百萬人次。同時，媽祖文化從原點慢慢擴散開來，跨越空間，像漣漪一圈又一圈地波動，終於傳播到海外及世界各地。在臺灣省，媽祖是最具影響力的神祇，全臺有三分之二的人信奉媽祖，有八百多座媽祖廟。湄洲媽祖金身曾於1997年應邀巡遊臺灣，在臺一百零二天，駐蹕三十四家宮廟，接受臺灣信眾一千萬人次朝拜。臺灣出現了「火樹銀花不夜天」、「十里長街迎媽祖」的空前盛況。臺灣媒體稱媽祖金身赴臺是「千年走一回」的「世紀之旅」。

〔註 9〕明・謝江：《老子故宅二首》。
〔註10〕明・許名：《函谷》。
〔註11〕清・霍濬遠：《函谷關》。
〔註12〕清・呂履恒：《登老君原觀後閣》。
〔註13〕清・楊浩：《函谷紫氣》。
〔註14〕清・周秋元：《望函關兩首》。

在澳門，有中國道教著名的宮觀「媽閣廟」，創建於 1488 年，廟宇背山面海，依山而建。殿內供一洋石船，上面鐫刻中國古代帆船，船上大旗書「利涉山川」，象徵當年媽祖乘船從家鄉福建來澳的情景。據說媽祖即從此地飛昇成仙。亦有令人矚目的澳門媽祖民俗文化村之「天后宮」。

　　本人曾於 2006 年 12 月訪問澳門，進行媽祖文化研究時，數次參訪此地。這個佔地近七千平方米的「天后宮」，坐落在澳門路環島的迭石塘山上，集宗教、文化、民俗、旅遊於一體，是澳門迄今規模最大的廟宇。媽祖文化隨著隨著一代又一代閩籍澳門人的播揚，如今已逐漸成為澳門多元文化的重要組成部分，媽祖更是成為了澳門人心中善良、博愛、和平、安寧和吉祥的偶像。在參訪澳門媽祖文化研究中心——澳門中華媽祖基金會時，本人亦強烈地感受到澳門媽祖民俗文化的濃鬱氛圍和底蘊。澳門是世界上第一個以媽祖名字命名的城市。澳門歷史與媽祖關係密切，早在五百年前，葡萄牙人抵達澳門時，就把地名寫成 MACAU，即媽閣的譯音。在香港，幾百年來，海上女神媽祖被遠航者尊為吉祥的化身。她給予那些遠航於驚濤駭浪中的人們以向茫茫的海洋進行不斷探索與征服的勇氣。香港有句俗語叫「不拜神仙不上船」，這個神仙即天后媽祖。每到農曆的初一、十五，香港天后廟裏香煙嫋嫋，拜祭者絡繹不絕。使香港成為了一個群山屏障、順濟安瀾的避風良港。香港社會雖然幾經變遷，各種思潮不斷交融，但人們對媽祖的崇拜信仰卻沒有絲毫改變，正如香港學者廖迪生所指出，近十年來，香港人口急劇增加，社會急速都市化，新的社會政治組織冒升，神誕活動與地方社會組織之間的關係日漸疏離，但天后誕的慶祝並沒有消失，反而添上現代意義。香港人開始嘗試在天后誕和天后廟中尋求地方的民俗傳統，用以建構自己的認同。

　　媽祖信仰亦是在中國海上與世界各國和平交往的軌跡中不斷發展的「精神界碑」。媽祖信仰的國外遠洋傳播區域，主要有日本、朝鮮半島、東南亞以及美國檀香山等地。在東南亞，如印度尼西亞、馬來西亞、新加坡、菲律賓、泰國、柬埔寨和越南等國家，華人聚居的沿海城鄉，亦莫不有媽祖的神跡。

　　據不完全統計，目前世界上大約有二億多媽祖信眾，有五千多座媽祖廟，分布在二十六個國家和地區。可謂「海水到處有華人，華人到處有媽祖」。如新加坡的天福宮即見證了華人從中國南來的歷史和社會變遷，深具歷史和文化意義。在泰文典籍中亦載有媽祖的故事。在澳洲的澳大利亞和新西蘭，歐洲的法國巴黎和挪威、丹麥，美洲的美國檀香山和舊金山、加拿大、墨西哥、

巴西以及非洲等地也都有媽祖廟宇或奉祀的場所。媽祖民間信仰的學術價值正日益引起學者們的深切關注。

在以媽祖崇拜為核心的民俗形成中華海洋民俗文化圈時，其文化資源已顯現出綜合的強力效應。如，由天后宮的民俗文化向周邊輻射，與儒、釋、道等多種傳統文化資源相組合，已構成一條多彩多姿的民俗文化鏈。其中包括海洋意識與海洋觀念、海洋與人的相互作用、海洋人文社會機制的建立與發展、涉海人類群體的生存生活模式、政治結構、政策法規、審美情趣等等。同時利用當地海洋文化遺址、遺跡的遺留影響、外來僑民和移民後裔的遺存文化，亦進一步強化了海洋文化氛圍，可從中感受到強烈的海洋文化氣息。

3. 西王母信仰與民俗

歷史上西王母形象經歷了由自然神向人格神之演變。西王母之名，始見於「古之巫書」《山海經》。《山海經・西山經》曰：「玉山，是西王母所居也。西王母其狀如人，豹尾虎齒而善嘯，蓬髮戴勝，是司天之厲及五殘。」〔註15〕《大荒西經》曰：「有人戴勝，虎齒，有豹尾，穴處，名曰西王母」。〔註16〕《海內北經》又云：「西王母梯幾而戴勝杖，其南有三青鳥，為西王母取食」。〔註17〕以上西王母是亦獸亦人之自然神形象。

漢魏以來，隨著道教的日益發展，西王母神話進一步道教化。這種傾向在《淮南子》《莊子》《搜神記》《博物志》《漢武帝內傳》等著作中已十分明顯。《淮南子・覽冥訓》曰：「羿請不死之藥於西王母，姮娥竊以奔月，悵然有喪，無以續之。」〔註18〕《搜神記》亦載：「……，嫦娥竊之以奔月，將往，枚筮之於有黃。有黃占之曰：『吉。翩翩歸妹，獨將西行。逢天晦芒，毋恐毋驚。後且大昌。』嫦娥遂託身於月，是為『蟾蜍』」。

在此西王母已成了操不死之藥之神仙，其故事與嫦娥奔月的神話傳說聯繫起來。《漢武帝內傳》中，亦有漢武帝拜請西王母授長生之道及西王母傳道授書之故事。西王母道：「曾聞天王曰：『夫欲長生者，宜先取諸身，但堅守三一，保爾旅族。』」她授之漢武帝，不要恣情淫慾，要保養精氣。並親手授以《五嶽真形圖》及《靈光生經》，又命上元夫人「授六甲靈飛招真十二事」，即

〔註15〕元陽真人：《山海經・西山經》云南科技出版社，1994年版。
〔註16〕《山海經・大荒西經》。
〔註17〕《山海經・海內北經》。
〔註18〕《淮南子》，華夏出版社，2000年版。亦見於《搜神記》卷十三。

《內傳》中所列的《六甲左右靈飛符》《六遁隱化八術方》《入火九赤班文符》等十二篇經書。這十二篇經文，亦為早期上清派所傳之經書。顯見東晉南北朝時上清派道士已將西王母納入自己的神仙譜系。

《莊子・大宗師》亦將西王母寫成得道之人，曰：「夫道，有情有信，無為無形……西王母得之，坐乎少廣，莫知其死，莫知其終」。〔註19〕西王母作為人格神，在民間受到頂禮膜拜：《漢書・哀帝紀》曰：「（建平）四年（公元前三年）春，大旱。關東民傳行西王母籌……民又會聚祠西王母。」《漢書・五行志》亦載曰：「……經歷郡國二十六，至京師。其夏，京師郡國民聚會里巷仟佰，設（祭）張博具，歌舞祠西王母」。民間還普設西王母的廟宇。

西王母故事流傳最廣的是「蟠桃」的神話傳說。晉張華《博物志》卷三云：「漢武帝好仙道，祭祀名山大澤，以求神仙之道。時西王母遣使乘白鹿告帝當來，乃供帳九華殿以待之。七月七日夜漏七刻，王母乘紫雲車而至……有三青鳥，如烏大，使侍母旁。時設九微燈。帝東面西向，王母索七桃，大如彈丸，以五枚與帝，母食二枚。帝食桃輒以核著膝前，母曰：『取此核將何為？』帝曰：『此桃甘美，欲種之。』母笑曰：『此桃三千年一生實。』……時東方朔竊從殿南廂朱鳥牖中窺母，母顧之謂帝曰：『此窺牖小兒，嘗三來盜吾此桃』」。

該故事為其後《漢武帝內傳》寫蟠桃宴會之張本。在後世的文學作品中，亦多有對西王母的描繪，稱她是「瑤池金母」。開種蟠桃，三千年一成熟，每逢蟠桃成熟，西王母大開壽宴，諸仙前來為她上壽。《西遊記》第五回對於蟠桃會即有精彩描寫。道教亦在每年的三月初三定為王母娘娘的誕辰，並於此日盛會，俗稱蟠桃盛會。「三月三」也叫「王母娘娘千秋節」，這一天的傳統民俗就是踏青、春遊、登山逛廟會、對情歌。「三月三」這一天，作為中國傳統佳節之習俗，沿襲至今。

西王母民俗，亦與瑤池相關，中國古代眾多神話的發源地崑崙山是明末道教混元派（崑崙派）道場所在地，也是中國古書中記載的「瑤池」所在之地。

《史記・大宛列傳》中述：「崑崙其高二千五百餘里，日月所相避隱為光明也；其上有豐泉瑤池」。《周穆王傳》講述了穆王與西王母在崑崙山瑤池聚會之事：「乙丑，天子觴西王母於瑤池之上」。晚唐詩人李商隱在遊涇川時曾詩中寫道：「瑤池阿母倚窗開，黃竹歌聲動地哀，八駿日行三萬里，穆王何

〔註19〕《莊子集釋》第一冊第二百四十六～二百四十七頁，中華書局，1982年版。

事不重來」。有的學者認為，西王母和周穆王的會見，這是西部民族和東部中原民族和睦相處的寫照。

瑤池亦即崑崙山產美玉的水池。《水經注·河水》曰：「崑崙之墟，方八百里，高萬仞……百神之所在」。這座神山的主管是西王母，崑崙河源頭的黑海也就被認定是西王母瑤池。西王母瑤池其實是一個天然的高山平湖，海拔四千三百米，東西長約十二公里，南北寬約五千米。一泓碧水襯托在藍天雪山之下。每年都有很多道教信徒從海外來這裡朝拜，興建祭壇。

在其他地區亦流傳著瑤池的神話。如位於粵東潮州鳳凰山脈烏山東峰頂部的鳳凰天池，即為傳說中的西王母沐浴之處，並設碑文記之。本人曾於 2002年瞻仰此地。天池海拔約一千三百二十五米，面積為七十六畝，池面風雲瞬息萬變。時而波浪滔天，時而水波不興，給秀麗的湖水，平添幾分神幻。

民間還流傳著西王母與七仙女之神話，將西王母進一步世俗化，把她與玉帝聯繫起來，讓他們生了七個女兒，名為「七仙女」，其中最小的女兒私自下凡與董永結為夫妻。如今「董永與七仙女傳說」已被列入我國非物質文化遺產名錄，講述七仙女故事的黃梅戲《天仙配》亦已成為經久不衰的舞臺經典劇目。

民俗、神話與宗教密不可分，已為學界所共識。神話世界對宗教信仰模式的參與，是長期以來各種宗教的共同特徵之一。宗教神祇系統的建立，與由原始神話形成的民俗信仰、原始宗教構成了某種程度上的重合，或謂同源現象，西王母信仰亦如此。

（二）道派諸神及民俗文化心理

1. 雷神信仰與雷州民俗

雷神形象最早見於《山海經》：「雷澤中有雷神，龍身而人頭，鼓其腹，在吳西」。〔註20〕

降至唐宋，民間雷神信仰尤甚。在雷神形象的歷史演變中，世人對雷神形象的塑造呈現出典型的人格化傾向。隨後，道教沿用了民間社會的人格化方式，構想了可供道士召遣役使的龐雜的雷部諸神系統。隨著雷部諸神體系的建立，世俗心理也完成了由畏懼、敬畏雷神，向「策役」雷神，使之濟物利人的轉變。

〔註20〕元陽真人：《山海經·海內東經》卷十三，雲南科技出版社，1994年版。

　　唐宋文人筆記中，多有雷神霹打不孝子和不法商人之事，反映了人們對雷神之敬畏心理，以及期望它主持正義之願望。如《九天應元雷聲普化天尊玉樞寶經》籍普化天尊之口，向雷師皓翁講經說法，命對「不忠君王，不孝父母，不敬師長」者，「即付五雷斬勘之司，先斬其神，後勘其形，⋯⋯以至勘形震屍，使之崩裂。」〔註21〕道經中稱，雷神執掌五雷，是眾生之父，萬靈之師，掌握生殺大權，專門懲處惡人。關於「五雷」，有多種說法；如謂其為天雷、水雷、地雷、神雷、社雷等。道教即有五雷天心正法之術，相傳宋朝道士林靈素擅長此法，能興雲致雨，役使鬼神，驅邪治病。

　　據道家《九天應元雷聲普化天尊玉樞寶經》，雷神是雷部的最高天神。它「主天之災福，持物之權衡，掌物掌人，司生司殺」。他下轄一個複雜結構的雷神組織。《明史・禮志四》載：（弘治元年）「雷聲普化天尊者，道家以為總司五雷，又以六月二十四日為天尊現示之日，故歲以是日遣官詣顯靈宮致祭」。

　　《重修緯書集成・春秋合誠圖》記曰：「軒轅，主雷雨之神也。」《歷代神仙通鑑》卷四曰：「（黃帝）封號為九天應元雷聲普化真王。所居神霄王府，在碧霄梵氣之中，去雷城二千三百里。雷城高八十一丈，左有玉樞五雷使院，右有玉府五雷使院。真王之前有雷鼓三十六面，三十六神司之。凡行雷之時，真王親擊本部雷鼓一下，實時雷公雷師興發雷聲也。雷公印入雷澤而為神者也。力牧敕為雷師陽翁。三十六雷，皆當時輔相有功之臣。」現存《道藏》收有《九天應元雷聲普化天尊玉樞寶經》等書多種。

　　唐末五代時著名的「道門領袖」杜光庭刪定的《道門科範大全集》，將風伯雨師、雷公電母作為乞求雨雪的啟請神靈，北宋後的雷法道士又以之為施行雷法的使役神。北宋末興起的神霄，清微諸派，以施行雷法為事。聲稱總管雷政之主神為「九天應元雷聲普化天尊」，雷師、雷公為其下屬神。

　　「雷神」為雷州人之圖騰崇拜物。明代道藏本《搜神記》和《三教搜神大全》中有關於雷神與雷州之記載：《搜神記》卷一曰：「舊記云：陳太建（569～582）初，（雷州）民陳氏者，因獵獲一卵，圍及尺餘，攜歸家。忽一日，霹靂而開，生一子，有文在手，曰『雷州』。後養成，名文玉，鄉俗呼為雷種。後為本州島刺史，歿而有靈，鄉人廟祀之。陰雨則有電光吼聲自廟而出。宋

〔註21〕《道藏》第一冊七百六十一頁，文物出版社、上海書店、天津古籍出版社聯合出版，1988年版。

元累封王爵，廟號『顯震』，德祐（1275）中，更名『威化』」〔註22〕據清《續文獻通考》卷七十九，「宋寧宗慶元三年加封雷州雷神為廣祐王。廟在雷州英榜山。神宗熙寧九年，封威德王，孝宗乾道三年，加昭顯，至是封廣祐王。理宗淳祐十一年，再加普濟，恭帝德祐元年，加威德英靈」。

隋唐以前之雷州半島原是毒瘴荊棘遍野，古木森森的少數民族居屬之地，那裡居住著以俚、僚、黎族為主的土著部落。他們以刀耕火種為生，獸皮樹葉裹身，在惡劣的自然環境中，經常遭受雷電風雨的襲擊。為了抗衡大自然，百姓每年造雷鼓、雷車以祀之。大旱之時，雷人便宰殺三牲以祭雷神，他們搖鼓狂舞祈禱天雷降雨，求得風調雨順，人畜平安。雷州亦被稱為「雷鄉之地」。祈禱雷神降雨，已成為我國獨特的民俗景觀與祭祀文化。

隨著雷州半島漫長的土著文化與漢文化匯融，移居到雷州半島的漢人承襲了土著的圖騰方式，將雷神作為求雨祭祀之偶像膜拜禮敬。至近代，雷州半島各地還有雷公廟、雷神廟。雷祖祠。其雷圖騰崇拜既與華夏民族同源，又具顯著、濃重的地方色彩，成為雷州半島民俗文化的一大特色。

位於雷州半島的「雷祖祠」建於唐貞觀十六年（642 年），至今仍香火不息。2006 年 11 月廣東古代文學年會時，我們曾參訪此處。「雷祖祠」祀雷神陳文玉。祠中雷王頭戴冠冕，身穿大紅袍，左右侍衛天將，其中一位捧著一隻卵形白色圓球物。堂廡兩側又有雷神十二尊拱立，還有雷公、電母、風伯、雨師諸神。其狀仿如清末黃斐然《集說詮真》所繪：「今俗所塑之雷神，狀若力士，裸胸袒腹，背插兩翅，額具三目，臉赤如猴，下頦長而銳，足如鷹鸇，而爪更屬。左手執楔，右手執槌，作欲擊狀。自頂至旁，環懸連鼓五個，左足盤躡一鼓，稱曰雷公江天君」。

以「雷」冠名之雷州半島，每年都於雷祠舉行「開雷、封雷」之酬雷儀式。所謂「開雷」亦即「雷州換鼓」，是古代雷州人在雷祖洞內舉行的一種隆重的「條香」儀式。這是典型的雷文化。明代馮夢龍的《警世通言》第二十三卷《樂小舍拼生覓偶》之開篇提到：「從來說道天下有四絕，卻是雷州換鼓、廣德埋藏、登州海市、錢塘江潮」。

「雷州換鼓」之景象有：眾拜天雷、萬民歌舞、鼓樂喧天、電閃雷鳴、大雨傾盆，奇觀無比。《雷祖志》記載著古代「雷州換鼓」儀式：「『雪車雷鼓等

〔註22〕《道藏》第三十六冊二百五十八頁，第十冊八百八十二頁，第一冊七百六十一頁，文物出版社、上海書店、天津古籍出版社聯合出版，1988 年版。

物，各以板圖藏於廟內，令郡民當里役者依樣修造，逢上元日，齊侯文武各官送入商致祭，名曰『開雷』。又辦酒席，官民同樂，祝得風調雨順，不然則歲悍年凶，自是有待則應，獲享國泰民安之福」。而當金秋時節，物阜民豐，又以虔誠的敬意與愉悅方式在雷祖廟、雷霆廟、雷神廟等處進行「封雷」儀式，祭雷過程方告結束。祭雷儀式結束前，由各部落相互交換贈送銅鼓，互相祝願，最後由各族老列隊行至「雷壇」前，按順序擊鼓三槌，以圖吉祥，期望在新的一年裏風調雨順，五穀豐登。儀式結束後，凡求雨、求財、求功名、求子嗣、求平安的，經允許可登壇一擊。從開雷到封雷，始末交替，輪番進行，高潮迭起，堪稱民俗盛儀及藝術經典。這種由自然景觀衍生出來的類於史詩般的民間祭祀活動「雷州換鼓」，傳承至近代。

「雷州換鼓」亦引起當今學者的極大關注。2005 年，在雷州召開了「雷州換鼓」之學術研討會。與會者圍繞「雷州換鼓」產生的歷史背景，對其實質與真相提出了多種看法，代表性的觀點為：其一，「雷州換鼓」是純自然景觀；其二，認為它是人文祭祀活動；其三，認為它是神秘的「天人互應」現象，在民眾祭雷之時會出現風雨交加、電閃雷鳴的天兆。〔註 23〕「雷州換鼓」之真相難察，更賦予了人們以無限的想像空間。如果能再現換鼓之場景、表演、音樂、道具和規模，應將是一場無與倫比的藝術盛宴。

雷文化外延在雷州不斷擴展，進一步涉及到語言、文學、藝術、科技、宗教、民俗等領域的諸多課題，內容相當豐富。如雷州方言為「雷話」（閩南與中原語系及本地語混雜）；民歌為「雷歌」；戲劇為「雷劇」；廟為「雷王廟」、「雷祖祠」；山，為擎雷山；水，為擎雷川；儺舞以雷公面具「參祭天公」；地名則為：雷陽、雷東、雷北、雷高等；姓氏亦以雷姓者居多。無數與雷相關的傳說故事，構成了色彩斑斕的雷州雷民俗文化大觀。

2. 文曲星與包龍圖信仰

文曲星亦即「文昌帝君」，為道教尊奉，司人間文運、功名、祿位之星神。據《搜神記》載，他上管天界各種仙籍，中管人間壽夭禍福，下管十八地獄輪迴。道經稱文曲星為北斗第四星。其勸人廣行陰騭，努力提高道德修養，人間競相供奉之。文曲星尤為文人學士所推崇。《儒林外史》中有舉士人皆為天上的文曲星下凡之說。道教以二月初三為文昌帝君之誕辰，各地士人亦於是

〔註 23〕參見：《湛江晚報》，2005 年 5 月 24 日。

日舉行文昌廟會，相沿成俗。

《道藏》和《道藏輯要》中以文昌降筆的經典頗多，如道教之《文昌大洞仙經》卷一、二，述文昌帝君之經歷、德行及此經之產生、要旨。其中流行最多的是宋元時所出的《文昌帝君陰騭文》，該書宣稱：文昌帝君「救人之難，濟人之急，憫人之孤，容人之過，廣行陰騭，上格蒼穹。」其訓於人曰：「行時時之方便，作種種之陰功，利物利人，修善修福。正直代天行化，慈祥為國救民，忠主孝親，敬兄信友。或奉真朝斗，或拜佛念經，報答四恩，廣行三教。」為道教三大勸善書之一，在民間影響極大。《陰騭文》，所謂「陰」，即「默」；「騭」，即「定」。意謂天雖不言，但於冥冥之中監督人之善惡行為而降賞罰。

《包待制出生傳》中，稱包拯為「上方文曲星」〔註24〕。書中道，化為買卦先生之太白星，為包拯算命，說他「二十九上及第狀元濠州知縣，又做陳州安撫改除汴梁府主」。《明成化詞話叢刊》之九《劉都賽上元十五夜看燈傳》亦曰：「○○文武說交真，文曲星官包丞相，武曲星官狄將軍」。

「文曲星」包龍圖手下猛將數名，輔助其大業，「日判陽間不平事，夜審地獄冤屈案」。文有公孫策，武有展昭，以及張龍、趙虎、王朝、馬漢。公孫策，精於觀人之術，醫卜星相、奇門數術；展昭，世稱「南俠」，其行俠仗義、武藝超群。

《包龍圖斷白虎精傳》引言曰：「包相清正如秋水，日判陽間夜判陰，有人犯到包家手。援樹連枝要見根，三十六件無頭事，盡被包家斷得清」。〔註25〕

民間傳說中的「文曲星」包拯（999～1062）即為「廣行陰騭，上格蒼穹」之清官。他剛正不阿，直言敢諫，曾經向仁宗皇帝上疏《乞不用贓吏》，認為清廉是人們的表率，而贓官則是民賊。他任諫官時候，三次上奏彈劾外戚。他曾經出任京東，陝西，河北等路轉運使，每至一地，都以改革苛政、發展生產、減輕民役為己任，提出寬民利國的為政思想，其中《陳州糶米》的故事被改編成戲劇，家喻戶曉。北宋時候的開封府雖然地處京畿，但是民風粗礦，魚龍混雜，一向號稱難治。包拯後來以龍圖閣學士權知開封府，他執法嚴明，鐵面無私，在一年內就將開封治理得井井有條。

〔註24〕《明成化詞話叢刊》之四，上海市文物保管委員會、上海博物館 1973 年之影印本。

〔註25〕《包龍圖斷白虎精傳》，《明成化說唱詞話叢刊》之八。

　　至今，在北宋時期之天下首府「開封府」，仍可感受到濃鬱的包拯民俗文化氣息。開封人民為了紀念他，以「包府」代稱開封府。八十年代重建的「開封府」，氣勢恢弘，巍峨壯觀，與位於包公西湖的包公祠相互呼應，形成了「東府西祠」。開封府依北宋營造法式建造，以正廳、議事廳、梅花堂為中軸線，輔以天慶觀，明禮院，潛龍宮，清心樓，牢獄，英武樓，寅賓館等五十餘座大小殿堂。開封府歷史與演義相映成趣。在開封府，除了能夠看到大批珍貴史料，軼事和陳展外，還能夠看到「開衙儀式」、「包公斷案」等豐富多彩的民俗表演，使人真切地體會到「拜包龍圖，領略人間正氣」。

　　據《宋史》記載，二十年的仕宦生涯中：「拯立朝剛毅，貴戚宦官，為之斂手，聞者憚之。人以包拯笑比黃河清，閭里童稚婦女亦知其名，呼曰『包待制』。京師為之語曰『關節不到，有閻羅、包老。』舊制，凡訴訟不得徑造庭下。拯開正門，使得進前陳曲直，吏不敢欺」。「拯性峭直，惡吏苛刻，務敦厚」。「與人不苟合，不偽辭色悅人」。「平居無私書，故人、親黨皆絕之。」〔註26〕包拯事蹟廣為傳頌，形象被神化。人民對包拯的思念和頌揚，實則表達了對清明政治的嚮往與追求。而其企盼清官的情結則源於整個社會法治的缺失。

　　至今，在合肥市還矗立著「包公孝肅祠」，祠堂建於清光緒年間，殿後有李鴻章撰寫的《重修包孝肅祠記》石碑。大殿上端坐著包拯的高大塑像，兩壁是幾副楹聯。祠內陳展有包公銅像，兩側則為王朝、馬漢、張龍、趙虎四護衛，更有令貪官污吏聞之喪膽的龍頭、虎頭、狗頭三口鍘刀；其中還陳列了臺灣高雄縣捐資一萬二千美元鑄製的銅鍘三口。包公斷案蠟像館內有三幕栩栩如生的場景：怒彈國丈張堯佐、鍘美案和打龍袍，鮮明逼真地再現了包公清正廉明、執法如山的形象。

　　「包公祠」不遠處，與之緊緊相連的是「包公墓」。墓園內遷安了包拯及其夫人、子孫的遺骨。包拯曾云：「後世子孫仕宦有犯贓者，不得放歸本家，死不得葬大塋中。不從吾志，非吾子孫也。」故有「不肖子孫，不得入墓」之傳說。整個墓園莊重肅穆，寓包拯稟性峭直、剛毅之意。令觀者無不油然而生敬意。

　　包拯之清名傳於天下，南宋和金已經有以他為主人公的故事、小說和戲曲，元雜劇中亦有大量的包公戲。筆者所見之全套《明成化說唱詞話叢刊》（1967年於上海市嘉定縣出土，現藏於湛江圖書古籍館），共十二本。其中涉

〔註26〕《宋史》第三百一十六卷《包拯傳》。

及包龍圖傳說八種：《包待制出生傳》《包龍圖陳洲糶米傳》《仁宗認母傳》《包龍圖公案斷歪烏盆傳》《包龍圖斷曹國舅公案傳》《張文貴傳》《包龍圖斷白虎精傳》和《師官受妻劉都賽上元十五夜看燈傳》。皆充分展現了鐵面無私的包龍圖之感人形象與人格魅力。

千百年來，包拯作為不朽的清官形象，跨越時空，為古今中外崇尚清廉的人們所敬重。包拯的戒廉詩更堪為「為政者師」，體現了廣大民眾的意願。當今賦予包拯精神以新的內涵，必將有利於促進社會風氣的根本好轉與和諧社會的創建。

（三）道門學者及典籍詮釋之民俗

道教從漢初創立至今經歷了近二千年的發展歷史。道教經籍數量龐大，主要有《正統道藏》《道藏輯要》《萬曆續道藏》等，涉及哲學、倫理、醫藥、內丹、外丹、易學、美學、天文、地理、膳食、養生、音樂、數術、方術、美容、建築、美術、曆算、冶煉、生物、服飾、民俗、旅遊、處世、神話和仙話等。其對於古老中華民族的政治、社會、家庭、個人生活和宗教活動等，皆產生了廣泛而深遠的影響。同時，對於人們的思維方式、倫理、道德、民俗、民族關係、民族心理、民族性格諸方面，亦產生了深刻影響，在中國傳統文化中佔有重要的地位。

道教信仰「神仙」是「道」的形象化體現，得道成仙乃道士修道的目標和畢生的追求。在漫長的道教歷史發展進程中，道門學者們逐步建構了眾多的道教神靈，形成了一個複雜而龐大的神仙信仰體系，即先天之聖、後天仙真和道教民俗神。這一神靈體系及信仰之民俗都融入在道教典籍之中。

道教神話譜系中之眾仙，既包括原始神話中之自然神、祖先神、人格神等，又不乏地方神、民間所造之神。前者可溯至道門學者晉郭璞（276～324）所注之古巫書《山海經》。郭璞被道教奉為仙人，《洞仙傳》記曰：「得尸解之道，今為水仙伯。」據《搜神記》記載，其善作卦。曾為「買婢」、「降怪」之事而作卦。〔註27〕古傳《山海經》乃禹、益所作。漢代劉繡《上山海經表》曰：「《山海經》者，出於唐虞之際……禹別九州島，任土作貢，而益等類物善惡，作《山海經》」。《越王無餘外傳》亦曰：「（禹）與益、夔共謀，行到名山大澤，召其神而問之，山川脈理、金玉所有、鳥獸昆蟲之類，及八方之民俗、

〔註27〕參見：《搜神記》卷三、卷四。

殊國異域、土地里數：使益疏而記之，故名之曰《山海經》。」《山海經》中之神，有山、河、湖之神，有日、月之母，有祖先神、地方神，亦有祭祀之禮儀。如《山海經‧北山經》卷三曰：「凡北次三經之首，自太行山以至於無逢之山，凡四十六山，萬二千三百五十里。其神狀皆馬身而人面者廿神，其祠之，皆用一藻茝瘞之。其十四神狀皆彘身而載玉。其祠之，皆玉，不瘞。其十神狀皆彘身而八足蛇尾。其祠之，皆用一璧瘞之。大凡四十四神，皆用稌糈米祠之，此皆不火食。」在《海經》中，亦記載了不少國家與民情風俗，如羽民國、不死民、反舌國、三首國、長臂國、三身國、一臂國、奇肱國、丈夫國、巫咸國、女子國、軒轅國、白民國、長股國、一目國、大人國、無腸國、夸父國、黑齒國、玄股國等。其世系記載，上起太昊，下至商周，包括了上古史大部分帝王和著名首領。其中炎帝、黃帝、少昊等的世系記載，對於考古學、民俗學的研究具有重要價值。

郭璞引用了古易《歸藏》中的諸多材料疏通《山海經》之文意，豐富其內涵，大大增強了其學術價值。故《山海經注》被明《正統道藏》列為道教經典，並為後世學者研讀之藍本。

東晉時期著名的道教領袖葛洪（約283～363）所撰之《神仙傳》，書中所錄神仙凡八十四人，皆為魏晉以前所記之神仙。《神仙傳》在《山海經》《淮南子》和《列仙傳》等基礎上進一步傳遞神仙信仰。如《神仙傳‧序》中曰「余今復抄集古之仙者，見於仙經服食方及百家之書，先師所說，耆儒所論，以為十卷，以傳知真識遠之士。其係俗之徒思不經微者，亦不強以示之矣。則知劉向所述，殊甚簡要，美事不舉。此傳雖深妙奇異，不可盡載，猶存大體。偶謂有愈於向，多所遺棄也」。傳中描述了種種服食術、房中術、行氣術、變化術和預測術，臚列仙跡，纖悉不遺，乃至積善、忠孝、仁信之道德，無不涉獵。通過葛洪整理和排序，使道教神仙系統進一步規範化，不僅適應了道教自身發展的需要，亦適應了當時社會的需要。

南朝齊梁時著名道教學者陶弘景（456～536）稱十歲得葛洪《神仙傳》，「晝夜研尋，便有養生之志」。永明十年（492）他正式歸隱茅山後，便著手整理弘揚上清經法，撰寫了大量重要的道教著作，據統計，其全部作品達七八十種。其所著之《真靈位業圖》，第一次將十分龐雜的神仙群按神位進行編序排列，有天神、地祇、人鬼和諸多仙真，約三千名，以七個等級排列，為此後的神譜編制奠定了基礎。

　　道教的神仙系統等級明晰，是宗法等級制的宗教化反映。隋唐五代時期杜光庭著《道門科範大全集》，其中卷一至卷三，對「三清」之後所列神靈進行了排序，進一步豐富和發展了道教的神仙譜系。南宋金允中又在此基礎上進行了補充和完善，在其《靈寶領教濟度金書》中，將三百六十位神仙名單，按其性質、品第，分為十一個等次，成為了道教神仙譜系最後編定的標誌。

　　道教神仙譜系的形成，不僅體現了道門學者及道徒們對神靈信仰的追求，反映了他們對中國古代宗教、神話、民間信奉的眾神：道君、天尊、天帝、帝君、元君、真君、仙君、嶽鎮海神、仙真眾聖等的崇拜、敬畏與追隨，亦同時可顯現在道教思想、文化，與宗教活動影響下形成的民俗文化心理印跡，或神崇拜之民俗文化現象：即崇拜各種信仰神靈，對於極樂世界與生命質量的追求，對於「七十二福地」〔註28〕神仙世界的嚮往、對於超脫劫難、能力非凡的祈望、對於崇高道德境界的仰慕……這種種信仰被物化為形形色色、數以萬計的宮觀廟宇、名山聖境，及相應的祈禳齋醮科儀活動，以及各種民俗文藝形式，使其流播久遠，經久不衰。

　　這種宗教信仰之民俗文化載體則往往以詩詞、小說、民歌、戲曲、諺語等形式傳達。如詩詞有道教遊仙詩：「京華遊俠窟，山林隱遁棲。朱門何足榮，未若託蓬萊。臨源挹清波，陵岡掇丹荑。靈溪可潛盤，安事登雲梯。漆園有傲吏，萊氏有逸妻。進則保龍見，退為觸藩羝。高蹈風塵外，長揖謝夷齊」。（郭璞）這首充滿了神仙氣息的詩，用語俊逸，表達了作者效法莊周、老子，隱遁山水之意願。又如魏晉南北朝時期出現的描寫道教名山、宮觀之景，抒發道教教義的「涉道詩」。南朝劉宋人吳邁遠《遊廬山觀道士石室詩》：「蒙茸眾山裏，往來行跡稀。尋嶺達仙居，道士披雲歸。似著周時冠，狀披漢時衣。安知世代積，服古人不衰。的我宿昔情，知我道無為」。刻畫了廬山觀道士的仙居生活及情調，詩高義遠。

　　再如表現道教齋醮儀式的步虛詞。《樂府古題要解》云：「步虛詞，道家曲也，備言眾仙縹緲之類」。其內容多為對神的讚頌、祈禱。隨著道教的發展，步虛詞已成為一種與音樂密切的民俗文藝，為道內外人士所喜愛。其為道教做齋醮法事時所吟唱，故道教中人一般都擅長此道。如隋唐詩人庾信詞作：「洞靈尊上德，虞石會明真。要妙思玄絕，虛無養令神。丹丘乘翠風，玄圃馭

<hr>

〔註28〕據《雲笈七籤》卷二十七載，即地肺山、蓋竹山……據稱以上福地，皆上帝命真人治之，其間多得道之所。

班麟。移梨付菀吏，種杏乞山人。自此逢何世，從今復幾春。海無三尺水，山成數寸塵」。洋溢著詞人玄思宇宙，凝神天地之遐想。

道教神仙詩、詞中，亦有不少傳世佳作。如道門學者司馬承禎、葉法善、吳筠、魚玄機等都是著名的神仙詩、詞人。吳筠所作《高士詠》五十首：「大名賢所尚，寶位聖所珍。皎皎許仲武，遺之若纖塵。棄瓢箕山下，洗耳潁水濱。物外兩寂寞，獨與玄冥均」。冥想中謳歌了道教所崇奉的神仙人物，展現了修道的生活情趣與道教哲理，同時表現了道教所倡的「物我兩忘，心合大道」之境界。道教之人生觀、倫理道德觀和價值理念等，已深深地融入傳統民俗文化心理之中。

流行於金元之後的「道情」，是一種與道教密切相關的戲曲藝術形式，因古代道士念經、演唱、誦詠道教中的情理而得名。道情產生於唐代。《唐書‧禮樂志》：「調露二年（679）高宗命樂工製道調，祀老子」。芝庵曰：「道家唱情，釋家唱性，儒家唱理，故曰唱道情，或曰道情，即道情調也」。「道情」最早是在道教觀內詠唱的「經韻」，文體為詩讚體。後來吸收了詞調、曲牌，演變成為民間佈道時演唱的「道歌」。唐代道教盛行，道教已為國教。為了維護道教的地位，爭取信徒，道士在道院大唱道經故事，招徠聽眾。又採用民間故事和歷史傳說故事來演唱，遂將道院中之說唱播至民間。亦經藝人的創新、改造，「道情」深入民心，流傳至今。著名的陝北《翻身道情》，即是一首根據道情音調填詞而成的民歌。其源頭淵源於道教道曲。道情漸趨成熟之後，即脫離道教道曲母體而獨行於世，並在發展過程中不斷地完善自身。

大約在東晉南北朝時期的許多道經中，往往有所謂「諸天妓樂」的描寫，如：道教《無上秘要》卷二十之《道跡經》：「西王母為茅盈作樂，命侍女王上華彈八琅之，又命侍女董雙成吹雲和之笙，又命侍女石公子擊昆庭之金，又命侍女許飛瓊鼓震靈之璜，又命侍女琬絕青拊吾陵之石，又命侍女范成君拍洞陰之磬，又命段安香作纏便之鈞，於是眾聲徹合，靈音駭空。王母命侍女於善賓、李龍孫歌玄雲之曲，其辭曰：「大象雖云寥，我把九天戶。披雲泛八景，倏忽適下土」。

上述各種形態的道教文藝從演出場合到藝術形態和內容，乃至服飾、道具等，無不體現了道教對豐富多彩的民俗文化活動的參與。這種凝聚於中國民俗事象中的道文化因子，呈現出中華民俗文化特有的人文氛圍與精神。

又如馬致遠（1250～1321）之神仙道化劇；《呂洞賓三醉岳陽樓》《西華山陳摶高臥》《邯鄲道省悟黃粱夢》和《馬丹陽三度伍風子》皆涉及全真教事蹟。作品傳達了作者對人生虛幻，不可把握的無奈與喟歎，以及遺世獨立、修真悟道之主旨。《岳陽樓》終結，詩人和呂洞賓一樣，在悲觀消沉中選擇了避世哲學；《黃粱夢》表達了作者鄙視功名利祿，懷疑和否定既定的封建秩序、倫理道德與社會現實，最終超然世外；同樣，《伍風子》中的伍風子，《陳摶高臥》中的陳摶，亦皆選擇了修道悟道之途。

明代小說《西遊記》曾引起清代道教學者的關注和研究，清初汪象旭寫了本《西遊記證道書》，後來又出現悟元子、悟一子、張含章、張書紳等人，皆從道教的角度來研究《西遊記》。當然《西遊記》並非道教修煉之書。然書中卻構築了一個龐大而有序的道組織機構，構築了一個以玉皇大帝為核心的道教神祇、神官系統。前者如：三清尊神、玉皇大帝及其臣屬與各種星君，如太乙天尊、紫陽真人、東華帝君、如意真君、西王母、四大真人（張道陵、葛玄、許旌陽、丘處機）、二郎神、八仙；後者如：王靈官、東方朔與地方神仙系列（土地神、城隍神、門神秦瓊、尉遲恭），以及雷神、電母、風婆，雨師、龍王等；還有龍宮、地府。加之妖魔鬼怪：九頭獅子精、平頂山金角大王、銀角大王、青牛精、多目怪等。書中不乏道情、道法之描寫，乃至清代某些學者判定《西遊記》為元初道士丘處機所寫。

具有道教文化色彩的諺語、成語在道教盛行後更是層出不窮，流播久遠，影響至今。如諺語：「洞中方七日，世上幾千年」（《列仙傳・王子喬》）、「千里之行，始於足下」（《道德經》）、「姜太公釣魚，願者上鉤」（《歷代真仙體道通鑒》）、「一人得道，雞犬昇天」（《神仙傳・劉安》）、「八仙過海，各顯神通」（《東遊記》）、「魔高一尺，道高一丈」（《西遊記》）。此外，出於《沖虛至德真經》《南華真經》《搜神後記》《三教搜神大全》《神仙傳》等道教典籍中的成語如：料事如神、雲遊四海、杞人憂天、心猿意馬、愚公移山、人生如夢、庖丁解牛、世外桃源、滄海桑田等等，這些傳世的具有極強表現力的金玉良言，不僅為修道之士所崇奉，亦為廣大民眾所熟知，成為傳統民俗文化之瑰寶。〔註29〕

〔註29〕田若虹《道教經籍書文中的道派人物及民俗文化研究》，原載《道家、道教與民俗文化研究》，新加坡八方文化出版，2008 年版。

二、粵海洋藝術宗教文化述論

粵海洋文學、藝術風貌與其社會之人物風氣相肖，頗具南人情懷。亦無不與地理密切相關。其文藝風格的養育與生成，漸次被打上地域文化的烙印。蘊藉有度，收放紆緩。使之作為對本土文化的藝術表述而存在著。南粵大地可謂地靈人傑，名公巨儒，前後相望。既有生長於斯之本地先賢，又有因貶謫而留下足跡之眾多名人。他們在南粵留下了一個個深厚的文化符號。嶺南沿海地區的民間宗教信仰十分發達，其與佛教、道教及民俗活動交融在一起，具有多教合一，多神崇拜的特徵，形成了一種複雜的歷史文化現象。

（一）粵海洋文藝之流韻

嶺南位於南疆邊陲的南海之濱，面朝大海，偏於一隅。這塊古稱『南蠻』的邊地，山川靈秀，土地富饒，民情豁達，遠通海外。這裡的自然景物、民俗風情、宗教神話和文化傳統，構成了嶺南文學獨特的神韻與藝術色彩，為嶺南海洋文學提供了新奇、獨特的視域，亦對嶺南作家的性格氣質、審美情趣、思維方式，與作品的內容、題材、風格、表現手法等產生了直接的影響。

梁啟超在《中國地理大勢論》中，論及南北書法之別時道：「秀逸搖曳，含蓄瀟灑，南派之所長也。《蘭亭》《洛神》《淳化閣帖》等為其代表。蓋雖雕蟲小技，而與其社會之人物風氣，皆一一相肖有如此者，不亦奇哉？……大而經濟、心性、倫理之精，小而金石、刻畫、遊戲之末，幾無一不與地理有密切關係」。〔註30〕這段話對於我們理解嶺南文學的特質不無裨益。

嶺南文學的語言符號、形象符號、選擇標準與評判尺度與其文化背景相關連，其文學風格的養育與生成，漸次被打上地域文化的烙印。蘊藉有度，收放紆緩。嶺南的人文景觀、歷史沿習、時世烙印等，亦無不顯現於嶺南作家作品之中，它作為對本土文化的藝術表述而存在著，帶有鮮明的嶺南文化印記。

縱觀古往今來的嶺南文學：海洋小說、詩歌、戲曲、音樂、美術與書法文化，皆無不凸顯出嶺南「言語異，風習異，性質異」，有「獨立之思，進取之志」的地域文化特徵。「海上生明月，天涯共此時」〔註31〕，「風波無所

〔註30〕梁啟超：《中國地理大勢論》，《飲冰室文集之十》，《飲冰室合集》第二冊，中華書局，第八十六～八十七，1989年。

〔註31〕張九齡：《望月懷遠》，《中國古代海洋詩歌選》，海洋出版社，第二十五頁，2006年版。

苦，還作鯨鵬遊」。〔註32〕呈現出文人高雅閒適散淡的藝術心態，它以雅俗兼具的審美姿態，關注世事，面對人生。

嶺南婀娜多姿的自然風光，氣勢磅礡的山巒，水網縱橫的平原，海天一色的港灣風光，亦孕育了多姿多彩而又風格獨異的嶺南藝術。就嶺南音樂和戲曲而言，堪稱絢麗多彩，其中包括廣東音樂、潮州鑼鼓樂、客家山歌、壯族民歌，被稱為「嶺南四大名劇」的粵劇、潮劇、瓊劇和廣東漢劇；獨具風格的粵曲、潮曲、木魚、龍舟、廣東南音；以及正字戲、西秦戲、白字等劇種；以及具有鮮明海洋文化特色的嶺南音樂，皆為嶺南文化的奇葩。

古代嶺南自先秦至北宋這一千多年，雖被視為「蠻荒之地」，是「遷徙、貶謫、流放」的「窮鄉僻壤」，但文學卻因而得福，韓愈被貶到潮州不足一年，其影響卻是頗為深遠的。這些文學大師遭到流放「煙瘴之地」的處分，在他們的生涯中自是悲劇的一幕，但對嶺南文化的交流和促進，卻是功不可沒。韓愈、蘇軾等，因為政治的潦倒失意而被放逐嶺南，他們在嶺南創作了大量詩文，其中如韓愈的《海水》《學諸進士作精衛銜石填海》。蘇軾的《浴日亭》《六月二十日夜渡海》《儋耳》等，為嶺南文學增添了異彩。在《六月二十日夜渡海》中，蘇軾表達了對「南荒」之地的深情：「九死南荒吾不恨，茲遊奇絕冠平生」。

唐開宗丞相李德裕在宣宗時黨爭失利，其詩《謫嶺南道中作》，借貶謫途中所見之嶺南風情物景抒發其憤懣：「嶺水爭分路轉迷，桄榔椰葉暗蠻溪。愁衝毒霧逢蛇草，畏落沙蟲避燕泥」。〔註33〕初唐被譽為「嶺南第一人」的詩人張九齡，其時有「當年唐室無雙士，自古南天第一人」之美稱，所作名句「海上生明月，天涯共此時」，膾炙人口，傳誦千古。

與張九齡同樣出生嶺南，同為韶州人的顯赫重臣余靖，被稱之為「嶺南第二人」。他曾詳細考察了浙江、江蘇、廣東等地的潮汐變化，寫下了我國歷史上第一篇海洋學論著《海潮圖序》，從海上潮汐的成因，至潮汐運動的規律，均作了科學的論述。

宋王安中，官至尚書右丞，晚年被貶流寓嶺南象州數年。後世紀曉嵐稱之為「南北宋間佳手」。其於被貶潮陽途中的詩作《潮陽道中》，描述了粵東潮陽熬海鹽、割稻穗的景況；「火輪升處路初分，雷鼓翻潮腳底聞。萬灶晨煙

〔註32〕韓愈：《海水》。《中國古代海洋詩歌選》，海洋出版社，第三十七頁，2006 年版。

〔註33〕李德裕：《謫嶺南道中作》，海洋出版社，第五十八頁，2006 年。

熬白雪，一川秋穗割黄雲」。其詩對韓愈貶潮期間，驅逐為害之鱷魚的政績倍加讚賞：「嶺芳已遠無深瘴，溪鱷方逃畏舊文」。〔註34〕

嶺南詩派發軔於唐宋，歷時六百餘年而不衰。元末明初，被推為「嶺南明詩之首」的孫蕡，曾參與編輯《洪武正韻》。他與黄佐、趙介、李德、黄哲五詩人創建了嶺南最早的詩社「南園詩社」。

號為「粵中韓愈」的黄佐，《粵東詩海》稱其詩「體貌雄闊，思意深醇。旗鼓振發，郡英竟從。一時詞人，如南園後五先生，皆出其門，粵詩大作」。朱彝尊評贊：「嶺南詩派，文俗（黄佐謚號）實為領袖，功不可泯」。〔註35〕

明代中原詩壇沈寂之時，嶺南詩壇卻是一片群星燦爛的景象。嘉靖年間，歐大任、吳旦、梁有譽、黎民表、李時行五人重建南園詩社。他們師從黄佐，風格剛健雄直，注重反映社會現實。清人檀萃評曰：「嶺南稱詩，曲江而後，莫盛於南園；南園前後十先生，而後五先生為尤盛」。〔註36〕崇禎年間，又有陳子壯、黎遂球等合稱『南國十二子』。陳遇夫《嶺海詩見序》稱：「有明三百年，吾粵詩最盛，比於中州，殆過之無不及者」。〔註37〕

清王士禎《池北偶談》稱：「東粵人才最盛，正以僻在嶺海，不為中原江左習氣薰染，故尚存古風耳」。〔註38〕僻處嶺海一隅的嶺南海洋文學多表現出山川正氣，地方流韻，格調本色自然的慷慨豪邁。時稱「嶺南三大家」的屈大均、陳恭尹、梁佩蘭即為此類詩風代表。屈詩慷慨豪邁，陳詩鬱勃沉雄，梁詩勁道剛健。

清嘉慶道光年間，詩人輩出，番禺張維屏、香山黄培芳、陽春譚敬昭被稱為「粵東三子」。張維屏在第一次鴉片戰爭時寫了一批歌頌粵人反帝鬥爭的詩篇。清朝劉彬華《玉壺山房詩話》評其詩曰：「氣體則伉爽高華，意致則沉鬱頓挫」。〔註39〕爾後，徐榮、譚瑩、陳澧、簡朝亮、潘飛聲、梁鼎芬等，亦多有感傷時事之作。

〔註34〕宋·王安中：《潮陽道中》，海洋出版社第一百零五頁，2006年。
〔註35〕溫汝能：《粵東詩海·例言》，《粵東詩海》，中山大學出版社，第十八頁，1999年。
〔註36〕引自：金葉：《南風餘韻風雅不絕》，《廣州日報》，2008年4月20日。
〔註37〕引自：《明清時代的珠江文化》，《中國珠江文化史》，廣東教育出版社，第七章，2010年。
〔註38〕清·王士禎撰：《池北偶談》中華書局出版社1982年版，卷十一，談藝一。
〔註39〕劉彬華：《玉壺山房詩話》，《嶺南群雅》二集，一卷。

近代維新運動與民主革命時期，嶺南集結了一批既有思想光彩又不乏創新意識的作家。其中康有為、梁啟超的詩文，反映了當時的民族危機和人民苦難。梁啟超鼓吹「詩界革命」，倡導「革其精神，非革其形式」、「舊風格含新意境」。辛亥革命時，黃節、胡漢民、廖仲愷、朱執信等的詩作，洋溢著強烈的革命激情。蘇曼殊詩風「清豔明秀」，別具一格，在當時影響甚大。

如果說嶺南詩的特點是慷慨、雄直，那麼其詞作則體現了雅健、清空的特色。南宋崔與之被尊為「粵詞之祖」，撰有《菊坡集》。其詞豪放雄渾，開創了雅健為宗的嶺南詞風。

嶺南清代詞作尤為繁盛。據葉恭綽《全清詞鈔》不完全統計，嶺南詞人有一百四十餘家。大大超過宋、明等朝。雍正、乾隆年間，張錦芳撰《逃虛閣詩餘》，黎簡撰《藥煙閣詞鈔》，黃丹書撰《胡桃齋詩餘》，峻爽豪邁，與江左頹靡之風迥異。嘉慶、道光之際，詞家尤夥，如吳榮光、梁信芳、黃位清、梁廷楠、桂文耀等詞人的詞作均傳誦於世。咸豐年間，被尊為「粵東三家」的葉衍蘭、沈世良和汪瑔，目睹外敵入侵，朝政腐敗，頗多感傷時事之作。他們分別撰有《秋夢庵詞鈔》，《楞華室詞》和《隨山館詞》等。

近代嶺南重要的詩詞代表為倡導「詩界革命」的黃遵憲、康有為、梁啟超、黃節、廖仲愷、蘇曼殊、朱執信等，他們融會貫通中西思想文化，運用詩詞寄託情懷，介入世事。展現了嶺南文學直面人生與參預現實的態姿。

同樣，經歷過漫長的磨礪與淘洗後的近代嶺南散文，亦回應著政治文化的豐富與新變，得風氣之先。

嶺南海洋小說可遡自《山海經》《列子》《神異經》《博物志》《搜神記》中等海洋神話、仙話。流傳較早的主要有明代馮夢龍的《情史·鬼國母》[註40]，與署名「庾嶺勞人」之《蜃樓志》等。前者，敘述了建康巨商揚二郎，數販南海。累資千萬。後遇風暴，沒於海中，與鬼國之奇遇。兩年後，其家人為之招魂，「數年始復本形」之事。

《蜃樓志》又名《蜃樓志傳倚》，作者署名「庾嶺勞人」。故事描寫了明嘉靖年間，廣州十三行富商蘇萬魁與其子蘇吉士、粵海關監督赫廣大、土匪頭子摩刺、蘇吉士的業師李匠山、義士姚廣武等人之間的矛盾和爭鬥。這是

[註40]　《情史》一名《情史類略》，又名《情天寶鑒》，為明代馮夢龍選錄歷代筆記小說和其他著作中的有關男女之情的故事編纂成的一部短篇小說集，全書共二十四類，計故事八百七十餘篇。中國廣播電視出版社，2005年版。

一部諷刺清廷腐朽之作。儘管明朝並未出現粵海關和十三行，僅有廣東市舶司與三十六行，故事卻以粵海關為人物活動背景，具有濃鬱的粵地域色彩。

粵近代海洋題材的小說，主要反映西方文明與傳統文化的交融、碰撞，粵民海外、埠外的移徙和經商之道等。黃小配的《廿載繁華夢》，以廣東海關庫書周庸祐從發跡到敗逃的二十年為題材，是一部描寫真人真事之作。王韜的《淞隱漫錄》，反映的是上海開埠之後，粵人赴滬經商的題材。

廣東沿海居民，富於冒險精神，在清代，國內至各省，海外往南洋、美洲，多從事商業和做工，像潮州「舶艚船，則運達各省，雖盜賊、風波不懼也」。〔註41〕廣東佛山近代著名小說家吳沃堯的《二十年目睹之怪現狀》與《劫餘灰》，即是描寫反美華工禁約條約時期之外勞題材，實際上是華工被「買豬仔」運到美國做苦工的悲慘經歷。海運途中，他們遭受到各種非人的待遇。作品批判現實主義的力度較強。同類題材的作品亦如黃小配的《宦海潮》等。

（二）粵海洋人文之情懷

南粵瀕臨南海，位挾三江，人物自古，別韻悠久。地處海潮之邊，沐薰五洲風氣之南粵大地，又善擷承古來人物英靈之秀，可謂地靈人傑。

南粵自古以來即為藏龍臥虎之地。這裡既有生長於斯之本地先賢，又有因貶謫而留下足跡之眾多名人。他們在南粵留下了一個個深厚的文化符號，為南粵之人文景觀增添了異彩。如自古地處嶺外蠻煙瘴雨之區，以為罪臣投荒之地的潮州，由於名賢畢至，人才泉湧，遂有「海濱鄒魯」的美譽。

在南粵這片文化沃土上，名公巨儒，前後相望。最負盛名者如「中國歷史上第一位巾幗英雄」，南北朝嶺南俚人領袖洗夫人，唐代「百代文宗」古文運動的倡導者韓愈，唐代著名詩人劉禹錫，唐開元丞相，被譽為「嶺南第一人」的張九齡，北宋著名文學家蘇軾、秦觀，宋代名臣包青天包拯，明代戲曲家湯顯祖，著名的思想家、教育家陳白沙，明末抗金名將，民族英雄袁崇煥，明末抗清英烈陳子壯，著名清官海瑞，明末清初愛國主義詩人「嶺南三大家」之一屈大均，清朝一代文宗阮元，嘉慶、道光年間以詩著稱，與黃培芳、譚敬昭號稱「粵東三子」的張維屏，中國近代史上啟蒙思想家、維新變法領袖梁啟超、康有為，外交家、政治家黃遵憲，太平天國傑出領袖洪秀全，中國近代

〔註41〕乾隆：《潮州府志》卷十二《風俗·術業》，中國方志叢書第四十六號，第一百三十三頁。

「開眼看世界第一人」林則徐，近代民主革命家、三民主義的倡導者孫中山，甲午戰爭愛國名將鄧世昌，人民音樂家、作曲家冼星海等，史不絕書。嶺南的文化名人，與嶺南文化的名人，他們或生於嶺南，長於嶺南；或為歷代被貶嶺南之羈人謫宦。

貶謫與流放是中國歷朝之通則。南朝梁沈約《立左降詔》曰：「是故減秩居官，前代通則，貶職左遷，往朝繼軌」。〔註42〕唐代法律制度呈現出民本思想的趨勢之重要標誌，即是死刑的減少和流放之刑的加強，這一制度造就了大批的流人逐臣。唐代之宮廷事變和軍閥混戰不休，在規模上，出現過好幾次大的流貶浪潮，如武后時期、中宗復辟時期、安史之亂時期、永貞革新時期和牛李黨爭時期，大批官員被流放嶺南；北宋時期，許多當朝文人因新舊黨爭失利或「以言語得罪」等罪名，在政治仕途上受到打擊、排擠，被先後貶謫至嶺南，人數約達二百人，其中包括如南朝之謝靈運；唐朝之韓愈、劉禹錫、宋之問、杜審言、李邕、牛僧孺、李德裕、常袞；宋朝之蘇軾、秦觀、崔與之、寇準、陳堯佐、余靖、蘇轍、李綱、趙鼎、胡銓、陸秀夫、張浚；明朝之湯顯祖、高攀龍等重要名臣。他們各以流放、安置、編管、黥隸等方式來到嶺外，足跡幾乎遍及嶺南全境。〔註43〕

至今，雷州西湖公園「十賢祠」所載之「十賢」；〔註44〕潮州「十相留聲」坊留下賢名的十位丞相；以及從漢代到明朝，被貶黜流放到嶺南崖州的十五位賢相名臣等。他們皆在嶺南大地留下了深深的足跡。

這批中原宦臣們貶謫嶺南之後，從廟堂之高跌落到江海之遠。他們沉潛意念，奮發精神，關心民瘼，帶來了先進的中原文明和清廉剛直的浩然正氣；他們行教化，興水利，勤政不息，讓南下的「北風」與蔚藍色的海洋交融、碰撞，沖刷，澆灌著嶺南的紅土地。在嶺南的發展史上，寫下了濃墨重彩的篇章。

同時他們筆耕不輟，在詩歌、戲曲領域拓展出新的境界。宋人嚴羽《滄浪詩話》云：「唐人好詩，多是征戍、遷謫、行旅、離別之作，往往能感動激發人意」。方回稱，「遷客流人之作，唐詩中多有之」。謫貶嶺南的詩人們，對於他們個人來說是一次痛苦的生命體驗，然而對詩歌境域而言，則是藝術

〔註42〕唐‧徐堅等編撰：《初學記》，卷二十，政理部，「刑法第九」。
〔註43〕清‧徐松輯：《宋會要輯稿》，北京國學時代文化傳播股份有限公司出版，2010年。
〔註44〕見於雷州市博物館，歷史沿革展區。

的拓展與超越。他們往往籍其貶詩抒發英雄末路之哭，忠而被貶之憤，壯志難酬之悵，生不逢時之歎，羈旅行役之苦，戀君思闕之懷，蒙恩赦還之願，思鄉懷歸之情，笑啼悲憤，一瀉無餘。同時他們將古代中原文化傳播到嶺南，成就了嶺南文化的地域特色，又體現了嶺南文化特有的兼容氣派。從張九齡到康有為、梁啟超，再到陳垣、陳寅恪、陳殘雲、秦牧，等等，他們上承前修，下啟來學，或文采風流，或哲思邈遠，或翰墨傳神，或聲藝超絕，對於嶺南文化的發展有著無可替代的拓荒之功。前賢往矣，聲華長存。

（三）粵沿海宗教與民間信仰

嶺南沿海地區宗教與我國廣大內陸地區宗教一樣，有著幾千年的歷史淵源。嶺南歷史上曾有過佛教、道教、伊斯蘭教、天主教和基督教的傳播。

由於嶺南地區瀕臨南海，從漢代開始，海上交通就十分發達。「初交趾以北，距南海有水路……交廣之利，民至今賴之以濟焉」。〔註45〕廣州是南海交通中最重要的港口城市。即使是明清海禁時期，廣州仍保留著「一口通商」的特殊地位。這就使得包括宗教在內的外國文化得以最早進入嶺南。有論者認為，佛教由交廣海路傳入中國較從西域陸路傳入中國的時間更早，且影響更大。〔註46〕

六朝時期，不少來自外國的僧人進入嶺南後，又轉而北上建康等地傳教，其中見諸文字記載、較為著名的就有曇摩耶舍、求那羅跋陀、菩提達摩和陳真諦等。這些外國僧人多受到當朝統治者的禮遇，從而擴大了佛教的傳播和影響。

與此同時，有不少中國僧人經由嶺南取道海路西行取經求佛法。如唐代高僧鑒真和尚、義淨法師等。義淨法師曾於公元 671 年，隻身搭乘波斯商船由海路自廣州出國。義淨轉抵印度後，經歷三十餘國，於武則天證聖元年回到祖國，帶回梵文經典四百餘部。回長安後，即在薦福寺主持佛經譯場，共譯經五十六部，二百三十卷，是玄奘之後在佛經翻譯上取得成就最大者。他還將途經海道諸國和所聞赴印度求法高僧的情況，撰成《南海寄歸內法傳》和《大唐西域求法高僧傳》，為瞭解唐初中印佛教的交往，嶺南佛教與南海的關係提供了重要的史料。

〔註45〕唐五代‧孫光憲：《北夢瑣言》卷二。
〔註46〕曹旅寧：《佛教與嶺南》，《學術研究》，1990 年第五期。

　　《大唐西域求法高僧傳》〔註47〕記述了唐代從貞觀十五年至天授二年近五十年間西行求法的五十六位僧人的事蹟。其中對印度、中亞及東南亞各地的佛教、歷史文化有不少介紹。在中外交通方面，記載了經過南海至印度的航海路線。此書是繼玄奘《大唐西域記》之後又一部中外交通和文化史的名著。

　　唐代高僧鑒真和尚，其為日本禪宗的創始者。唐玄宗時，應日本佛教界之請，六次東渡日本。天寶七年，他第五次東渡失敗時，曾帶領僧眾，取道雷州返揚州。在雷州時，他曾在開元寺設壇講經，還暢遊「伏波祠」、「雷州古廟」、「雷州誕降處」，及「羅崗福地」（今天寧寺）等勝景。〔註48〕鑒真和尚此行，是雷州歷史上的政治大事，對雷州佛教產生了深遠的影響。

　　自佛教傳入嶺南後，嶺南地區歷朝均有興建佛教寺院，每一州縣，均有大小不等的寺院。著名的有廣州之光孝寺、華林寺、海幢寺、大佛寺、長壽寺、六榕寺，番禺之海雲寺，肇慶的慶雲寺，韶關之南華寺，仁化之別傳寺，源之雲門寺，羅浮山之華首臺，潮州之開元寺，潮陽之靈山寺，海康之天寧寺等。

　　佛教的傳入與興盛對嶺南道教的產生亦具有刺激和推動作用。兩晉時期，嶺南已是道教傳播和發展的重地。東晉南海太守鮑靚創建的越岡院（三元宮），乃為當今嶺南最大的道觀之一。清代學者屈大均《廣東新語·山語》稱：「安期生常與李少君南之羅浮」。道教第五世祖白玉蟾，生於瓊州，後至雷州。白玉蟾一生以「非道非釋亦非儒，讀盡人間不讀書。非凡非聖亦非士，識破世間無識事」自詡。宋嘉定年間，曾奉詔入京，掌管太乙宮，封「紫青真人。」〔註49〕

　　嶺南得天獨厚的地理環境：「五嶺恃其北，大海環其東，眾水匯於前，群峰擁於後。地總百粵，山連五嶺，彝夏奧區，仙靈窟宅」，〔註50〕實乃道家的洞天福地。廣東羅浮山是中國十大道教名山之一，被道教稱為第七洞天、第三十四福地。道教典籍《仙經》稱：「可以精思合作仙藥者，有華山、泰山、霍山……羅浮山」。〔註51〕蘇軾《食荔枝》曾贊曰：「羅浮山下四時春，盧橘楊梅次第新，日啖荔枝三百顆，不辭長作嶺南人」。嶺南「神仙洞府」之氣象，作者樂不思歸之意溢於言表。

〔註47〕義淨：《大唐西域求法高僧傳校注》（王邦維校注），中華書局 1988 年，第九～十、第一百零三頁。
〔註48〕參見：雷州市博物館：「歷史沿革」展區。
〔註49〕雷州博物館：「歷史沿革」載。
〔註50〕仇巨川：《羊城古鈔》，廣東人民出版社，1993 年。
〔註51〕葛洪：《抱朴子內篇》，北京，中華書局，1985 年。

廣東以「和諧道教、祈福亞運」為主題的 2010 道教文化節即在博羅縣羅浮山舉行。蘊含道教文化氣息的太極拳表演《道樂聲聲》、舞蹈《仙境羅浮》和《葛洪仙韻》等節目，引人入羅浮山的道教玄渺境界。

廣東省較大規模的道教宮觀主要有新會的紫雲觀、廣州的純陽觀和黃大仙祠，此外廣州的三元宮、仁威祖廟、白雲仙館、五仙觀以及佛山祖廟、華光廟等，亦各具面貌。

道教諸神與嶺南沿海一帶民間俗神之關係十分密切。道教多將民間廣泛流傳之俗神，和其他宗教的神靈納入其龐大的道教神靈體系，升格而為道教神祇諸神。其中有與自然現象相關的自然神，如南海神、龍王、精衛、雷公、風伯等；有帶著明顯的人間特徵的英雄神、文化神，如冼夫人、關帝、張巡、許遠、黎母、包拯、韓湘子、文昌等；有護祐安全、除禍消災的守護神，如城隍、媽祖等。

嶺南沿海地區的民間宗教信仰十分發達，如媽祖信仰即具有廣泛的社會階層，其與佛教、道教及民俗活動交融在一起，形成了一種複雜的歷史文化現象。元代，一些地區的天妃廟由僧人主持，明代由皇帝欽定天妃為道教神，許多天妃廟歸入道觀。且宮廟多，信仰人數多，宗教活動多，對嶺南沿海的社會經濟文化產生了深刻的影響。

嶺南沿海一帶，南海神與龍王信仰亦十分廣泛。宋趙彥衛《雲麓漫鈔》云：「古祭水神曰河伯。自釋氏書入中土，有龍王之說，而河伯無聞矣。」〔註52〕

韓愈沿襲了《山海經》神話「南方祝融」說，強調南海神次最為顯貴的地位。並為之撰立《南海神廣利王廟碑》碑文。為了表達對南海神的崇敬之情，歷代皇帝不斷地給南海神加封，祝號祭式，與次俱升。從唐天寶十年，至元朝至元十三年，南海神已被加封為「南海廣利洪聖昭順威顯靈孚王」了。〔註53〕

在民間亦引發了以南海神崇拜為中心的一系列風俗活動和興建海神廟高潮。「南海神誕」亦稱「波羅誕」，是廣州乃至珠三角地區獨具特色的民間信仰活動，是最大的民間廟會，也是現今全國唯一對海神進行祭祀的活動。它蘊含了廣州最具代表性的民俗民間文化元素，有著千年的歷史文化傳統。

〔註52〕宋·趙彥衛：《雲麓漫鈔》卷十。
〔註53〕王元林：《國家祭祀與海上絲路遺跡》，附錄六，中華書局，2006年。

　　嶺南民間信仰的海龍王，其祭祀活動亦久遠普遍。屈大鈞《廣東新語‧海神》載曰：「溟海吞吐百粵，崩波鼓舞百十丈，狀若甚靈」。〔註54〕諸如此類傳說，載於古籍中或廣泛傳於民間。龍王，是中國人崇龍心理和尊王心理的交融互滲。龍王本是佛教的尊神，是隨著佛教傳入中土的。

　　龍在秦漢始與帝王崇拜結合，成為了帝王的象徵。《史記‧天官書》曰：「軒轅，黃龍體」，將帝王與龍一體化。中國龍是一種象徵、一種圖騰，是隱含中國文明和歷史的一個符號。廣東龍崇拜之俗，廣泛見於廟宇、建築物，及各種民俗活動之中。儘管對龍的由來學界頗有爭論，但「龍的傳人」、「龍的子孫」觀念，日益深入人心，成為全世界炎黃子孫的精神皈依和感情紐帶。

　　嶺南俗信文化的顯著特徵乃信鬼而祀巫。《漢書‧郊祀志》云：「粵人俗鬼」。北宋魏泰《東軒筆錄》：「或云蠻人多行南法，畏符籙」。宋人鄭熊《番禺雜記》載：「嶺表占卜甚多……俗鬼故也」。粵民間信仰，長期以來受巫鬼信仰的浸染，也深受嶺南特殊地理環境、熱帶氣候、獨特物產、以及族屬因素之影響。

　　這種民間信仰繁紛複雜，主要以自然崇拜、圖騰崇拜、祖先崇拜，及其地方神靈崇拜為核心。如徐聞海安之海神、伏波神信仰；雷州之雷神、石狗信仰；佛山之祖廟信仰；肇慶七星岩斗姥崇拜；東莞城隍信仰；博羅祭屬之俗；廣州之波羅廟、南海廟崇拜；順德之「淫昏之鬼」祭拜；梅州的慚愧祖師崇拜；潮汕地區的城隍守護神、青龍爺崇拜，和茂名之冼夫人崇拜等。

　　由於地緣因素的影響，以及族屬之間的差異，嶺南民間信仰頗具鮮明的地域特色。雖然這種民間信仰並非中國信仰形態的主流，但其歷史源遠流長，影響深遠。如粵西茂名地區，紀念冼太夫人的廟宇建築非常多，在茂名高州地區幾乎各個鄉鎮（村）均有冼太廟。當地人們逢年過節都要去祭拜，舉行遊神等活動，對此現象，日本學者岡田謙先生提出了「祭祀圈」之概念。

　　嶺南民間俗信鮮明地反映了世俗信仰的多元性和功利性，具有多教合一，多神崇拜的特徵，其民俗宗教的存在已有數千年的歷史，它構成了嶺南絢麗多姿的文化史。〔註55〕

〔註54〕屈大鈞：《廣東新語‧海神》卷六，第二百一十八頁。

〔註55〕參見：田若虹：《嶺南文學概述》，《嶺南文化論粹》，光明日報出版社2013年9月。

三、粵海域傳奇對海洋神話母題的圍繞與衍行

　　《山海經》蘊含著海洋文學的母題原型，是古代海洋小說敘事之祖。中國海洋文學對海洋神話母題的圍繞與衍行，是海洋文學創作的一大特徵。生動絢麗、豐富多彩的古代海洋神話，在古代其他各類古籍，諸如《博物志》《淮南子》《十洲記》《述異記》《抱朴子》《逸士傳》《異苑》《異物志》《吳越春秋》《詩經》《楚辭》《左傳》《史記》，以及諸子寓言中亦不鮮見。人與大海的深層生命牽繫，使海洋小說的發展實現了由「神到人」的過渡，致使神話對人類的支配力逐漸消失。

（一）神話：海洋小說的母題原型

　　西方的海洋文學極為發達，從早期荷馬史詩《奧德賽》，到梅爾維爾的《白鯨記》，海明威的《老人與海》，以及瑞秋·卡森的海洋三部曲：《海風下》《海之濱》《周遭之海》。這些作品展現出了海的神秘與無窮的魅力，闡述了海洋與人類的關係，令人深深著迷與感動。中國古代海洋小說雖然沒有出現過如此宏偉的巨著，比之於西洋神話，《山海經》的古神話，顯得零碎、簡陋，並非琳琅瑰奇的篇章，但仔細探究，仍不失為一塊一塊的璞玉美石。

　　中國海洋文學可溯源至二千年前的先秦古籍《山海經》。它蘊含著海洋文學的母題原型，是中國古代海洋小說敘事之祖。《山海經》是一部以神話為主體，包羅宏富的多學科古籍，其中關於海外奇山、怪物異人的記載尤為精彩。如《海經》所載的一些奇國異族：羽民國、厭火國、不死民、反舌國、三首國、長臂國、三身國、奇肱國、巫咸國、女子國、軒轅國、長股國、一目國、大人國、君子國、無腸國、黑齒國、玄股國等。此類傳奇雖屬子虛烏有，但卻頗具文獻與文學價值。

　　上古海神禺強、禺貌、不廷胡余、彝茲等，即載於《山海經》中，並衍化為後世文學的母題。如《山海經》中北海海神變為風神的禺強即是《莊子》寓言的鯤鵬之變的根源。《精衛填海》的故事是中國最早的海洋文學中的典範之作。晉代詩人陶淵明「精衛銜微木，將以填滄海」之詩典即源於《西山經》。《大荒西經》稱：「有魚偏枯，名曰魚婦。顓頊死即復蘇。風道北來，天乃大水泉，蛇乃化為魚，是為魚婦」。「魚婦」即顓頊所化。」上古人類與動物之間的神話傳奇，是古代圖騰信仰的反映。

　　《山海經》所述的奇國異族之事亦多載遠古時代海洋漁民生存及漁業活動的情景，《大荒南經》曰：「有羽民之國，其民皆生毛羽」。《海外南經》曰：

「長臂國在其東，捕魚水中，兩手各操一魚」。「鸛頭國」：「在其南，其為人，人面有翼，鳥喙，方捕魚」。「長股國」：「常背負長臂國的人入海，以捕魚為生」。「大人國」；「亦善操舟楫，能「坐而削舟」。《大荒東經》：「東海之渚中……有國曰玄股，黍食，使四鳥」，「衣魚食鷗」。上述內容的描寫既有文學的荒誕成份，也不悖科學的合理因素，反映了海洋文化的包容與前瞻性。

在《山海經‧海外西經》中，有描述各部族的異型：「長股之國在雄常北，被髮，長腳」。深目國：「為人深目」。《海外北經》之聶耳國：「為人兩手聶其耳「；《海內南經》之玄股國：「其為人黑股」。梟陽國人：「人面長唇，黑身有毛，反踵，見人則笑」。《海外東經》之勞民國「為人手足面目盡黑」。

又如關於「海外仙山」之神話，《海內北經》曰：「蓬萊山在海中，有仙人，宮室皆以金玉為之，鳥獸盡白，望之如雲，在渤海中也」。《東山經》曰：「剡山有獸焉，名曰合窳，見則天下大水，其上有水焉，甚寒而清，帝臺之漿水也」。

中國古代海洋文學對海洋神話母題的圍繞與衍行，是海洋文學創作的一大特徵。生動絢麗、豐富多彩的古代海洋神話，在古代其他各類古籍中亦不鮮見，諸如《博物志》《淮南子》《十洲記》《述異記》《抱朴子》《逸士傳》《異苑》《異物志》《吳越春秋》《詩經》《楚辭》《左傳》《史記》，以及諸子寓言等。

《淮南子》傳女媧補天神話：「往古之時，九州裂，水浩漾而不息，於是女媧積蘆灰以止淫水」。〔註56〕

《搜神記》記因水飲而非交合即有娠之神話：「漢末，零陵太守有女，悅門下書佐，使婢取盥手水飲之而有娠，既而生子，至能行，太守抱兒，使求其父，兒直上書佐膝，書佐推之，兒仆地為水」。〔註57〕

《博物志》關於客星犯牛斗之神話：「舊說，天河與海通，近世有居海渚者，年年八月，有浮槎來過，甚大，往反不失期，此人乃多齎糧，乘槎去，忽忽不覺晝夜，奄至一處，有城郭屋舍，望室中，多見織婦，見一丈夫，牽牛渚次飲之，此人問此為何處，答曰：問嚴君平，此人還，問君平，君平曰：某年某月，有客星犯牛斗，即此人乎」。〔註58〕

〔註56〕《藝文類聚》，卷八‧水部上‧海水。
〔註57〕《藝文類聚》，卷八‧水部上‧海水。
〔註58〕《藝文類聚》，卷八‧水部上‧海水。

　　《莊子》「混沌」之神話：「南海之帝為儵，北海之帝為忽，中央之帝為混沌。儵與忽時相與遇於混沌之地，混沌待之甚善。儵與忽謀報混沌之德，曰：『人皆有七竅，以視聽食息，此獨無有』，嘗試鑿之。日鑿一竅，七日而混沌死。」〔註59〕因儵、忽的善良和無知，自作聰明，將混沌鑿開一竅，斷送了混沌的生命。這正是莊子所要表達的自然無為思想，這一思想今天對我們仍有警示意義。

　　《易經》「河圖洛書」說：「河出圖，雒出書，聖人則之」。〔註60〕相傳，上古伏羲氏時，黃河中浮出龍馬，背負「河圖」，獻給伏羲。伏羲依此而演成八卦，後為《周易》來源。

　　《幽明錄》傳海中金台山：「海中有金台山，高百丈，結構巧麗，窮盡神工，橫光岩渚，竦曜星門。臺內有金機，雕文備制」。

　　《十洲記》之「不死草」：「神洲，東海中，地方五百里，上有不死草生瓊田中，草似菰苗，人已死者，以草覆之皆活」。

　　《列仙傳》之江妃女仙：江妃二女，遊於江濱，逢鄭交甫，遂解珮與之，交甫受佩而去，數十步，懷中無佩，女亦不見。〔註61〕

　　《十洲記》之「扶桑」仙境：扶桑在碧海之中，北面一萬里有大帝宮，太真東王公所治處。山外別有員海繞山，員海水色正黑，謂之溟海，無風而洪波百丈，惟飛仙能到其處。〔註62〕

　　《新序》禹之傳奇：「禹南濟於江，黃龍負舟，舟中人失色，禹仰視天而歎曰：「吾受命於天，死生命也！」龍弭耳而逃」。〔註63〕

　　《夢溪筆談》之「海事」：「登州海中，時有雲氣，如宮室、臺觀，城堞、人物、車馬、冠蓋，歷歷可見，謂之海市。或曰蛟蜃之氣所為，疑不然也。歐陽文忠，曾出河朔，過高唐縣，驛舍中夜有鬼神自空中過，車馬人畜之聲，一一可辨，其說甚詳，此不具記。問本處父老云，二十年前嘗晝過縣，亦歷歷見人物。土人亦謂之海市，與登州所見大略相類也」。〔註64〕

〔註59〕《藝文類聚》，卷八・水部上・海水。
〔註60〕《藝文類聚》卷八・水部上・江水。
〔註61〕《太平御覽》卷六十地部二十五・江。
〔註62〕《太平御覽》卷六十・地部二十五・海。
〔註63〕《太平御覽》卷六十・地部二十五・海。
〔註64〕北宋・沈括：《夢溪筆談・異事》。

（二）粵海洋小說神話母題的衍行

嶺南地區自秦漢以來，便受到中原文化的強大影響，吸收了中原文化、周邊文化，及海洋文化（包括東南亞與西方），並將其融匯、創造和發展。概言之，嶺南文化是南越的土著文化、中原文化和海洋文化的融合。嶺南至今仍傳承著先民開基創業的優美神話與傳奇。

如《淮南子‧人間訓》傳「秦攻百越之戰」。秦始皇喜歡越之犀角、象齒、翡翠、珠璣。於是公元前 219 年，使尉屠睢發卒五十萬，兵分五軍，南下攻擊百越：「一軍塞鐔城之領，一軍守九疑之塞，一軍處番禺之都，一軍守南野之界，一軍結餘干之水，三年不解甲馳弩。……而越人皆入叢薄中，與禽獸處，莫肯為秦虜。相置桀駿以為將，而夜攻秦人，大破之，殺尉徒睢，伏屍流血數十萬，乃發適戍以備之」。

粵海洋小說最富神話和傳奇色彩的故事是媽祖傳奇。李俊莆的《莆田比事》記載媽祖：「生而神異，能言人休咎」；黃岩孫《仙溪志》中載：「為巫，能言人禍福」；黃公度《題順濟廟》記載：「平生不厭混巫媼」。《天妃顯聖錄》也輯錄了媽祖生平「靈應」之神話傳說。林清標纂輯的《敕封天后志》是一部關於媽祖傳說的集錄。

明萬曆年間建陽林熊龍峰刊行的《新鐫出像天妃出身濟世傳》，又名《天妃娘媽傳》，全書分為上下二卷，共三十二回，寫於萬曆年間。該小說刻印者是熊書峰，書堂名忠正堂。作者吳還初，據方彥壽斷定，其為閩南一帶人氏。書述媽祖故事，如第一回有「鼉猴精碧苑為怪」，第二回有「玄真女叩闕傳真」，第十回有「玄真女湄洲化身」，第十五回有「林二郎兄妹受法」，第三十一回有「天妃媽收服鼉精」，第三十二回有「觀音佛點化二郎」等。

羅懋登的《三寶太監西洋記通俗演義》，其中大多情節亦與媽祖有關聯。如第二十二回寫道：「只聽得半空中，那位尊神說道：『吾神天妃宮主是也。奉玉帝敕旨，永護大明國寶船。汝等日間瞻視太陽所行，夜來觀看紅燈所在，永無疏失，福國庇民。』」〔註 65〕

南宋莆田學者廖鵬飛的《聖墩祖廟重建順濟廟記》，是目前發現最早的一篇有關媽祖事蹟的記載：宋徽宗宣和五年，官員路允迪奉命出使高麗，使團航行途中，風浪驟起，船隻失控，相互絞纏撞擊，船隊八條船，其中七條相繼沉沒，只剩下路允迪所乘大船穿梭於浪濤中躲閃掙扎。此時，半空中紅霞閃

〔註 65〕 （明）羅懋登：《三寶太監西洋記通俗演義》，上海古籍出版社，1985 版。

亮,一位女神飄然而至,輕舒長袖,款款作舞,狂濤頓時停息,船身也停止搖曳。路允迪詢女神之來歷,隨員稟告,此即湄州巫女林默。宋徽宗得知林默顯聖事蹟,當即賜「順濟」二字為廟額稱號,以感謝她救助使團的義舉。

鄭和《通番記》也寫道:「值有險阻,一稱神號,感應如響,即有神燈燭於帆檣,靈光一臨,則變險為夷,舟師恬然,咸保無虞」。書中的第二十二回「天妃宮夜助天燈,張西塘先排陣勢」,第九十八回「水族各神聖來參,宗親三兄弟發聖」,第一百回「奉聖旨頒賞各宮,奉聖旨建立祠廟「等皆有相關描寫。〔註66〕

明末崇禎年間陸雲龍撰《新鐫出像通俗演義遼海丹忠錄》,第十八回「大孝克仲母節,孤忠上格天心」,其中也提到媽祖許多神跡顯應的故事。

明清時期的內河航運領域,福建商民頻繁地往來於家鄉與內地之間,將海神媽祖信仰傳入內地,也將內地的神明引入媽祖的神仙班底。在一些媽祖廟裏,配神有水仙尊王就來自內地,他們是李白、大禹、屈原、伍子胥、王勃五位,原本有著內陸江神、河神的身份,如李白傳說溺死長江采石磯,成為江神,屈原投汨羅江而死也是著名的江神,大禹是治水的先驅,是中原地區老資格的水神。他們加入媽祖廟裏眾神班底,反映了沿海與內地文化的密切交融,豐富了媽祖信仰的文化內涵。

近代文學家林紓1917年創作三部戲曲作品,其中一部即十一場的《天妃廟傳奇》〔註67〕。這部戲曲以江蘇松江地區天妃廟為背景,描寫清光緒年間留學日本的假洋鬼子搗毀天妃廟神像,引起幾年集資修建天妃廟的商人們的憤怒,從而引起軍閥的干涉,以及軍閥內部的鬥爭。

近代莆田《天妃降龍全本》傳奇,亦描述了天妃降伏東海龍王的神話故事。莆田蘇如石上世紀五十年代末亦曾創作神話戲劇《媽祖志》,將媽祖形象搬上了舞臺。

(三)人與大海的生命牽繫

現代海洋小說,可以臺灣作家廖鴻基為代表。他的海洋四部曲:《來自深海》《漂流監獄》《鯨生鯨世》和《討海人》,充分表現了人與大海的深層生命牽繫。如其《討海人》說:「我想,魚群是海洋放出來的釣餌,她放出長線,一步

〔註66〕(明)鄭和:《通番記》二十卷第二十二回,第九十八回,第一百回。
〔註67〕畏廬老人編纂:《天妃廟傳奇》商務印書館,1917民國版。

步鉤釣我走向海洋。」繼其海洋四部曲之後，廖鴻基又先後創作了《後山鯨書》《領土出航》《海天浮沉》《腳跡船痕》《臺灣島巡禮》《尋找一座島嶼》《漂島──一段遠航記述》《臺十一線藍色太平洋》等海洋系列小說。其筆下的海洋，如《海天浮沉》中的二十多篇故事，彷彿述說最貼近作者生活的大海中的悲傷與歡喜。當其沉浸在那幾分漂泊、幾分幽秘、幾分蒼茫、幾分波折的海洋氛圍中，猶可親身探觸或依憑想像，目擊大海無限的獨特風景。

當代嶺南海洋小說，則更多地關注時代與社會的變遷，反映改革開放的進程，嶺南作家何卓瓊 2002 年完成了長篇小說《藍藍的大亞灣》，這是一部以核電站為題材的長篇小說。在答記者問時她說道：完全就是海洋文化，一種海洋文化的體現。名字叫《藍藍的大亞灣》，就是一種海洋性的東西，蔚藍色的東西，不是黃土地那種，是藍色的海洋文化。大亞灣核電站濃縮了改革開放的進程，我思考的問題是中國人怎麼面對全球化，在全球化面前怎樣堅持本土化。

如果說《藍藍的大亞灣》主要是以海洋文化為背景的作品，那麼洪三泰先生的《血族》三部曲之一，《女海盜》則是直接描述海洋文化、海上絲綢之路的一部文學作品。在談到為什麼將作品定名為《血族》三部曲時，洪先生說：這三部曲主要是講一個嶺南地域文化背景之下的一些陽剛、血性的英雄，以《血族》命名，表達了我們嶺南的海洋文化，那是以血抗爭的血性文化。

小說《女海盜》透視出了雷州半島獨特的流放文化，更重要的特徵還是一種海洋文化。譚元亨評述說：我個人用海明威的《老人與海》，麥爾維爾的《白鯨》，還有前蘇聯作家格林的《踏浪女人》與這部《女海盜》進行對比，發現它們之間不乏海洋文化的共性，包括大海所塑造出來的硬漢式的形象。但《女海盜》又是定位於特殊的文化背景和地域的，當然更充滿著一種嶺南文化、珠江文化特色。

由小說《紅海洋》改編的電視劇《滄海》是第一部全景展示中國海軍六十年發展歷程的軍事題材小說。也是一部「新中國海軍的百科全書」。它揭秘了諸多真實歷史事件，揭開了中國海軍的神秘面紗，是首部全景展示中國海軍六十年發展的獻禮史詩大片。對於瞭解中國海軍的發展史，瞭解金馬島戰役，瞭解我國核潛艇「長波臺」的研製，索馬里護航一六九艦等不無裨益。《紅海洋》目前已為美國國會圖書館和五角大樓收藏。

　　中國海洋小說的發展史與外國的海洋小說一樣，經歷了一條從神話到浪漫主義和現實主義的道路，體現了古代由「神到人」的過渡。古代由於人類生產力水平的低下，人們往往借助想像以表達征服海洋、支配海洋的願望。隨著生產力水平的發展，海洋逐漸被人類所認識，海洋神話對人類的支配力也就逐漸消失了。

　　在近代海洋小說家們筆下的海洋題材，往往反映商船航海、海盜劫掠、販賣黑奴和海上戰爭等。這時的海洋小說再也找不到「神」的色彩了。海洋小說亦如社會小說，遵循著文學發展的普遍規律。〔註68〕

〔註68〕田若虹：《粵海域傳奇對海洋神話母題的圍繞與衍行》，五邑大學學報：社會科學版，第十三期，2011年。

伍、宗教與民間信仰文化（二）

一、「南海神誕」之時代印記

（一）南海神信仰與崇拜

中國海神及其名稱，最早見於古籍《山海經》。《山海經・大荒東經》云：「東海之渚中，有神，人面鳥身，珥兩黃蛇，踐兩黃蛇，名曰禺虢。黃帝生禺虢，禺虢生禺京。禺京處北海，禺虢處東海，是惟海神」。《海外北經》曰：「北方禺強（即禺京），人面鳥身，珥兩青蛇，踐兩赤蛇」。《大荒南經》：「南海渚中，有神，人面，珥兩青蛇，踐兩青蛇，曰不廷胡余」。《大荒西經》云：「西海渚中，有神，人面鳥身，珥兩青蛇，踐兩青蛇，名曰弇兹」。這些神人大都居於「海外渚中」，故稱「海神」。

關於四海海神的稱謂，《山海經》中亦有所不同，《山海經・海外西經》曰：「西方蓐收，左耳有蛇，乘兩龍」。《海外東經》曰：「東方句芒，鳥身人面，乘兩龍」。《海外南經》：「南方祝融，獸身人面，乘兩龍」。《大荒西經》：「有人珥兩青蛇，乘兩龍，名曰夏后開（啟）」。

《山海經・大荒南經》中的「不廷胡余」，和《海外南經》所提到的「祝融」，亦即南海水域之神，南海神。其形為「人面，珥兩青蛇，踐兩青蛇」；「獸身人面，乘兩龍」。當屬於自然神格。

在中國神話系統中，「水神」是傳承最廣影響最大的神祇。無論江河湖海抑或水井池潭中，都有職司不同的水神。「水神」又稱之為水仙、水伯、水君，和龍王。晉《拾遺記》卷十云：「屈原以忠見斥，隱於沅湘。……被王逼逐，乃赴清冷之水。楚之思慕，謂之水仙，立祠。」《山海經・海外東經》云：「朝陽之谷，神曰天吳，是為水伯」。又云：「朝陽之谷，神曰天吳，是為水君」。

　　自原始社會以來，人們就有巫祝祭祀習俗，最早關於祭四海的記載可見於《禮記・月令》，其記曰，周時：「天子命有司祈四海大川名源淵澤井泉」。其時，東海、南海尚屬於東夷、百越等未開化民族居住範圍，西海、北海更遙不可及，夏商周的各代統治者只是象徵性地對東南西北四海遙祭。發端於黃河流域的中原文化，自古即有祭河伯的習俗。隨著中原文化逐漸擴張到沿海，人們對海的崇拜也隨著皇權力量的延伸而盛行。海洋之遼闊令人敬畏，所以秦漢時期祭海用的是侯一級的禮儀，比祭河伯的檔次要高。

　　《漢書・郊祀志》載，漢宣帝神爵元年，皇帝有感於百川之大，而無闕無祠，於是在洛水處立祠祭海神，以求豐年。有論者認為，這是中國封建帝國立祠祭海神之始。隋朝開皇十四年，有大臣建議，海神靈應昭著，應該考慮在近海處建祠祭祀，才能表達出人間帝王對海神的虔誠。文帝於是下詔祭四海。廣州南海也應詔建立了南海神廟。可以說，南海神廟其官廟的地位，在一開始就被確定了。《隋書・禮儀志二》曰：「開皇十四年閏十月，詔……東海於會稽縣界，南海於南海鎮南，並近海立祠」。據有關統計，自隋文帝下詔建南海神廟之後，一千四百多年來，歷朝皇帝下詔加封、派員祭祀以及撥款修葺的次數在一百次以上。由於官家的呵護，南海神廟的聲譽日漸興隆，地位逐漸超過了東、西、北三海的神廟，成為諸海神廟之首。唐代韓愈所題的《南海神廟碑》曰：「海於天地間，為物最巨，自三代聖王，莫不祀事，考於傳記，而南海神次最貴，在北東西三神、河伯之上，號為祝融」。

　　韓愈沿襲了《山海經》神話，「南方祝融」之說，強調南海神次最為顯貴的地位。清屈大均《廣東新語》進一步指出了祝融兼水火二帝之職：「南海之帝實祝融，祝融火帝也，帝以南嶽，又帝以南海，……故祝融兼為水火之帝，其都南嶽，故南嶽主峰名祝融，其離宮在內扶胥。」此「離宮」即指南海神廟。對登上衡山的參拜者，祝融應許的是溫暖與光明，而對到南海岸邊的參拜者，他庇祐的則是海不揚波、風平浪靜。衡山祝融殿以及南海神廟裏的香火，繚繞千年而不斷。

　　戰國時代魏國天文學家石申《石氏星經》亦曾闡明祝融「其都南嶽」，「其離宮在扶胥」之因緣：南方赤帝，其精朱鳥，為七宿，司夏，司火，司南嶽，司南海，司南方是也。司火而兼司水，蓋天地之道，火之本在水，水足於中，而後火生於外，火非水無以為命，水非火無以為性，水與火分而不分，故祝融兼為水火之帝也。其都南嶽，故南嶽主峰名祝融。其離宮在扶胥，故昌黎

云，南海陰墟，祝融之宅，海在南而離宮在北，故曰陰墟也。體陰而用陽天之道，故以陰為宅也。四海以南為尊，以天之陽在焉，故祝融神次最貴，在北東西三帝、河伯之上。

為了表達對南海神的崇敬之情，歷代皇帝不斷地給南海神加封，祝號祭式，與次俱升。唐天寶十年，玄宗詔封：南海神為廣利王，立夏日於廣州祭祀南海王。彰顯帝王對大海的頂禮膜拜。五代十國時期，嶺南曾短暫出現過南漢國。其後主又詔封「南海廣利王為昭明帝」。宋代廢除了南漢給南海神的封號。但到了宋康定二年，仁宗又加「洪聖」封號，於是成了「南海洪聖廣利王」了。宋皇祐五年，加「昭順」封號，南宋紹興七年，加「威顯」封號，到了元朝的至元十三年，元帝又為南海神加「靈孚」封號。此時，南海神已被加封為「南海廣利洪聖昭順威顯靈孚王」了。

明太祖朱元璋則不以為然，認為五嶽四瀆之神，受命於天，非人間帝王可以任意加封。故將南海神所有的封號一筆抹去，欽定為「南海之神」。並派人在南海神廟立下巨碑記載此事。此後，明朝、包括清朝的皇帝莫不遵循此例。只有維止皇帝一如既往地給南海神封加為「南海昭明龍王之神」。

民國時期，時任廣州軍政府大元帥的孫中山偕同宋慶齡，曾到南海神廟拜謁過南海神。爾後內戰不絕，及至日寇入侵，國運漸至衰微，南海神廟的官廟地位也就成為了歷史浮雲。

自隋朝在廣州建立南海神祠廟，宋代在廣東其他地區亦多建有離宮。元明兩代，南海神廟宇已在廣東各地多有分布，鱗次櫛比。「凡渡海自番禺者，率祀祝融、天妃；自徐聞者，祀二伏波。」〔註1〕

宋元時代，有關廣利王的傳說甚多。《剪燈新話》記載，元至正四年，南海廣利王邀請潮州士人余善文入水府，欲別構一殿，請余製上樑文。余善文俯首聽命，一揮而就，文不加點。書擬詞文一首。廣利王大喜，卜日落成。發使詣東西北三海，請其王赴慶典之會。「翌日，三神皆至，從者千乘萬騎……是日，廣利頂通天之冠，御絳紗之袍，秉碧玉之圭，趨迎於門，其禮甚肅。三神亦各盛其冠冕，揖讓而坐，……余善文亦以白衣坐於殿角。酒進樂作，有美女二十人……歌《凌波之詞》……歌《採蓮之曲》……遂獻《水宮慶會詩二十韻》，詩進，席間大悅。已而，日落咸池，月生東谷，諸神大醉，傾壺而出，各歸其國。明日，廣利特設一宴，以謝善文。賜珠寶犀角為潤筆之資。善文歸

〔註1〕清·屈大均：《廣東新語·神語》卷六，「海神」條，第二百一十八頁。

家，攜所得於波斯寶肆鬻焉，獲財億萬計，遂為富族。後棄家修道，遍遊名山，不知所終。」〔註2〕

古代祭祀水神，除齋戒禱祠外，亦以沉祭的方式。相傳唐堯時，堯領眾酋長東遊於洛水。在太陽偏西時，偶然把玉璧沉入洛水，忽見洛水上光芒四起，有靈龜出而復隱。於是，堯便在洛水邊修了一個祭壇，擇吉日良辰鄭重其事的將璧玉沉入河底。稍傾，河底便光芒四射，接著又飛起一團雲霧，在雲霧中有噴氣吐水之聲。一陣大風過後，雲開霧散，風平浪靜，水上漂過一個大龜殼，廣袤九尺，綠色赤文。殼上平坦處文理清晰，上有列星之分、七政之度，並記錄著各代帝王興亡之數。此後，易理文字便在人間傳開。此亦即傳說的「靈龜」。虞舜時，舜習堯禮，沉璧於洛水，水中有赤光忽起，有龜負圖書而出。接著一卷甲黃龍，舒圖書於雲畔，將赤文篆字以授舜。此即傳說的「黃龍負書」。《史記·秦始皇本紀》載：「二十八年上，始皇東狩，過洞庭湖，風浪大作，舟船將覆，始皇懼，⋯⋯令投傳國璽於水，投迄，風平浪靜」。

除玉璧之外，牛羊也常作祭品之用。如唐代朝廷官員到南海神廟拜祭時，具豬牛羊三牲、酒和五穀，主祭官員宣讀祭文，擊鼓樂神，鳴炮升旗，然後刻碑紀事。

唐武德、貞觀年間，朝廷規定廣州都督刺史為祀官，每年祭祀南海神。據有關學者統計，中央專史祭祀南海神的有十次左右。重要的兩次是：開元十四年，張九齡祭祀南嶽和南海；天寶十載，張九章祭祀南海。〔註3〕張九齡「緬然萬里路，赫曦三伏時」。〔註4〕在廣州主持祭祀南海神，「肅事誠在公，拜慶遂及私」。在完成祭祀南海神的使命後，遂回鄉省母，歸途從大庾陵而上，沿贛江而下抵江北返。

天寶十年，又命義府長史張九章奉金字玉冊到南海神廟，冊封南海神為「廣利王」，意為廣招天下之利。這次祭祀，是包括南海神在內的四海神「屢效修徵之應」，已作為國家封建之典，成為與五嶽並肩的神靈，其意義重大。

元和十四年，廣州刺史、嶺南節度使孔戣擴建南海神廟，擴大治庭壇，改作東西兩序和齋庖之房，並立《南海神廣利王廟碑》。韓愈在潮州作詩以美之：

〔註2〕明瞿祐：《剪燈新話》卷一，《水宮慶會錄》，上海古籍出版社，第九～十二頁，1981年版。

〔註3〕王元林：《國家祭祀與海上絲路遺跡》，中華書局，第四百六十二～四百六十三頁，2006年版。

〔註4〕張九齡：《夏日奉使南海道中作》，《曲江集》卷四。

海於天地間，為物最鉅。自三代聖王，莫不祀事，考於傳記，
而南海神次最貴，在北東西三神、河伯之上，號為祝融。……由是
冊尊南海神為廣利王。祝號祭式，與次俱升；因其故廟，易而新之，
在今廣州治之東南，海道八十里，扶胥之口，黃木之灣。〔註5〕

自韓愈之後，許多文人都涉足南海神廟，留下大批詩文。其中有王建、
張籍、曹松、賈島、劉禹錫、白居易以及唐代以後的蘇東坡、文天祥、楊萬
里、湯顯祖、陳獻章、屈大均、查慎行、王士禎等，其詩作數以百計，具有極
高的史料、文學與文獻價值。

南海神廟不僅備受帝王和文人的重視，在民間亦引發了以南海神崇拜為
中心的一系列風俗活動和興建海神廟高潮。「南海神廟」，又稱「東廟」、「波
羅廟」。

「南海神誕」亦稱「波羅誕」，每年農曆二月十一至十三舉行，其中十三
為正誕。「波羅誕」是廣州乃至珠三角地區獨具特色的民間傳統活動、最大的
民間廟會，也是現今全國唯一對海神進行祭祀的活動。它蘊含了廣州最具代
表性的民俗民間文化元素，有著千年的歷史文化傳統。波羅誕在南宋已經熱
鬧非凡，劉克莊有首《即事》狀其盛況：「香火萬家市，煙花二月時。居人空
巷出，去賽海神祠。東廟小兒隊，南風大賈舟。不知今廣市，何似古揚州」。

每當海神「正誕「之日，即舉行祭神、巡遊、趁圩等活動。各地前來賀誕
的遊人，川流不息，蹌蹌躋躋，銀燭高輝，香煙薰天，熱鬧非凡。廟外集市售
有波羅雞、小商品、百貨等，同時也為民間戲曲、遊藝，提供舞臺。可謂萬人
空巷，觀者如潮。宋楊萬里《題南海東廟》，其中四句述曰：「大海更在小海
東，西廟不如東廟雄，南來若不到東廟，西京未睹建章宮。」志其盛事。

關於「波羅廟」的傳說，宋方信孺《南海百詠》載曰，唐朝波羅國使者
到京城朝貢，返程時順道登廟拜偈南海神，貢使種下從國內帶來兩粒波羅樹
種子，卻因流連於廟中景致，誤了歸船。故望江悲泣，並舉左手於額前眺望，
企盼歸帆，然船終未至，遂立化海邊。當地人加以厚葬之餘，為其漆像加衣
冠，受封「司空」，「祀於左廊，一手擋眉際遠矚」，封為達奚司空。因其來
自波羅國，村民俗稱其塑像為「番鬼望波羅」，不僅「南海神廟」更名為「波
羅廟」；「南海神誕」被稱為「波羅誕」，甚至廟附近的「扶胥江」也被稱為
「波羅江」。

〔註5〕韓愈：《南海神廟碑》，《昌黎先生文集》，卷三一。

　　湯顯祖《達奚司空立南海廟外》言達奚為暹羅人。〔註6〕其亦為「面手黑如漆」,「左手翳西日」之「舉手遙望的番鬼望菠蘿」。

　　明朝東莞詩人蘇應機《題波羅廟顯相達奚司空像》曰:「風萍浪梗總無涯,莫認歸帆望眼賒。萬國分封雖異域,一天同戴即為家。煙消黃木朝朝日,春好羅浮樹樹花。況荷衣冠更左袵,旅魂何必重諮嗟」。達奚司空從蕃客變為蕃神,又從蕃神變為中國神,成了南海神的「助力侯」。這是珠江文化吸收海外文化的精彩演繹,也見證了昔日海上絲綢之路起點萬帆競發的繁華。

　　波羅廟會的熱鬧情景,在清朝番禺籍舉人崔弼的《波羅外紀》中有生動地描述:「每歲二月初旬,遠近環集,樓船花艇,小舟大舫,連泊十餘里。有不能就岸者,架長篙接木板作橋,越數十重船以渡」。「波羅誕」延續至今,它已不再是帝王祈望朝代更替、平叛治亂、決策重大國事,和神道設教的場所,亦不止於接踵海上絲綢之路的流光溢彩,和海上貿易興旺發達的功利追求;它更多的是嶺南民間神人同樂的歡慶,風調雨順、出入平安的期盼。南海神誕由官方到民間的華麗轉身無不顯其丰韻靚麗的重彩。它有著時代無法抹去的印記。

　　南海神廟經過歷朝的更迭,文化積澱深厚。它是我古代海外交通貿易史上的重要遺址和海上絲綢之路的起點;是東南西北四大海神廟中唯一完整保存下來的古建築群;如今更是人們心靈寄託的神聖殿堂。

　　在南海神廟中間橫樑上刻著的「海不揚波」四個大字,傳達了人們對海神的崇拜和企盼。東西兩側有唐代韓愈碑亭和北宋開寶碑亭,這些史料對研究南海神廟的起源和發展具有重要價值。

　　南海神廟的大殿正中安放了連座三・八米高的祝融塑像。神廟中的祝融已褪去了自然神格色彩,而進入人格神殿堂,接收人們的頂禮膜拜。他頭戴王冠,身著龍袍,手執玉圭,體態豐碩,神情安詳,一派雍容大度的王者風範。祝融像的背後有一塊照壁,浩蕩的海水上有一條龍騰雲駕霧,兩邊的對聯是:「順水千舟朝洪聖,伏波萬里顯真龍。」神廟大殿的左右兩旁,侍有六侯塑像,分別是助利侯達奚司空、助惠侯杜公司空、濟應侯巡海曹將軍、順應侯巡海提點使,祝融的長子一郎為輔靈侯、次子二郎則為贊寧侯。南海神祝融崇拜完成了由自然神向人格神的過渡。

〔註6〕湯顯祖:《達奚司空立南海王廟門外》,《湯顯祖詩文集》卷一一,上海古籍出版社,第四百一十六頁,1982年版。

被稱為「番鬼望波羅」的達奚司空時代，是廣州號稱「東方第一大港」的鼎盛時期。唐代著名詩人劉禹錫曾這樣描繪：「連天浪靜長鯨息，映日帆多寶舶來」。《徐公行狀》描繪了海上各國互市的盛況：「番國來互市，奇珠玳瑁，異香文犀，皆浮海而來，常貢是供，不敢有加，船人安焉」。韓愈《送鄭尚書序》亦曰：「外國之貨日至，珠香象犀玳瑁，希世之珍，溢於中國，不可勝用」。彼時廣州的市舶收入，如唐宰相張九齡云：「上足以備府庫之用，下足以贍江淮之求」。當時廣州的大型海舶木蘭舟「浮南海而南，舟如巨室，帆若垂天之雲，舵長數丈，一舟數百人，中積一年糧」。明朝後期，廣州出現了「番舶街尾而至」的盛況。當時的濠畔街「香珠犀象如山……日費數千萬金，飲食之盛，歌舞之多，過於秦淮數倍」。「番鬼望波羅」作為南海神的侍神，與宋元明時期廣州的對外貿易有很大的關係，亦含蘊人們對繁榮海洋貿易和海上文化交流的美好祈望。

（二）龍王信仰與崇拜

隨著歷史的進一步發展，海神信仰日趨人神化，起而代之的是四海龍王信仰。西漢末年，佛教開始傳入我國。《華嚴經》中有一段龍王的描述：「有無量諸大龍王，……如是等而為上首，其數無量，莫不勤力，興雲布雨，令諸眾生，熱惱消滅」〔註7〕。由於佛經中描述的西天來的無量諸大龍王法力無邊，能興雲布雨，同中國原有的龍蛇形早期海神相融合，故而取代了中國原始海神信仰，成為海底龍宮的最高統治者，海中之王，而享用人間帝王及民間漁民舟子的祭拜、香火。

龍王本是佛教的尊神，隨著佛教傳入中土。龍王在印度是一般的神靈，如佛經中的天龍八部之「龍」，不過是普通的護法神而已，它是佛的信徒、供養者或守護神，而中國龍卻享有至高無上的地位，特別是龍崇拜與政治結合起來之後，龍成為了帝王的象徵。由於受儒教和道教的影響，中國龍的信仰也有所改變。如在儒教的影響下，中國的龍王篤守儒家人倫，兼有善惡之別。而道教則將其納入玉皇大帝的麾下。在中原各地，龍王被冠以名、姓與封號。宋徽宗大觀二年，詔天下五龍皆封王爵。龍的文化內涵已超越了原始圖騰與佛教守護神、護法神的意蘊，而具有至高無上的社會地位和精神感召力。

〔註7〕參見：《大方廣佛華嚴經·世主妙嚴品》卷一。

在佛經中，龍王之處所稱為龍宮。如《長阿含經》卷十九《龍鳥品》云：「大海水底有娑竭龍王宮，縱廣八萬由旬，宮牆七重，七重欄楯，七重羅網，七重行樹，周匝嚴飾皆七寶成，乃至無數眾鳥相和而鳴」〔註8〕在《洛陽伽藍記》中亦可發現中國龍王住的龍宮。《西遊記》中敖廣的皇宮則居於東海，被設計成「水晶宮」。

從漢晉到唐宋時期，龍的形象在演變過程中，明顯地受到佛教藝術的影響。如敦煌北魏壁畫上的龍，其動態是在奔騰，卻給人以一種安詳、寧靜的感覺，這種造型顯然來源於同時代佛教中的飛天。印度佛教中的獅子對中國龍形象的演變影響也很大，唐宋時期的龍吸收獅子的形象。頭圓而豐滿，腦後披鬣，鼻子也近似獅鼻。龍吸收獅子形象，主要是為了顯其神威。

嶺南沿海地區，亦將龍身從北方的山脈象徵發展為蛇、魚象徵，建祠立廟，四時參拜，並演化為其建築構件和園林景觀。如從龍壁圖案上看，雙龍壁是嶺南園林景牆的一大特徵，諸如佛山祖廟的雙龍壁、順德鳳山公園的雙龍壁。為使兩龍更為活躍，則中間綴以寶珠，成為雙龍戲珠。嶺南建築之雙龍戲珠，主要以門窗木雕、屋脊灰塑和牆壁灰塑表現出來。

又如在命名上，以龍字命名的園名和園景有廣州越秀公園的蟠龍崗、慧如公園的龍翔閣、惠州西湖的偃龍橋、寶墨園的九龍橋和跨龍橋、澳門的二龍喉公園、香港的九龍公園、九龍城寨公園及其內的龍南榭等。在造型上，龍珠是龍目的象徵，嶺南人把龍眼定為植物名。嶺南人還把園林植物與龍結合在一起，如嶺南園林中大量使用龍眼樹和龍吐珠。

廣東流行的龍珠雕塑小品，即一個石球或噴塑球上刻鏤出九龍圖案，如潮州慧如公園龍翔閣前等。再如龍體造型，亦如湛江海濱公園的龍型植物圖案，惠州慧如公園的龍形假山，廣州雕公園的龍舟、龍紋璜、龍鳳佩和草地龍形圖案、麓湖公園的鹿鳴酒家前的龍雕。

在寓意上，龍作為中國人喜聞樂見的十二生肖之一，也用於園林之中。嶺南園林中的此類景點如，惠州西湖的生肖石雕、可園的生肖石雕、佛山中山公園的生肖與日晷結合的石雕、澄海人民公園的生肖柱等。〔註9〕

中國的龍王是佛道雜糅的產物。其後道教引進佛教龍王，並加以改造，逐步形成了自己的龍王體系。如道教流派吸收了佛教的海中世界的概念，按

〔註8〕中國佛教文化研究所點校：《長阿含經》，宗教文化出版社，1999年版。
〔註9〕劉庭風：《嶺南園林的龍鳳崇拜》，《新建築》第五期，2004年。

照人間的秩序發展出了天庭及玉皇大帝和一系列官員，作為天庭的附屬；也發展出了龍王水晶宮的一系列仙官等。上古的鬼神觀念和龍的觀念都被道教所攝取，並改造形成自己的龍王體系，稱諸天龍王、四海龍王、五帝龍王等。道經《太上洞淵神經》之「龍王品」，即列有五帝龍王、四海龍王，與五十四名龍王及六十二名神龍王之名。先秦時代的乘龍周洲四海、馭龍昇天，以及交通天地，皆為道教所承傳。

唐代《玄怪錄》《酉陽雜俎》等志怪小說中，始出現「龍王」，隨之進入中土神鬼譜系，逐漸一統江海湖泊。唐玄宗時，詔祠龍池，設壇官致祭，以祭雨師之儀祭龍王。至宋代，道教的元始天尊「玉皇大帝」，成為了神界至尊，「龍王」被納入天國序列，四海龍王、雷部諸神等，皆受其管轄。

元始天尊的龍王尊容，一般是身著九章法服，頭戴十二行珠冠冕旒，手持玉笏，旁侍金童玉女，與秦漢帝王形象無異。道教《太上洞淵神咒經》中的「龍王品」稱，「國土炎旱，五穀不收，三三兩兩莫知何計時」，元始天尊乘五色雲來臨國土，與諸天龍王等宣揚正法，普救眾生，大雨洪流，應時甘潤。

道教龍王不同於原始宗教的龍土，均有守土之責。道教諸天有龍，四海有龍，五方有龍，三十八山有龍，二十四向有龍，但凡有水之處，無論湖海河川，還是淵潭池沼，以及井、泉之內都有龍王駐在。屈大均《廣東新語》稱，雷與龍同體，其從龍而伏也則在山，從龍而起也則在田。雷者龍之聲也，電者龍之光也。〔註10〕故每逢風雨失調，民眾都要到龍王廟燒香祈願，以求龍王保祐。

廣州花都區芙蓉嶂「龍王廟」，就流傳著龍王和芙蓉仙子為救災難，在此地劈山造泉，湧流瀑布的民間傳說。以及芙蓉仙子拜會龍王時留下的仙人腳跡。花都人為了答謝龍王好生之德，故在西山瀑布的崖頂建了一座龍王廟。

至今，廣州流傳著「扒龍舟」民俗，主要在廣州天河、荔灣、海珠、番禺、增城等地傳承。即將廟裏的神靈請到龍舟上，這個儀式稱為「請神」。在廣州的龍舟節祭祀儀式中，龍崇拜貫穿始終。

二、媽祖信仰與崇拜

（一）中華海洋意識與媽祖文化

媽祖文化是在長期的歷史傳承中形成、并具有鮮明地域特色和巨大輻射

〔註10〕屈大均：《廣東新語·神語》，卷六，「雷神」條。

作用的獨立文化形態。媽祖根植於民眾之中，具有廣泛的人民性和歷史文化精神內涵；它產生於中國，又波及世界各地。如今，蔚為大觀的媽祖文化已上升為人類傳承文明、發展進步的世界性課題，媽祖文化所包含的內容十分豐富，涉及到政治、經濟、文化、風俗、信仰諸多方面，本文擬從媽祖企盼之文化心理、海洋探險與媽祖信仰、海洋商賈之媽祖情結、海濱群祀與媽祖信仰，以及海洋宗教文化的意蘊及流播方面，淺析媽祖文化。

1. 海神企盼之文化心理

媽祖信仰從產生至今已延續了一千零四十六週年，它是一種影響至深，流播久遠的民間宗教文化。據宋、清史料記載，媽祖乃湄州人氏。宋紹興二十年（1150），《聖墩祖廟重建順濟廟記》中記曰，媽祖「姓林氏，湄州嶼人」。元人程瑞學在《靈慈廟記》中說：神姓林氏，興化都巡君之季女，生而神異，能力拯人患難，室居未三十而卒，宋元裕年間邑人祠之。《敕封天后\志》和《天后顯聖錄》亦載，媽祖生於宋建隆元（960年）三月二十三日，卒於宋熙四年（987年）九月初九。僅活了二十八歲。

媽祖的故居湄州在福建莆田市，這是東瀕大海的海濱孤島。海灣秀嶼巷的特殊位置，是媽祖民間宗教產生的地理因素。在湄州島，男人出海捕魚，女人料理家務。她們朝夕祈祝媽祖保祐出海家人的平安，同時也企盼豐衣足食、安居樂業。媽祖信仰就是在這樣的文化背景中產生的。湄州嶼居民虔誠地祭拜媽祖，傳播著媽祖為之拯危救難、濟世救人的故事。據傳媽祖還通曉天文氣象，熟悉駕舟操舵，水性嫻熟，能導人避凶趨吉。她還精通醫術，專心慈善事業。媽祖終因渡海救難而犧牲。至今在湄州灣石頂村的村北石崖上還鐫刻著「天妃故里」和「天妃祖跡，地名上林」的古代石刻遺跡。湄州島的婦女，特別是中老年婦女，頭頂髮型都梳著船帆狀的「媽祖髻」。這種習俗源於企求媽祖庇護的文化心理。

雍熙四年（公元987年）農曆九月九日，媽祖羽化後，人們已將她視為保護神，平安的象徵。為了順應百姓祈求安定的願望，穩定封建秩序，歷代帝王們亦大力推崇對天后的祭祀。從宋徽宗宣和五年（公元1123年）開始，到清道光十九年（公元1869年）止，天后受歷代皇帝褒封共有二十六次，封號由「夫人」、「妃」、「天妃」、「天后」，直至「天上聖母」。致使媽祖成為了歷史上一位頗具影響的傳奇人物。

2. 海洋探險與媽祖信仰

航海事業在宋代以後的歷朝中皆佔據重要地位。在科學落後的近千年間，海神媽祖已成為航海者的精神寄託，她賦予航海者向茫茫海洋進軍的勇氣。

《明成祖實錄》記載，永樂七年正月，成祖封天妃為護國庇民妙靈昭應弘仁普濟天妃，賜廟額為「弘仁普濟天妃之宮」，歲時遣官祭奠。宮中的《御製弘仁普濟天妃宮之碑》，係永樂十四年（1416），鄭和奏請成祖而立，明成祖感念海神天妃屢次庇護遠航安順，親自撰寫碑文。該碑由碑冠、碑身與碑座三部分組成，通高五‧九米，是國內現存最大的鄭和下西洋刻石。也是現存媽祖碑刻中的極品。因為鄭和下西洋，天妃信仰在南京迅速流佈，使得當地宗教文化更具魅力。

《勅封天后志》載，永樂五年，鄭和第二次出使西洋，出了珠江口在赤灣前的海域「適遇狂飆，禱神求庇，遂得全安，歸奏上，奉旨差官致祭」。永樂八年，鄭和的副帥張源出使暹羅（現泰國），行前到赤灣天后廟奉旨祭祀，平安歸來後親自率人重修天后廟。

明宣德六年（公元 1431 年），鄭和第七次下西洋前，在赤灣天后廟立下《天妃靈應之記》的碑文，碑文詳細記載了天妃靈應的故事，和鄭和七下西洋的時間與經過。《天后志》亦生動地記載了鄭和在今深圳南山的赤灣海域遇險，天妃顯靈救應的故事。為此朝廷頒文：凡朝廷使臣出使東南亞各國，經過這裡時必定停船祭祀。他們在行前要舉行隆重的典禮，祈禱天后庇祐。安全返航後，又要到此「辭沙」，答謝天后的庇祐。所謂「辭沙」即是用太牢來祭祀。太牢的祭品包括牛、羊、豬，將此三牲去肉留皮，用草填充，擺祭於海邊的沙灘上，祭祀完畢，再將三牲沉入海中。當時中國出海的運輸船、商船、水師船、海盜船、民船以及外國來華的貢船、商船等凡出入經過珠江口時，也都要到此朝拜。

明洪武，開國皇帝朱元璋為媽祖加封為「昭孝純正靈應孚濟聖妃」，其前因後果與赤灣天后宮廟亦不無關係。赤灣天后宮始建於宋，赤灣又是明軍舟師直取廣州的必經之路。因此，朱元璋於舟師出發前下旨，賜媽祖「昭孝純正靈奕孚濟」，廟號「聖妃」。這番心誠意切的加封果然見效。海天杳杳，水波不興。舟師掛帆遠征，竟然沒有遭受多少風波之苦。

遠在十世紀時，中國航海者不時遇到海上氣候的萬千變化，強風暴雨常常發生。因為當時沒有氣象預測，小舟在大海中如滄海一粟。當風暴發生時，

因無航標指南針的指向，航海事業十分艱巨。明萬曆年間高澄出使琉球，在他回航後的《使琉球錄》一書中，有一段生動的描述：「船搖盪於暴風雨中，篷破、杆折、舵葉失、舟人號哭、祈於天妃，妃云，立即換舵可保平安。在巨浪中舵葉重二三千斤，由於神庇，力量倍增，平素換舵須百人以上，今日船危三數十人舉而有餘」。明太監鄭和著《通番記》第五卷二回有「軟水洋換將硬水，翁鐵嶺借下天兵」；第二十二回有「天妃宮夜助天燈，張西塘先排陣勢」。明末崇禎年間，陸雲龍《新鐫出像通俗演義遼海丹忠錄》第十八回：「大孝克仲母節，孤忠上格天心」，也提到媽祖許多神跡顯應的故事。這些記載說明，媽祖已成為航海人的精神寄託。

　　清朝康熙年間，施琅率水軍攻克臺灣，他明奏朝廷是因得海神天妃之幫助。康熙皇帝於是將默娘賜封為「護國庇民」的「仁慈天后」，將媽祖封號由「妃」、「聖母」升格為「天后」這一海洋最高神祇。

　　傳說中的媽祖常身著朱服在海上現身，為航海者護航，故湄州島之婦女亦仿傚之。

3. 海洋商賈之媽祖情結

　　自元代在古燕京建大都以來，為了解決北方物資嚴重短缺的困難，官方採取了「南糧北調」和「南貨北運」的大規模航運措施，於是為開發河海航運，崇拜天后媽祖的祭祀活動也隨著海事、海難的頻繁而風行起來。有私商兼任海上運輸。自廣州北至天津，天妃宮普遍建立，可以看出當時航海者對媽祖的信仰程度。自南宋起，例定舟內載海神航行，朝夕拜祭。

　　明人筆記《琅琊代醉編》記載：相傳在明代洪武初（約公元 1380 年前後），「海運風作，飄泊糧米數千石於落祭，萬人號泣待死，大叫『天妃』，則風回舟轉，遂濟直沽」。這是一則天津商賈遭遇海難後轉危為安的記實。也是一則媽祖崇拜的動人傳說。文中寫到大隊重載糧船遇風飄泊到琉球群島深海水域時，萬人呼喚女神，而後絕處逢生的奇蹟。這一奇蹟對於強化天妃崇拜起到了極大的鼓動作用。

　　明羅懋登《三寶太監全傳西洋記通俗演義》第二十二回道：「只聽得半空中，那位尊神說道：『吾神天妃宮主是也。奉玉帝敕旨，永護大明國寶船。汝等日間瞻視太陽所行，夜來觀看紅燈所在，永無疏失，福國庇民』」。《通番記》亦云：「值有險阻，一稱神號，感應如響，即有神燈燭於帆檣，靈光一臨，則

變險為夷，舟師恬然，咸保無虞」。民間神格天妃形象在航海經商者的心目中已成為了至高無上的保護神。

《澳門記略》通過追述萬曆年間閩商重修媽祖閣之緣由，傳達了民眾對媽祖的信仰：「相傳明萬曆時，閩賈巨舶被颶殆甚，俄見神女立於山側，一舟遂安，立廟祀大妃，名其曰娘媽角。娘媽者，閩語天妃也。於廟前石上鐫舟形及『利涉大川』四字，以昭神異」。

同治年間黃光周《媽祖閣燈興堂碑記》云：「嘗謂天地生百女才女易，生一神女難，古今得百賢女易，得一神女難。吾閩莆田梅花嶼之有天后聖女也，女各種之聖而神者也。天稟聰明，生而靈異；誕降神切而酬聖德也。亦各盡其誠，敬之微忱而已」。亦表達了異域媽祖故鄉人對其感恩載德的誠摯敬意。

清嘉慶舉人顧翰有《松江竹枝詞》曰：「天妃宮裏起笑歌，商賈紛紛祭賽多。女伴避人私禱祝，願郎歸海亦無波」。詞人通過商賈和民女的祭祀及其心理，深刻地展示了其媽祖意識與情懷。

清人筆記載：「土人呼神為媽祖，倘遇風浪危急，呼媽祖，則神披髮而來，其效立應。若呼天妃，則神必冠帔而至，恐稽時刻」。足以顯見民眾與媽祖的親和程度，以及媽祖崇拜中的「人文主義」精神。

又據史料記載，南宋開禧元年的紫金山擊金和合肥的解圍，是以媽祖作為精神支柱來鼓勵士氣的。明清大量漢人向南洋群島進軍，均舟載媽祖神像以行。媽祖信仰已隨著探險、移民步伐傳播到了世界各地。

上述媽祖的許多美好傳說，經過藝術的演繹發展，逐漸形成了反映人類「真、善、美」追求的媽祖文化，並且規範和影響著今天人們的社會行為和價值取向。

4. 海濱群祀與媽祖信仰

宋、元、明、清四朝正史的「廟壇」或「群祀」部分，亦皆有媽祖信仰的記載。赤灣天后廟和大廟灣天后廟是香港天后文化的代表性標誌。香港至今有大大小小的天后廟七十多座，而座落於深圳大南山腳下的赤灣天后廟對香港天后文化的影響尤其不容忽視。香港魯言先生曾撰文《赤灣天后古廟》，文中有這樣的載述：由於赤灣天后古廟宏偉，每年農曆三月二十三日天后誕，港九水陸居民都前往赤灣天后廟去賀誕。因此，九龍油麻地、香港干諾道中的海旁，都有數以萬記、掛滿彩旗的船隻到赤灣去。同時，上述兩處地點也有很多臨時營業的渡船，載客到赤灣天后廟去參拜。據說香港博物館、檔案

館內至今還保留大量農曆三月二十三日港人前往赤灣天后廟參拜的歷史照片，這些照片生動的再現了赤灣天后廟昔日的繁榮景象。

佛堂門大廟灣天后廟是香港規模最大、歷史最悠久的天后廟。1950 年後，赤灣天后廟遭到嚴重毀壞，祭祀天后的活動亦被列為迷信活動不准進行，港人更不能前來，所以都改向佛堂門的天后廟去。為滿足香港天后信徒的需要，大廟灣天后廟於 1955 年夏進行了修葺。修葺後的佛堂門天后廟為五開間，寬四十米，依照古制修建，正殿帷幔層疊，裝飾精緻輝煌。正殿兩旁月門通左右偏堂，左偏堂為廟祝居處，右偏堂為「天后寢宮」。寢宮內設「龍床」。據傳撫摸該龍床可添丁發財，尤以天后誕之日摸之最靈，故每年三月二十三日天后誕辰紀念日，前來摸龍床者絡繹不絕。

又如天津、平江、周涇、泉福、興化等處亦皆有媽祖祀廟。天津媽祖天妃廟就已建立了近七百三十週年。《元史・祭祀志・祭祀五》中有明確的記載：「惟南海女神靈惠夫人，至元中，以護海運有奇應，加封天妃，神號積至十字，廟曰靈慈。直沽、平江、周涇、泉福、興化等處皆有廟」。金、元兩代天津的古稱叫直沽，代表著當地大小上百個沽泊澱坨的水陸碼頭，是元朝首都內河外海航運的重要門戶。明代永樂二年（公元 1404 年）才改設天津衛。可見早在至元十五年（公元 1278 年）左右，古代天津就有了媽祖海神廟。從那時起，每年由皇帝遣使備禮致祭，或交付官漕司及當地府官行祭。祭文上欽定敬稱十字神號「護國庇民廣濟福惠明天妃」。到了元泰定三年（公元 1326年），朝廷為了推動漕運，再次在直沽敕建天妃宮。清代康熙朝，又將天妃加封為「昭靈顯應仁慈天后」。於是天津才將天妃廟改稱為天后宮。

潮州商人在清代澳門也十分活躍，黃宗漢的《溫陵泉敬堂碑記》云：「閩潮人之商於澳門者，為之塑像立廟，並繪船形，勒石記事。迄今閩之泉漳、粵之潮州，飄海市舶，相與禱祈賽為會於此」。反映了澳門潮人的祭拜活動之盛。

近人林紓所著《天妃廟傳奇》中，從民眾對毀壞天妃廟行為的極大憤怒，表達了天妃在人們心目中神聖的地位。故事以江蘇松江地區天妃廟為背景，描寫了清光緒年間留學日本的假洋鬼子搗毀天妃廟神像，從而引起數年集資修建天妃廟的商人們的反抗情緒，以及軍閥的干涉。

5. 海洋宗教文化的意蘊及流播

但凡有華裔民族存在的沿海地帶就一定能夠找到天后宮或媽祖廟，這是中華海洋文化的傳統與海洋宗教文化的特徵。

　　媽祖作為東方海神所象徵的東方海洋文化精神是值得積極肯定的。在航海民俗文化中，民眾對海神的崇拜是其信仰的核心。海神媽祖如今也已成為溝通海峽兩岸乃至海外，密切世界往來的和平女神，以及文化交流的媒介。媽祖從福建湄洲島上的平凡人家走出來，經過宋、元、明、清歷代帝王的加封，已成為海上航行的保護神。在中國沿海的港口，幾乎處處可以見到媽祖廟，在日本、朝鮮、新加坡、馬來西亞、印度尼西亞、越南、泰國、菲律賓等國家也都有媽祖廟宇或祀奉場所。

　　日本本土接受媽祖的傳播後，又發展為「媽祖會」，以宗教形式規定朝拜制度，研究中國海神信仰的傳播和影響；臺灣同胞家家戶戶信仰媽祖，稱為「開如媽」。臺灣的媽祖神像是從湄洲祖廟分爐過去，可見海峽兩岸共同信奉媽祖的民俗同趣。

　　海峽兩岸媽祖信仰遙相呼應，體現了兩岸民眾尊典法祖，不忘文化同根的傳統理念。同時，也加深了兩岸人民的骨肉親情，促進了兩岸人民的密切往來，使兩岸共同崇拜的媽祖成為促進兩岸三地和祖國統一的和平女神。道光九年，澳門人趙永菁《重修澳門媽祖閣碑記》中，有關於閩南人重修媽祖閣的記載：「澳門之媽祖閣神靈尤著，土著於斯者，固皆涵濡厚澤……至省會之巨室大家，歲資洋舶通商，貨殖如泉……崇奉禋祀，永永無窮者也」。文中所謂「至省會之巨室大家」，即指廣東十三行的巨商。他們不僅為重修媽祖閣碑積極捐獻銀兩，亦常到澳門媽祖閣燒香祭拜。

　　天后文化史料不僅口耳相傳，而且保存了一定的文獻資料。歷代對於天后文獻的編撰，集中深刻地反映了民眾對海神崇拜與認同的文化心理。目前關於海神文化的文獻主要有《天后顯聖錄》《湄洲志》《天后昭應錄》和《聖蹟圖志》諸書。

　　《湄洲志》是清乾隆年間舉人林清標應其兒子林霈的請求而編撰的。林霈當時任臺灣鳳山教諭。自雍正以後，臺灣各地湧現了大量的天后宮，臺灣人民迫切希望知道海神天后史蹟，在這種背景下，林清標寫出《敕封天后志》——簡稱《湄洲志》。當時西方科學學術逐漸由傳教士傳播到中國，所以林清標就將《顯聖錄》中許多神怪部分刪除，僅保留了一些神話，另外補充了清初統治階級利用海神征服臺灣的資料。其內容雖不屏神異之談，但對認識當時的歷史航線、航運貿易和外交方針等亦提供了有價值的文獻資料。

　　《天后顯聖錄》是其中一部較早忠實記錄媽祖信仰的錄書。據稱是清初僧照乘編印的，但原版已散失。現存於臺北圖書館的藏本，是清雍、乾年間由照乘的徒弟普日、徒孫通峻重修的。

　　《天后顯聖錄》上卷含《序》八篇，《繡像》四頁八版，《本傳》十七篇，《靈應》四十篇。《本傳》敘天后生前業績；《靈應》描天后昇天後的靈驗。下卷載《褒封》二十四則，《喻祭》（含《陪祭》）二十二則，《詔誥》十一篇，《御祭文》十九篇，《奏議》四篇，《祈禱文》十篇，《記志》四篇，又《天后靈應記》一篇，《疏文》二篇。本錄一篇《序》的作者是林堯俞。林堯俞（1558～1626），莆田黃石人。明萬曆十七年（1589）進士。熹宗即位（1621），授禮部右侍郎視祭酒事，後又拜禮部尚書。因不肯攀附魏忠賢，屢遭陷害，最後辭官回鄉。《天后顯聖錄》未銘著作者。本錄比起後來刊印的《天后昭應錄》《敕封天后志》和《聖蹟圖志》諸書，資料更翔實，編排更精當，並增輯游寶、徐葆光等的《奏疏》及《中山傳信錄》等詳細資料。因此，它是一部研究媽祖文化較為原始、齊備和可靠的錄書。

　　上述文獻反映了民眾對傳統民俗文化遺產的選擇和認同，至今人們仍在進一步認定這些文化資源本身潛在的現代性價值，使其中所具有的民俗事象不再是「古化石」或「歷史殘留物」，而是將其引向未來的文化財富，使之生成現代化效應。

　　《元史·祭祀志·祭祀五》中，將祭女神媽祖事宜載於「忠臣義士」祠祀篇中。故而媽祖崇拜又具有紀念聖女義舉的文化內涵。這一內涵正是媽祖廟會文化現代性認定的依據之一。

　　在以媽祖崇拜為核心的民俗形成中華海洋民俗文化圈時，其文化資源已顯現出綜合的強力效應。如，由天后宮的民俗文化向周邊輻射，與儒、釋、道等多種傳統文化資源相組合，已構成一條多彩多姿的民俗文化鏈。其中包括海洋意識與海洋觀念、海洋與人的相互作用、海洋人文社會機制的建立與發展、涉海人類群體的生存生活模式、政治結構、政策法規、審美情趣等等。同時利用當地海洋文化遺址、遺跡的遺留影響、外來僑民和移民後裔的遺存文化，亦可進一步強化海洋文化氛圍，使之從中感受到強烈的海洋文化氣息。

　　概言之，媽祖之「神緣」已將中華海洋區域以及世界各地華人之「親緣」、

「地緣」、「業緣」等聯繫起來，使之成為了富有強大生命力的跨越政治的共同體。〔註11〕

（二）近二十年來以媽祖信仰為核心的「媽祖文化圈」研究

1. 區域化、國際化的媽祖文化及其研究

（1）媽祖故里的媽祖文化

人類學的文化圈學派（Kuhurkrieise Culture Circle School）的傳播理論告訴我們，「最早的文化是從原點慢慢擴散出去，跨越空間，活像漣漪一圈又一圈推動一樣，文化終於傳播到世界各地」。湄洲的媽祖文化即海峽兩岸與世界各地媽祖文化的原點，媽祖文化根植於中華文化的土壤。涉及到政治、經濟、外交、軍事、僑務、貿易、文化等諸多領域的媽祖信仰，延續了全世界炎黃子孫同根共源的歷史，更抒寫出兩岸交融、根脈敘緣這濃墨重彩的一筆。媽祖精神已成為中華民族的優秀文化遺產之一。在歷代文獻資料中，學者們高度地概括了媽祖「傳聞利澤至今在」，「已死猶能效國功」（宋黃公度）「但見舳艫來復去，俾造化不言功」（陳宓）「扶危濟弱俾屯亨，呼之即應禱即聆」（明代永樂皇帝）之精神。

自二十世紀八十年代起，媽祖故里的學者即掀起了媽祖研究熱潮，他們曾先後舉辦了數次媽祖文化學術研討會，並已先後出版了《海內外學人論媽祖》《媽祖研究論文集》《媽祖研究資料彙編》《媽祖文獻資料彙編》等一大批研究資料、學術專著和文學作品等。2004年中華媽祖文化交流協會經民政部批准成立，會址設在湄洲媽祖祖廟。這是首個全國性的媽祖文化交流協會，從而使媽祖文化這一中華傳統文化的地位得到了國家的正式確認，也為海內外媽祖文化機構和學術研究提供了重要平臺。

媽祖文化的外延中僅直接記載媽祖信仰的歷史文獻資料最保守的估計超過一百萬字，涉及經濟、政治、軍事、外交、文學、藝術、教育、科技、宗教、民俗、華僑、移民等領域的許多課題，內容相當豐富，史料價值很高。媽祖民間信仰的學術價值正日益引起學者們的注意，被作為一門學問而引起研究者的興趣。

持續一千多年來的媽祖信仰已形成許多值得我們深入研討和借鑒的相關學術文化課題。如在莆田舉行的媽祖千年祭學術研討會上，與會的學者們

〔註11〕田若虹：《中華海洋意識與媽祖文化》，《中國文化月刊》三百一十五期，2007年。

即曾就媽祖文化的外延作過進一步的研討，認為在中外關係史上，媽祖信仰與我國古代許多和平外交活動有密切關聯。諸如宋代的出使高麗，明代的鄭和七下西洋歷訪亞非四十多國，明、清兩朝持續近五百年的對古琉球中山國的冊封等等，都是借助媽祖為精神支柱而戰勝海上的千災萬劫，圓滿地完成了和平外交的任務。外交使節們為報答媽祖神功，寫下了大量頌聖文章，而這些原始資料對澄清一些歷史遺留的爭議很有作用。即如鄭和的《天妃靈應之記》碑詳細記錄七下西洋的過程，對史書記載的訛誤和不足起到了訂正和補充作用。

在反侵略戰爭史上，有關古籍曾記載中國水師將領依恃媽祖庇護多次把殖民主義者驅逐出澎湖海域的史實。澎湖媽祖廟迄今尤存一塊「沈有容諭退紅毛番韋麻郎」的石碣，這是明萬曆三十二年（1640 年）荷蘭殖民者企圖強佔澎湖，沈有容從廈門率船隊抵達澎湖，令其無條件撤離後的刻石紀功。明天啟四年（1624 年），中國水師復在澎湖克敵制勝，迫使侵略軍首領牛文來律在媽祖廟簽字投降。至於媽祖助潮讓鄭成功的艦隊順利進入臺灣鹿耳門港的傳說，則在臺灣已家喻戶曉。

在海上交通貿易及沿海港口開發的歷史上，更與媽祖信仰有密不可分的關係。我國從東北至華南，許多著名的港口城市的開發史幾乎都跟媽祖廟息息相關：「先有娘娘廟，後有天津衛」。這句諺語是對天津港起源的形象說明；宋代華亭（即上海）、杭州、泉州、廣州四大市舶司均與媽祖廟建在一起；還有營口、煙臺、青島、連雲港等都是以媽祖廟的興建為標誌。使荒涼的漁村變為繁榮的港口城市；澳門地名的葡萄牙語稱作 MACAU，即粵語「媽閣」的音譯；臺灣同胞把早期的分靈媽祖稱為「開臺媽祖」，這更充分說明媽祖渡臺和寶島開發是直接關聯的。

在科學技術史上，媽祖廟也有其獨特的地位。古代一種航海習俗：在新船下水出航時，必須同時製作一隻模型供奉在媽祖廟內，這樣媽祖就會時刻關心此船的安全。所以許多媽祖廟內便留下了大量的古代船模。山東長島廟島與媽祖廟的古船模多達三百五十多隻，包括福船、沙船和民族英雄鄧世昌供奉的「威遠號」軍艦模型。這些船模成為研究我國古代造船歷史的重要資料。現存一批媽祖廟古建築，如福建泉州、山東、江西景德鎮、廣東澄海、貴州鎮遠和寧波慶安會館等天后宮，從廟宇結構造型到各類雕刻構件，都是極為珍貴的我國古代建築藝術精品。

此外，各地媽祖廟還保存一些特殊的科技文物；如莆田涵江天后宮存有一幅明代星圖，是研究我國古代利用星圖定向航海的難得實物資料。在中國漢文化圈內，媽祖信仰歷經千年而不衰，其根本原因即在於它植根於民族活，有獨特的人民性和廣泛的社會基礎。媽祖不是杜撰的偶像，而是從人民中走出來的被神聖化的歷史人物。同時，媽祖信仰的產生和遠播也是北宋以來中國海事活動頻繁及朝廷利用張揚的必然結果。「湄洲供海神，四海祭天妃」，媽祖精神已融人湄島的一草一石，灑向蒼穹廣宇，蔚為壯觀，媽祖精魂無處不在。而湄洲島天后宮，則被譽為「東主麥加」。這一媽祖祖廟現已洋洋大觀，香火鼎盛，每年吸引進香朝拜的臺胞、僑胞和大陸遊人達百萬人次，為世界上其他宗教的信徒所稱奇。

嶺南沿海地區的民間宗教信仰十分發達，媽祖信仰即具有廣泛的社會階層。其與佛教、道教及民俗活動交融在一起，形成了一種複雜的歷史文化現象。元代，一些地區的天妃廟由僧人主持，明代由皇帝欽定天妃為道教神，許多天妃廟歸入道觀。且宮廟多，信仰人數多，宗教活動多，對嶺南沿海的社會經濟文化產生了深刻的影響。

（2）廣東媽祖文化圈

嶺南廣東沿海地區，媽祖信仰是隨著福建移民的舉族遷徙，流播而來。早在唐代，朝廷就有計劃地「徙閩民於合州」（今粵東徐聞、雷州、遂溪等縣），而後宋元明清時期，閩人逃避戰亂、航海經商、并定居於遷徙地。與此同時，他們將媽祖信仰文化傳播到廣東徐聞、雷州、南澳、潮汕，揭陽及海陸豐等地。

徐聞三面環海，港灣漁村羅布，「天后宮」量多且神態各異。徐聞境內自新僚、海安、五里、角尾、西連石馬一帶沿海，就有二十多座媽祖廟。徐聞媽祖誕在農曆正月十三，是徐聞較有特色的民間傳統節日，儀式尤如朝廷大典般隆重。近年來，隨著徐聞海上絲綢之路始發港研究的深入，媽祖文化也日趨興旺。

因逃避戰亂而遷徙到廣東陸豐定居的移民，繁衍生息於此，他們將媽祖神靈從莆田湄洲分靈而來。海豐沿海以捕魚為主，農耕為輔。大德港天妃廟，位於廣東海豐大海灣之濱。據說，明正德年間，屢遭颱風海潮等自然災害侵襲的當地施姓漁民，即曾到媽祖出生地莆田湄洲去割火分靈，故名「大德媽祖」。

被譽為「粵東海上明珠」的南澳島，早在明朝即有海上互市。隨著媽祖

信仰在潮汕的廣泛傳播，媽祖廟宇不斷增加，島上已有十八座媽祖廟宇。漁民們出海之前後，都到媽祖廟朝拜，乞保平安。紀念媽祖誕辰這一天。漁民們都停止捕撈作業，到廟裏供奉媽祖。島上的各座媽宮，都要請戲班演戲酬神。祭祀時，廟裏香煙繚繞，鼓樂喧天，熱鬧非凡。

地處廣東揭西榕江中游的棉湖古鎮，千帆雲集。這裡的媽祖信仰活動別開生面。每年三月二十，都將鎮中三座媽宮的神像，迎請到文祠集中祭拜。江面上，鑼鼓震天，樂音不絕於耳，大堤上人山人海。慶祝媽祖的誕辰活動往往持續兩夜之久。

汕尾鳳山是汕尾原住民、漁民聚居點。鳳山媽祖廟之媽祖石像是中國大陸目前最大型的媽祖藝術石雕像。人們可以感受到她那慈祥的目光，博大的胸懷，秀慧和勇氣。來自媽祖故鄉的世紀老人冰心，在她九十四高齡的時候，曾為汕尾鳳山媽祖石像題贈「天后聖母」，後被鐫刻在西山花崗石上。汕尾媽祖聖蹟造型藝術館，俗稱「地宮」。是我國第一個介紹媽祖生平、傳說的造型藝術館，它採用現代光、電、聲自動控制系統，現代裝璜設計，藝術地再現了媽祖一生的動人事蹟和美麗傳說。

有別於佛教大乘菩薩之一的觀音崇拜，媽祖信仰是一種緣於民間的宗教信仰。這一民間宗教信仰產生、發展，並造成廣泛影響之後，又被道、佛納入自己的神祇系統。如今的媽祖崇拜，已是混合多種宗教的信仰。

（3）臺灣媽祖文化圈

祖國寶島臺灣省，有媽祖廟八百多座，媽祖是臺灣最具影響力的神祇，全臺有三分之二的人信奉媽祖。1997 年 1 月 24 日至 5 月 6 日，湄洲媽祖金身應邀巡遊臺灣，在臺一百零二天，接受臺灣信眾一千萬人次朝拜。臺灣出現了「火樹銀花不夜天」、「十里長街迎媽祖」的空前盛況。臺灣媒體稱媽祖金身赴臺是「千年走一回」的「世紀之旅」，還把這次「湄洲媽祖金身巡臺」評為當年十大新聞之最。

臺灣民間媽祖信仰是伴隨大陸移民渡海開發寶島而發端的，故俗稱早期的媽祖廟為「開臺媽祖」。早期福建移民渡海，交通工具簡陋，海上形勢惡劣，其艱辛與危險非語言所能表達。因而，人們需要有某種精神上的寄託，借助某種超自然的力量保護自己。第一批移民去臺灣開荒時，船上就安放著媽祖海神像，身上帶著媽祖的護身符。遇有風浪，就連呼海神娘娘，頓時海上風

平浪靜。因而，移民到臺灣後的第一件事就是給媽祖建廟，感謝她一路護航，保祐他們平安到達。他們把大陸的媽祖信仰帶到臺灣，因而媽祖信仰一代一代傳承下來，媽祖就成為他們心目中的保護神。可以說，今日臺灣每一座古老的媽祖廟，都是早期福建漁民艱苦創業的見證，記錄著他們拓荒的艱辛。

正如蔣維錟所談及「海峽兩岸經幾百年不變而形成的媽祖文化現象，不因族群遷徙而變遷，也不因外族侵略而改變」。蔣維錟援引了 1993 年國務院臺辦、新聞辦在《臺灣問題與中國的統一》的白皮書，指出：「臺灣社會的發展，始終延續著中華文化的傳統，即使在日本侵佔的五十年間，這一基本情況也沒有改變」。可見，臺灣同胞極其珍視自身的文化情懷，珍視自身文化的原點，形成一種返本歸根的心理態勢，不因外族野蠻侵略而有絲毫的改變。媽祖文化已成為中華文化割不斷的組成部分，媽祖情結已深深扎根於臺灣民眾心中。據知，媽祖廟在臺灣十分普及，幾乎每個市、縣、鄉村都有媽祖廟，全島較有規模的媽祖廟有八百多座，供奉媽祖的家庭達三百多萬戶。

從媽祖信仰中臺灣信眾獲得了一種從未有過的身份認可的自豪感，精神上得到了極大的滿足。人類學的理論認為，個人對於共同的歷史文化淵源的認同，對於共同祖先的認同，是最基本和最重要的個人社會身份認同。文化認同是民族認同、國家認同的基礎。媽祖文化是中華民族在長期的歷史發展過程中形成的、自己獨特的。兩岸認可的文化傳統。它源遠流長，永遠不會改變，而且充分表現出巨大的親和力、凝聚力、向心力，已成為溝通海峽兩岸親情的紐帶，是中華優秀傳統文化的重要組成部分。

作為兩岸民眾的感情紐帶與文化認同橋樑，媽祖崇信已直接或間接地推動了兩岸經濟交往和文化交流。臺灣「中華媽祖文化慈善發展協會」理事長蔡泰山希望，媽祖文化能在兩岸「生生不息」。據有關人士統計，臺灣目前二千多萬人口中，從血緣上分析，80%是福建籍人，他們的祖先絕大部分來自福建。祭祀祖先，慎終追遠，歷來是中國人幾千年來的傳統禮俗，因而他們雖然漂洋過海卻不忘祖先香火。縱然媽祖廟在臺灣有上千座，也都是從大陸傳播和移植過去的，他們都不過是湄洲媽祖的分身、分靈、分香，屬於祖媽的分支分系。莆田湄洲是媽祖誕生地，在他們看來才是正宗和本源。因而，他們自然要來大陸追根尋源，認宗認祖，認同中國大一統。來莆田湄洲參加並通過媽祖祭典儀式，就是要取得一種身份認同（即文化認同，Culture Identity）。

莊孔韶教授在《銀翅》裏所指出，他們力求尋找一種堅實有力的社會關係與團體作依賴，尋找更大意義上的庇護所。作為一種生存需要的文化意識，媽祖崇拜。而今在海外已延伸和發展為歷史認同的需要，社會認同的需要。媽祖祭典儀式也就具有了大家認同的一個符號、一個代碼、一種象徵，更重要的是具有了「一個重要的話語權和闡釋權」。

隨著臺灣民眾到大陸朝拜浪潮的興起，民俗界與宗教界學者對媽祖的學術研究也進一步深入，各地專家學者，圍繞媽祖文化的起源、發展及歷史地位和對社會產生的影響進行深入研討。臺灣學者李獻璋自二十世紀六十年代起，經過二十年的研究，寫成了《媽祖信仰研究》一書，成為關於媽祖研究的第一部高學術性專著。我國著名的歷史學家顧頡剛、客肇祖亦先後發表了多篇關於《天后》的論文，在學術界引起反響。從二十世紀八十年代以來，不僅出版了《海內外學人論媽祖》《天后媽祖》《媽祖信仰與祖廟》等書，在臺灣出版有《媽祖信仰國際學術研究論文集》等，還舉辦了多次媽祖文化學術研討會。近年來有關臺灣媽祖研究的內容涉及到經濟、政治、外交、宗教、民俗、華僑等眾多領域，如：蔣維錟《臺灣媽祖信仰起源新探》（莆田學院學報 2005 年 01 期）。

通過發掘史料，論證臺灣媽祖信仰起源於大陸移民，其中澎湖最遲在明萬曆前已有天妃宮，明末隨大陸移民入臺的媽祖被稱為「船仔媽」。1661 年隨鄭成功軍隊入臺的媽祖則被稱作「護軍媽」，由此可證，媽祖信仰清代之前已植根臺灣。王見川的《（1946～1987）年的臺灣媽祖信仰初探——以北港朝天宮轉型和媽祖電影、戲劇為考察中心》（莆田學院學報 2006 年 01 期），描述分析了 1946～1987 年期間臺灣相關宗教政策對民間信仰的影響，以及這一時期臺灣媽祖信仰呈現出的幾個主要特徵，並以北港朝天宮的轉型和媽祖電影、戲劇的出現為考察中心，探討現代臺灣媽祖信仰的多元發展情況。劉啟芳《淺議臺灣「女神」媽祖》指出，「媽祖信仰之所以能在臺灣風行，源於下述因素：獨特的發展歷史、自身的魅力、官方的支持，及臺灣民間信仰與祖國大陸傳統文化的淵源聯繫」。〔註12〕

（4）澳門媽祖文化圈

澳門堪稱莆田湄洲之外，媽祖文化特色最濃厚的地區了。此地的媽祖文化給人一種厚重的歷史感和超然的時空感。媽祖文化留給澳門山水的「腳印」

〔註12〕中華女子學院學報，第二期，2003 年。

最深，與澳門的淵源也最久，它是展示澳門「人文山水」悠久魅力的「代表作」之一。

早在 1925 年 3 月，旅居紐約的聞一多先生即曾在他的《七子之歌·澳門》中寫道：你可知「媽港」不是我的真名姓？

> 我離開你的襁褓太久了母親。
> 但是他們擄去的是我的肉體，
> 你依然保管著我內心的靈魂。
> 三百年來夢寐不忘的生母啊，
> 請叫兒的乳名叫我一聲「澳門」。
> 母親，我要回來，母親！

這首感人肺腑的短詩，表達了旅居海外的遊子對「母親」澳門的深切思念。澳門是世界上第一個以媽祖名字命名的城市。澳門歷史與媽祖關係密切，早在五百多年前，葡萄牙人抵達澳門時，就把地名寫成 MACAU，即媽閣的譯音。據傳當時葡萄牙人從媽閣廟附近抵達澳門時，曾誤聽「媽閣」為澳門之地名，於是把「媽閣」稱為「MACAU」，即「澳門」之說法，這一歷史性的誤會沿襲至今，故詩中道：「媽港不是我的真名姓」。

澳門現有媽祖廟近二十座，而且廟齡都在百年以上。氹仔島的天后宮建於乾隆年間，路環島的天后古廟建於康熙年間，蓮峰廟的歷史更加悠久，已超四百年，澳門最著名的名勝古蹟之一的媽祖閣建於明朝，距今已五百多年，媽閣廟，舊稱娘媽廟、天妃廟或海覺寺。後定名為媽祖閣，華人俗稱媽閣廟。其位於澳門半島的西南端，依山面海，沿岩而建。廟內的「神山第一」殿、正覺禪林、弘仁殿、觀音閣等四棟主建築，分別建於不同時期。其中，弘仁殿規模最小，是一座三平方米的石殿。相傳建於明弘治元年（1488 年），正覺禪林規模最大，創建於清道光八年（1828 年）。「神山第一」殿是當時官方與商戶合資創建於明萬曆三十三年（1605 年），此三殿均供奉天后媽祖，媽閣廟是澳門三大禪院中最古老的一座。這些建築不僅記述了媽祖文化在澳門傳播的歷史，也記述了福建籍人在「澳門人」形成過程中的「輩分」。

澳門最早的居民之一，就是來自媽祖的故鄉——福建。據史料記載，早在南宋被元朝滅亡之前，其政權中心一度從臨安（杭州）移到福建。這段時期，福州就有很多人參加了南宋軍隊。但不久南宋政權又不得不放棄福建避亂廣東，戰線也隨之南移。最後有一場決定其命運的大海戰，就在臨近澳門

的伶仃洋與崖門之間海域展開。當時，幾千艘的宋元戰艦在這裡互相廝殺，元軍勢強，勢如破竹。宋軍疲敝，潰不成軍。數十萬南宋將士葬身海底，大宋江山從此滅亡了。也就在這場悲壯的海戰之後，少數未死的南宋軍人逃至濠鏡澳（即澳門半島）藏身。

據說，這些南宋軍人就是最早抵達澳門的福建人。在南宋與元朝最後決戰的南宋軍隊當中，有一部分福州人。至此往後，到澳門定居的福建人越聚越多。而今，澳門四十五萬常住人口中，平均每四人就有一人是閩籍。澳門已於 1998 年 10 月成立了以顏延齡先生為代表的媽祖文化研究中心——澳門中華媽祖基金會。他為澳門媽祖文化的傳承、播揚而不斷努力，做出了卓越的貢獻。令人矚目的澳門媽祖文化村之「天后宮」即傾注了顏延齡先生對媽祖文化難以割捨的尋根情結。佔地近七千平方米的「天后宮」，如今坐落在澳門路環島的疊石塘山上。文化村包括鐘樓、鼓樓、祭壇、天后宮、梳妝樓、博物館及商店等。集宗教、文化、民俗、旅遊於一體，是澳門迄今規模最大的廟宇。

一年一度的澳門媽祖文化旅遊節的展開，亦是媽祖信仰融入澳門社會的體現。澳門媽祖文化旅遊節已成為澳門文化旅遊盛事。通過媽祖文化旅遊節的活動，加強了澳門的中華媽祖文化建設，提高了澳門旅遊城市和澳門世界文化遺產在國際的知名度，以及地方旅遊的整體形象和吸引力，極大地增強了媽祖文化的輻射力和延續著媽祖文化的效應。媽祖文化旅遊節，集人文、藝術、民俗及宗教於一身，既展現了澳門媽祖文化底蘊，又延續澳門媽祖文化，已成為聯繫海內外華人，增進彼此感情交流的重要紐帶；同時對於提升澳門的知名度，為海峽兩岸及港澳臺更密切的交流和廣泛合作，開闢了一條新途徑。

媽祖文化隨著時間的推移，也隨著一代又一代閩籍澳門人的播揚，逐漸成為澳門多元文化的重要組成部分，成為澳門社會珍貴的歷史文化財產，媽祖更成為澳門人心中善良、博愛、和平、安寧和吉祥的偶像。在澳門回歸祖國前夕，葡澳政府為滿足當地信眾的要求，塑造了一尊高一九·九九米、象徵 1999 年澳門回歸祖國的媽祖雕像。當時澳督韋奇立、新華社澳門分社社長王啟人親臨主持開光典禮，澳門出現了萬人空巷的景象。世界二十多個國家的媒體對這次活動進行了報導，澳門衛星電視臺亦對這次活動向五十多個國家進行了現場直播。研究澳門媽祖文化的學術論文《澳門媽祖論文集》亦已在澳門出版。

（5）香港媽祖文化圈

香港是中國東南沿海天后崇拜傳人較早的地區之一，香港的媽祖崇拜可追溯到宋代。

據有關史料記載，香港最早媽祖廟是在宋真宗大中祥符五年（公元 1012 年），莆田人林氏兄弟因遇海難獲媽祖保祐平安返回而捐建的佛堂門媽祖廟。香港北佛堂摩崖石刻和《九龍彭蒲崗村林氏族譜》關於媽祖信仰自南宋傳人的記載，是香港歷史文獻記載的第一筆。

該廟現在又稱為北堂天后廟，當地民間俗稱「大廟」。這座有著七百多年歷史的大廟，是香港最大的天后廟，整個廟宇面向大廟灣，建築宏偉壯觀。每年的三月二十三這一天，會有上萬名信眾來此向媽祖頂禮膜拜，祈求庇護。從該廟「系出莆田坤儀稱母、恩流菏澤水德配天」的對聯可以看出香港媽祖廟與湄洲媽祖的歷史淵源。

此後，香港先後建造了筲箕灣天后古廟，水上三角天后廟，銅鑼灣天后官等五十五座媽祖廟，它們遍布港島、九龍、新界和離島，多數座落在海灣附近，而大部分都是清初遷海以後修建的。使香港成為具有眾多湄洲媽祖祖廟分靈廟的重要地區。另有建於清同治四年（1865 年），位於九龍油麻地魔街榕樹頭的廟街天后廟，是九龍市區最大的天后廟。此廟最初是在官湧街市附近，於光緒二年（1876 年）遷來榕樹頭的。現在廟門頭上的石刻金字「天后古廟」，上有「光緒丙子遷建」字樣。門前的一對石獅是清同治四年（1865 年）雕造，廟內的一口銅鐘是光緒十四年（1888 年）鑄造，除正殿外，左右兩側尚有福德廟。

幾百年來，海上女神媽祖被香港遠航者尊為吉祥的化身。她給予那些遠航於驚濤駭浪中的人們以向茫茫海洋進行不斷探索與征服的勇氣。香港有句俗語叫「不拜神仙不上船」，而這個「神仙」正是指天后媽祖。每到農曆的初一、十五，天后廟裏都香煙嫋嫋，拜祭者絡繹不絕。人們相信正是天后慈悲博愛的胸懷，使香港成為了一個群山屏障、順濟安瀾的避風良港。如今的香港已經由一個漁港演變成為蜚聲國際的貿易和金融中心，可媽祖文化仍然是人們的一種精神寄託。儘管生活在香港這座動感十足的現代都市中，但似乎每一個走進天后廟的人都會把雜念拋到腦後，躁動的心也會變得沉靜，在這裡感受到的只有天后媽祖的博大寬容。

　　總之，港澳臺社會雖然幾經變遷，各種思潮不斷交融，但人們對媽祖的崇拜信仰卻沒有絲毫改變。正如香港學者廖迪生所指出的那樣：近十年來，香港人口急劇增加，社會急速都市化，新的社會政治組織冒升，神誕活動與地方社會組織之間的關係日漸疏離，但天后誕的慶祝並沒有消失，反而添上現代意義，香港人開始嘗試在天后誕和天后廟中尋求地方的民俗傳統，用以建構自己的認同。

　　（6）國外媽祖文化圈

　　媽祖信仰是中國在海上與世界各國和平交往的軌跡中不斷發展的「精神界碑」。媽祖信仰的國外遠洋傳播區域，主要有日本、朝鮮半島、東南亞以及美國檀香山等地。西太平洋區域航線傳播有兩個主要方向：一是東北向的日本、朝鮮半島航線；二是南向的東南亞航線。兩線相比較，東南亞為重。在東南亞（這裡指印度尼西亞、馬來西亞、新加坡、菲律賓、泰國、柬埔寨和越南等國家）華人聚居的沿海城鄉，「莫不有『媽祖』的神跡」。日本早期有那霸與久米的媽祖廟。跨太平洋橫渡航線傳播主要指以菲律賓為中介，由亞洲駛往美洲的跨太平洋東行航線，人稱媽祖越洋東傳。這裡面有美國檀香山、巴西、秘魯、墨西哥以及北美洲加利福尼亞等地。

　　此外，還有跨大西洋到達法國、英國等地。據不完全統計，目前世界上大約有兩億多媽祖信眾，有五千多座媽祖廟，分布在二十六個國家和地區。可謂「海水到處有華人，華人到處有媽祖」。如新加坡的天福宮、泰國曼的靈茲宮等，在泰文典籍中還載有媽祖的故事。在澳洲的澳大利亞和新西蘭，歐洲的法國巴黎和挪威、丹麥，美洲的美國檀香山和舊金山、加拿大、墨西哥、巴西以及非洲等地都有媽祖廟宇或奉祀的場所。

　　新加坡的天福宮見證了華人從中國南來的歷史和社會變遷，深具歷史和文化意義。在日本的神戶、長崎及很多島上都建有數十座媽祖廟，並成立了信仰組織「媽祖會」。薩南片浦有明代林北山到那裡定居時建的林家媽祖宮等。日本民間的稻神社在奉祀稻神的同時，也供奉媽祖神。自古以來，日本的稻穀是從福建以海舶運去而傳人的，因此民間很重視「谷神」。而運稻穀的船舶是以媽祖為航運的保護神，因而媽祖也成為日本稻穀的保護神了。據某些訪日中國學者所見，凡有關媽祖的中國傳記，地方志，正史傳說，詩詞，經文等資料，日本應有盡有，其中，由於以媽祖為媒介而引起的中日貿易關係，民間來往，亦無所不談。

　　媽祖信仰也由於鄭和下西洋和華僑的南進，遍及全世界。鄭和七次下西洋，歷時近三十年，往返於太平洋、印度洋和阿拉伯海域，涉海凌波萬餘里，前後到達三十多個國家，他祈求保護的神祇主要是海神天妃。鄭和祭祀天妃，修建天妃廟，將下西洋的經過立碑於天妃宮，這就促進了媽祖信仰在這些地方的傳播。同時，隨著我國航海和貿易的發展，凡是中國海商和華僑所到之處，媽祖信仰就傳播到那裡。如東南亞，最初是華僑在「亞答屋」中供奉媽祖，嗣後各地陸續集資建造媽祖宮廟。馬來西亞有媽祖宮廟三十多座，如馬六甲（創建於明隆慶元年（1567 年）的青雲亭，檳城的廣福宮、吉蘭丹的興安宮等。馬六甲是馬來半島的一個港口小城市，是個有悠久歷史文化的古城。

　　十五世紀，中國偉大航海家鄭和率世界上最龐大的船隊七下西洋，曾五次來到馬六甲。鄭和每次前來，都虔誠祭祀媽祖，祈求媽祖神明護航。媽祖文化也隨著鄭和的航海壯舉而扎下根來。日文《長崎夜話草》一書道「從長崎人港的中國船，每當初見此山時，都要燒幣錢，敲金鼓舉行隆重的祭典」。這個山便賦予「野間權現」（「野間」，即日文「媽祖」之義）。日文《三國名勝圖會》注釋：「野間撒似乎是中國航行船的目標，每歲中國的商船來到長崎時，一定以此撒為航標，沿其航道前進，到達皇國之後，一開始便是開懷暢飲，互祝平安」。他們在海邊定居後，便在片浦與琉球及華南進行海上貿易，收入充足。而「航海女神」媽祖因而也被供奉起來。

　　在中外關係史上，媽祖信仰與我國古代許多和平外交活動亦有密切關聯，除了明代鄭和七下西洋歷訪亞非三十多國家外，亦有宋代的出使高麗，明清兩朝持續近五百年的對古琉球中山國的冊封等等，都是借助媽祖為精神支柱而戰勝海難，圓滿地完成了和平外交使命。史載，明永樂年間對封舟的貢船上供奉天妃是十分鄭重的。「封舟尾部建三層樓房，上供奉聖旨，尊主上也，中供天妃，配以香公，朝夕祈祝天妃，順民心也」。潘相寫的《琉球入學見聞錄》記載說：「從村口入，行數十步，有神廟稱上天后宮」。《琉球國由來記》卷九和《唐榮汨記全集》中記載說「自貢船開航之日起至第七日為止，自大夫至年輕秀才，都須參拜兩天后官，燒香並念經……」。並說：「自第七日至貢船回歸本國內止，每日大夫以下年輕秀士及鄉官士們輪流詣廟參拜」。其目的是祈願生意興隆，海上平安，同時利用神祇節日加強團結。

　　可見媽祖朝拜對日本的民俗影響深遠。外交使臣們為報答媽祖神功，還寫下了大量頌聖文章，即如鄭和的《天妃靈應之記》碑詳細記錄七下西洋的

過程，對史書記載的訛誤和不足起到了訂正和補充的作用。清康熙二十二年（1683年）中國冊使汪楫所著《使琉球雜錄》詳述在媽祖庇祐下，封船如「凌空而行」，飛速通過釣魚嶼、黃尾嶼、赤嶼而進入琉球國境的姑米山、馬齒山海域，使迎接天使的大夫鄭永安驚歡如「突入其境」。

如今媽祖信仰已成為一種跨國籍、跨地區的民間信仰，媽祖文化亦已上升為人類傳承文明、發展進步的世界性課題，媽祖則更多地被作為聯結世界各地華人的情感紐帶，無愧於「世界和平女神」。

2. 媽祖文化研究的新視閾

（1）媽祖文獻及相關資料研究

媽祖文化歷史源遠流長，文獻浩如煙海。媽祖地方文獻的記載經歷了逐步演變至發展完備的過程。大致是宋代略簡，元代演變，明代發展，清代完備或定型。按照時間順序，可將媽祖研究分為兩個階段：歷代媽祖文獻研究、現當代媽祖文化研究。

歷代媽祖文獻研究的主要成果：

特奏名進士廖鵬飛於南宋紹興二十年庚午（1150年）正月十一日撰寫的《聖墩祖廟重建順濟廟記》，現載於莆田縣涵江區白水塘《李氏宗譜》中，是目前所發現的一篇最早有關媽祖事蹟的記載。

《天妃顯聖錄》輯錄了有關媽祖生平有「靈應」神話傳說。清莆田人林清標纂輯的《敕封天后志》簡稱《天后志》，又稱《湄洲志》，乾隆四十三年刊行。它是在《天妃顯聖錄》與《天后顯應錄》的基礎上重刊，是一本有關媽祖傳說的集錄。清代泉州人楊濬於光緒十四年輯錄刊行的《湄洲嶼志略》，是本地方志書，較集中地反映了湄洲地區與媽祖信仰的情況，是一本對媽祖研究較有價值的參考書。

歷代媽祖文化的故事在小說戲劇中也被大量保存下來。如最早描寫媽祖故事的小說有《天妃出身濟世傳》（見方彥壽《福建方書之最》）；《三寶太監西洋記通俗演義》（明）羅懋登撰，（陸樹侖、竺少華校點，上海古籍出版社，1985.3）中大多情節都與媽祖有關聯，其中第二十二回寫道：「只听得半空中，那位尊神說道：『吾神天妃宮主是也。奉玉帝敕旨，永護大明國寶船。汝等日間瞻視太陽所行，夜來觀看紅燈所在，永無疏失，福國庇民』」。

明代鄭和在其著《通番記》裏也寫道：「值有險阻，一稱神號，感應如響，即有神燈燭於帆檣，靈光一臨，則變險為夷，舟師怗然，咸保無虞」。書中第

二十二回有「天妃宮夜助天燈，張西塘先排陣勢」，二十卷九十八回有「水族各神聖來參，宗親三兄弟發聖」，第一百回有「奉聖旨頒賞各宮，奉聖旨建立祠廟」等。

明萬曆年間建陽林熊龍峰刊行的《新鐫出像天妃出身濟世傳》，又名《天妃娘媽傳》或《新刻宣封護國天妃娘娘出身濟世傳》，全書分為上下二卷，共三十二回，寫於萬曆年間（1573～1615 年）。該小說刻印者是熊書峰，書堂名忠正堂，作者吳還初，據方彥壽斷定作者為閩南一帶人氏。該書描寫媽祖故事，如第一回有「鱷猴精碧苑為怪」，第二回有「玄真女叩闕傳真」，第十回有「玄真女湄洲化身」，第十五回有「林二郎兄妹受法」，第三十一回有「天妃媽收服鱷精」，第三十二回有「觀音佛點化二郎」等。

明末崇禎年間（1624～1644 年）有陸雲龍撰《新鐫出像通俗演義遼海丹忠錄，其第十八回「大孝克仲母節，孤忠上格天心」，也提到媽祖許多神跡顯應的故事。

近代文人林紓（1852～1924 年），於 1917 年 2 月自著三部戲曲作品，其中一部是十一場的《天妃廟傳奇》，這部戲曲以江蘇松江地區天妃廟為背景，描寫清光緒年間留學日本的假洋鬼子搗毀天妃廟神像，引起幾年集資修建天妃廟的商人們的憤怒，從而引起軍閥的干涉，以及軍閥內部的鬥爭。

近代莆田有《天妃降龍全本》劇目，描述天妃降伏東海龍王的神話故事。其中一折戲《媽祖出生》內容是有關媽祖誕生之顯聖先兆的傳說。又有莆田南門人蘇如石，於二十世紀五十年代末曾創作神話戲劇《媽祖志》，將媽祖形象搬上舞臺。

二十世紀初，著名學者顧頡剛、容肇祖、朱傑勤等就開始從各類地方志、遊記、雜記、廟碑等史料入手，研究媽祖的事蹟與傳說。顧頡剛、客肇祖先後發表了多篇關於「天后」的論文，在學術界引起反響。臺灣學者李獻璋自二十世紀六十年代起，經過二十年的研究，終於寫成了《媽祖信仰研究》一書，成為有關媽祖研究的第一部具有較高學術價值的專著。

（2）媽祖文化的人文價值及其遺產保護

媽祖研究已成為一種國際性學術文化活動，媽祖文化亦已蔚為大觀，它不僅擁有豐富的內涵，是中華民族優秀傳統文化的一個重要組成部分，而且其外延也十分廣博。以媽祖信仰為核心，形成了以宮廟建築、雕刻、文獻等有形文化和神話、傳說、故事、祭典、民俗、藝術等無形文化為基本內容的民

間文化。在媽祖信仰的廣泛傳播過程中形成、積累起來的各種形式的媽祖文化遺產，是中華民族優秀傳統文化的重要內容之一，其中包含著豐富的人文價值。許多媽祖廟保存著廟宇建築沿革、神像供奉情況等資料，保存不少文物、古蹟等寶物。這就為我們研究媽祖文化，及至研究航海史、華僑史、民俗學、宗教學、經濟學等提供了豐富的資料。

聯合國教科文組織 1997 年 11 月第二十九次全體會議對人類口頭和非物質文化遺產做了界定：傳統的民間文化是指來自某一文化社區的全部創作，這些創作以傳統為依據，由某一群體或一些個體所表達並被認為是符合社區期望的，作為其文化和社會特性的表達形式、準則和價值通過模仿或其他方式口頭相傳。它的形式包括：語言、文學、音樂、舞蹈、遊戲、神話、禮儀、習慣、手工藝、建築藝術及其他藝術。除此之外，還包括傳統形式的聯絡和信息」。媽祖文化的外延僅直接記載媽祖信仰的歷史文獻資料按最保守估計超過一百萬字。內容相當豐富，史料價值很高。

媽祖文化正是這樣一種寶貴的人類文化遺產。目前世界各地還存在有大量與媽祖信仰相關的宮廟、會館、祠堂、祭祀場所、碑刻、壁畫、石雕等實物和課本、經文、契約、譜牒等民間文書及傳世文獻。更不可多得的是，還保存著鮮活而豐富多彩的口傳文化，如音樂、戲曲、舞蹈、敘事歌謠、遊戲、神話、故事、傳說、禮儀、民俗、手工藝、建築及祭儀與祭祀活動等。這些文化遺產，上可溯至宋元之前，下已流傳到當今時代，並涉及社會與文化各個領域，其廣博、深邃、有整體系列性等特點，是傳承中華文化的重要載體。因此，開展媽祖文化保護工程，從點狀變為網狀，從不同領域、不同方面加大媽祖文化研究的深度，將大大提升媽祖文化研究的質量，拓展媽祖文化研究的內涵。

雖然媽祖文化的相關研究資料因媽祖信仰的廣泛影響而浩如煙海，但卻因為未曾進行全面、系統的調查、收集、整理，而散在於世界各地的相關廟宇、圖書館，以及私人之手，許多文獻還屬於孤本、殘本或抄本這樣，學者所能見到的媽祖文化資料十分有限，直接影響了媽祖文化研究的深入。因此，媽祖文化保護工程的盡快實施迫在眉睫，加大力度對媽祖文化的相關文獻進行保護和整理，對於全面提升世界範圍內的媽祖文化研究質量將至關重要。它對於加強各國的文化交流也是不可缺少的工作，應當成為我國文化建設的一項重要內容。

如今許多與媽祖有關的非有形的文化形式開始被人遺忘，一些別具文化

內涵的民俗事項，由於諳熟媽祖文化的老人不斷去世而知之者越來越少，諸如湄洲島上的婦女梳蓬形髻的由來，每年農曆三月廿三日湄洲漁民不出海捕魚的原因，莆田媽祖元宵節安排在農曆正月廿九的原因，居住在海島上的人名字中為什麼有一個「媽」字，媽祖節日時媽祖廟前往往有兒童表演的舞蹈的起因，閩西客家婦女難產時為什麼不呼「天上聖母」而呼叫「媽祖太太」等等，所包含的文化內涵都開始被人遺忘。還有許多民謠、山歌、民諺俗語、謎語、祭詞等口頭文化也已失傳。類似這樣的口傳文化，知曉者如今至少年逾七旬，這批老人應當是我們進行訪談、錄音、錄像的主要對象。也只有他們才會給予我們最後保護和搶救媽祖文化遺產的機會。如果我們還不及時保護和搶救這類媽祖文化遺產，再過幾年它們都將成為無可挽回的過去。

（3）媽祖文化與和諧社會

媽祖文化與和諧社會的意義主要可從完善社會道德與發展兩岸關係及與世界和平的關係層面來探討。由於政治經濟文化因素的影響，媽祖護祐職能的神格不斷發生著變遷與演化。媽祖信仰目前已成為一種跨國籍、跨地區的民間信仰。媽祖文化亦已上升為人類傳承文明、發展進步的世界性課題。媽祖也因而被作為聯結世界各地華人的情感紐帶，是一位「世界和平女神」，吸引著越來越多關注的目光。有關學者認為，以媽祖信仰為核心的「媽祖文化圈」與漢字為特性的「漢字文化圈」具有同樣的重要性，而且對瞭解海外華人社會和信仰來說，媽祖文化圈意義更為重大。對今天的信奉者來說，「媽祖既是神祇，又是民族文化的象徵」。因此對她的信仰不光是企望，也是對民族文化的認同。

首先，媽祖的形象已經成為人們心目中善良、智慧和正義的化身。關於媽祖的神話描述，直接反映了人們對扶危濟困、捨身助人等高尚品德的頌揚和追求，從而激勵人們積極向善，涵養一種樸實而崇高的人性品質。無論是媽祖捨身拯救海難，還是以治病救人為主體的行善之舉，包括祈雨解旱、排澇救民等，皆以急人之所急、不取報酬、無償奉獻等為其突出的表現。或以斬妖除怪為主題之神話，通過為民除害，造福於人民，顯示了媽祖嫉惡如仇的俠義品質。再如孝敬父母、和睦鄰里的故事等，表現出媽祖孝順和仁愛的品質。家庭倫理的維繫，無不建立在「孝」的基礎上。媽祖崇拜，正象徵著華裔民族對「仁愛」和「孝順」的崇拜。上述各類傳說，都體現了媽祖的正義、勇敢、無私、孝悌、仁愛、樂善好施等美德。對於提升人們心性、淨化社會道德，都具有積極的意義。

　　媽祖文化的價值還在於它的普世性，反映了一種世界大同的崇高理想和深切的人文關懷。譬如媽祖傳說中的拯救海難，並不僅僅侷限於幫助平民百姓。媽祖不僅拯救急風暴雨中的平民漁船，而且也積極襄助海上使節船等官方船隻，甚至還救過前來中國的荷蘭番船，所救治的病人也涉及福建、江浙、廣東、臺灣等地的平民和官員。不論是救苦救難、樂善好施，還是斬妖除怪，都以拯救生命為最高宗旨，以追求生活幸福、社會和諧安寧為目標。時至今日，媽祖的文化精神對於弘揚正氣，促進精神文明，仍有社會文化價值。

　　媽祖文化並非一種考古的「文物」，而是一種「活態」的文化，其包含的文化紐帶意義已經越來越引起人們的重視。俗話說，「有海水的地方，就有華人，有華人的地方，就有媽祖」。旅居海外的廣大華僑，他們把媽祖信仰帶到了世界各地。例如，新加坡的天福宮就是 1839 年新加坡船員從泉州運去建築材料興建的。又如，馬來西亞興安會館總會屬下有二十七個分會館，每個興安會館都在最高一層供奉媽祖。在巴西、加拿大、墨西哥等國的華僑居留地，也都有媽祖廟。可見，媽祖在海外華僑華人社會中起著聯繫鄉誼、敦睦親情、尋根懷祖的重要作用。日本鹿耳島大學民俗學教授下野敏見認為：「媽祖不僅是東南亞的，而且是世界性的信仰傳播」。在今天的臺灣省，媽祖也是影響最大的神靈，媽祖信仰是維繫海峽兩岸關係重要的橋樑和紐帶。

　　臺灣「中華媽祖文化產經慈善發展協會」理事長蔡泰山在「海峽兩岸媽祖文化研討會」上表示，「文化是能夠融合政治的。今後我們兩岸的媽祖學者要繼續加強學術方面的交流……我們可以不談政治，但是我們可以談中國的文化，因為中國文化是非常悠久的，也是非常優良的」。

　　上海社科院副院長左學金在《研究媽祖文化，促進和平發展》的主旨演講中指出，「媽祖信仰已經成為臺灣民眾文化心理的重要組成部分，深刻地影響著臺灣民眾的日常生活和思維方式，對媽祖信仰成為海峽兩岸民眾的感情紐帶與文化認同橋樑，直接或間接地推動了兩岸經濟交往與文化交流的乃至整體發展。媽祖是海峽兩岸文化認同的歷史基石，媽祖文化是兩岸共同發展的文化基石」。兩岸「媽祖」學者日益普遍深入地共同探討「媽祖文化」的活動，對於兩岸民俗文化研究、海洋文化研究、兩岸關係研究等方面都具有重要意義，同時對於兩岸文化交流、建設和諧社會等將起到積極的促進作用。

　　在海外華人社會裏，地緣、血緣、業緣是華人之間聚落、聯絡、團結、互助的紐帶。在媽祖信仰者心目中，媽祖之「神緣」是一種超物質的、憑信仰力量可以領導和鼓舞人們的富有感召力的精神領袖，其作用不可忽視。當然，我們今天研究媽祖現象，強調的並非是其迷信色彩，而是她所具有的文化遺跡的史料價值，和信仰內涵中所蘊存的積極向上的民族傳統精神。作為文化交流的橋樑和精神紐帶，保護繼承媽祖文化遺產，對於弘揚民族精神，加強文化建設，構建和諧社會具有積極意義。〔註13〕

〔註13〕田若虹：《近二十年以媽祖現象為核心的媽祖文化圈研究》，原載《中國海洋文化論文選編》，海洋出版社，2008年8月。

陸、宗教與古代人倫

　　正統宗教在西周已經成型，周人將宗教與倫理、宗教與政治融為一體，基本完成了原始宗教向正統宗教的轉型，體現出宗教人文化、倫理化的鮮明傾向。儒家的道德學說以人倫為基礎。儒家的倫理思想即指儒家的道德學說，主要討論道德起源，道德原理、原則，道德規範，道德功能，道德方法，以及道德與其他文化形態的關係等問題。儒學是一種倫理型的人文主義學說，倫理思想在其整個學說裏佔據中心的地位。

一、儒、墨、道、法思想與古代節操文化

　　中華古代節操觀念以儒家觀念為中心，兼容諸子眾家之長，儒家對修身、齊家、治國、平天下的關注，道家適己任性的人生態度，墨家兼愛的主張，法家「抱法處世而治」的思想，共同孕育了古代節操文化。

（一）

　　中華文化的一大特色便是高度注重人的錘鍊和修行。以「人皆可為堯舜」策勵人們完善自我。儒家對修身、齊家、治國、平天下的倍加關注，及其所張揚的具有積極意義的為天下之道即「仁以為己任」、「任重而道遠」、「安貧樂道」的思想主張，給了後世仁人志士以巨大的鼓舞，為之提供了一種「達則兼濟天下，窮則獨善其身」的安身立命的人格範式。道家適己任性，不受物累，隱居避世的人生態度，往往為後世那些憤世嫉俗、仕途受挫，懷才不遇、心灰意冷的士子們所取法，成為他們功成身退、全身避害的處世方式；墨家兼愛的主張，則對數千年來中國古代文明史中一條基本的人文準則——「孝」

道的形成奠定了理論基礎。「孝」之倫理價值觀一方面指向「五倫」即：「父義、母慈、兄友、弟共、子孝」之制度，即「親親」的領域；另一方面指向社會職責，具有社會功利性的目的，那就是：立身、立德、就諸侯、度卿大夫、譽士等。而法家的「抱法處世而治」的思想對於喚醒昏睡於亡國之際的民眾，激起他們的愛國熱忱和責任感，樹立必勝的信念，反對侵略戰爭，無疑具有積極進步的意義。顧炎武的「天下興亡，匹夫有責」正是這種救亡意識和愛國責任感的集中體現。本文通過對古代節操觀念成因的探討冀有利於弘揚中國傳統文化，從而獲得美好而全新的人格精神的觀照。

（二）

「節操」是一個有深刻文化意蘊的概念。古人釋為：「不以辱身」（《韓詩外傳》）。「見危致命」、「知義理之名」（《論語》）。「昔聖王之處士」、「修立之名也」（《齊語》）。《辭海》釋為：「政治上和道德上的堅定氣節和操行，有政治信念和道德理想所決定，是堅定信念和堅強意志力的統一。」

由於政治、道德觀念的不同，儒、道、墨、法各家對於節操的理解與主張亦不盡相同。儒家舉事必以社稷為重，不做辱國和有損人格之事，故其將殉名、殉家、殉天下視為節操之最高境界。這種精神主要表現為：

憂勞興國：孔子曰：「士不可不弘毅，任重而道遠，仁以為己任，不亦重乎，死而後已，不亦遠乎」。（《秦伯》）孟子曰：「故天下降大任於是人也，必先苦其心志，勞其脛骨，餓其體膚，空乏其身，行弗亂其所為，所以動心忍性，曾益其所不能，困於心，衡於慮，而後作」。（《告子下》）並道，君主「憂民之憂者，民亦憂其憂，樂以天下，憂以天下，然而不王者，未之有也」。孔孟之憂患意識，不可謂不強烈矣。正是這中憂患意識形成了儒家對「治國、平天下」的倍加關注和強大的心理動能。

仲尼周遊列國，「一生干七十餘君」，並開私人講學、著述之風。孟軻乃「述唐虞三代之德，退而與萬章之徒序《詩》《書》，述仲尼之意。」並作《孟子》七篇。儘管仲尼在當時「不得志於諸侯」，孟軻亦因「天下方務於合縱連橫，以攻伐為賢」，其主張不能為齊王採納：「所如者不合」，只好歸魯國，以布衣終老。但是，孔孟「憂世之患」的人格與追求道德理想的精神卻不能不令人為之感泣。孔孟所強化的憂患意識，對古代節操文化產生了巨大而深刻的影響。「士不可以不弘毅，任重而道遠。」已成為一切有抱負的仁人志士所信守的人格律令。

　　曾經以強大的武力而不能使有扈氏屈服的夏后伯啟，由於後來意識到自己德薄而教不善，於是乎十分注意修身聚德。他「處不重席，食不貳味，琴瑟不張，鍾鼓不休，子女飭，親親長長，尊賢使能。」終於以德使有扈氏服。

　　《書》曰：「憂勞可以興國，逸豫可以亡身。」唐代莊宗之所以得天下，與其所以失天下的驟興驟亡的史實亦印證了這一至理名言。憂勞興國論既體現了儒家對時艱的反思，亦顯示了人格自我意識的覺醒和個體精神的張揚。「居廟堂之高則憂其民，處江湖之遠則憂其君」；「天下興亡，匹夫有責」。正是這一「憂世之患」的使命意識的集中體現。

　　貴公去私：《呂覽・貴公》援引鴻範之言曰：「無偏無黨，王道蕩蕩，無偏無頗，尊王之意；無或作好，尊王之道；無或作惡，尊王之路」。所謂「無偏」即無私，「無或作好」即無私好。故不韋稱：「公則天下平矣」、「天下非一人之天下，天下人之天下也」。《呂覽・去私》：「天無私覆也，地無私載也，日月無私燭也，四時無私行也」。

　　正因如此，堯有十個兒子，卻不將天下授與其子，而授於舜；舜有九子，亦不授與其子而授與禹。表現了他們大公無私的品德。《去私》篇亦載祁黃羊向晉平公舉薦賢才不迴避仇人，亦不避親人之無私美德。晉平公問於祁黃羊曰：「南陽無令，其誰可而為之？」祁黃羊毫不猶豫地推薦暸解狐來擔任這一職務。平公驚曰：「解狐他不是你的仇人嗎？」黃羊答曰：「君問可，非問臣之仇也」。平公贊許地點頭稱「善」。不久，平公又問黃羊說：「國無尉，其誰可而為之？」黃羊又向他推薦了名叫午的這個人。平公曰：「午，並非是你的兒子啊」。黃羊答曰：「君問可，非問臣之子也」。平公又欽佩地點頭稱「善」，並遂用之。〔註1〕國人亦稱善焉。孔子贊曰：「善哉，祁黃羊之論也，外舉不避仇，內舉不避子，祁黃羊可謂公矣」。

　　對待公於私的態度，已成為判斷古代聖君賢人的人格及道德水準高下的重要標誌。這一準則，諸子各家皆一致認同。莊子說：「君不私，故國治」。（《莊子・則陽》）墨子說：「文王之兼愛天下之博大也，譬之日月兼照天下之無有私也」。（《兼愛》）商鞅說：「公私之分明，則小人不嫉賢，而不肖者不妒功。」（《商鞅・修權》）後儒更將「公」視為天理，將「私」視為人慾曰：「理者，天下至公，利者，眾人所同欲。苟公其心，不失其理，則與眾同利」。（《周易・程氏傳》）

―――――――――――――――――――
〔註1〕《呂氏春秋・去私》。

　　無疑，人民對於聖君賢臣的依歸與熱愛體現了他們對其貴公無私的品格與其道德情操的認同。正是在這一傳統文化精神的感召下，催生了無數請正廉明的海瑞、包青天，無數盡忠報國的岳飛、文天祥等人物。歷史上這類偉人的存在為古代社會「貴公去私」的文化心理提供了強有力的支持和精神導向——愛國主義。

　　安貧樂道：子貢問孔子曰：「富而無驕，貧而無諂何如？」孔子答曰：「可也。不如貧而樂道，富而好禮」。〔註2〕孔子曾窮於陳蔡之間，七日不嘗食，而依舊絃歌於室。弟子顏回擇菜於外室，路與子貢則議論說：「夫子逐於魯，削跡於衛，伐樹於宋，窮於陳蔡。殺夫子者無罪，辱夫子者不禁。夫子絃歌鼓舞，未嘗絕音。蓋君子之無恥也若此乎。」顏回無辭以對，入內將此言告知孔子。孔子愀然推琴而歎曰：「由與賜小人也」。他嚴斥子路與子貢曰：「君子達於道方可謂達，窮於道則可謂窮。如今我抱仁義之道，以遭亂世之患，其所也，何謂之窮？」他慨然道：「內省而不疚於道，臨難而不失其德，大寒既降，吾是以知松柏之茂也」。

　　儒家安貧樂道的思想主張，給了後世仁人志士以巨大的鼓舞：「不戚戚於貧賤，不汲汲於富貴」。並為他們提供了一種「達則兼濟天下，窮則獨善其身」的安身立命的人格範式。

　　重義輕利：「義」作為儒家道德觀的重要內容之一，具有至高無上的內在價值。當生與義不能得兼時，則「捨身而取義者也」。(《孟子·梁惠王上》)：「王何必曰利，亦有仁義而已矣。」孔子曰：「君子義為上」。(《陽貨》)儒家的道義觀已成為君子人格的最高境界。在國家與民族處於危難之際，「義」尤其顯示出獨特的人格魅力。如大義凜然、殺身成仁、捨生取義等。在儒家的義利觀中，「義」往往表現為公、為天下之意，而「利」則表現為私利與私欲。

　　孔子論「義」，主張「見利思義」，孟子則主張「何必曰利」，荀子言義必及利。他說：「循其道，行其義，與天下同利，除天下同害，天下歸之。」(《王澳》)顯然荀子對義的理解不僅主張「見利思義」，而且肯定「思義」是為了「天下同利」。肯定了義的社會功利目的。這一評價具有十分重要的理論意義。

〔註2〕《史記·仲尼弟子列傳》。

（三）

針對儒家的「殉名、殉家、殉天下」說，以莊子為代表的道家則提出了無己、無功、無名的主張。道家認為「殉名、殉家、殉天下」之舉乃「殘生損性」，不足以取。莊子說：「自三代以下者，天下莫不以物易其性矣，小人則以身殉利，士則以身殉名，大夫則以身殉家，聖人則以身殉天下。故此數好者，事業不同，名聲異好，其於傷性，以身為殉，一也」。故而提出了無己、無功、無名說。

至人無己：莊學淵源於老子，然又別立為一宗。司馬遷論莊子之學：「其學無所不窺，然其要本歸於老子之言」。〔註3〕故世稱為老莊學派。《莊子外篇·田子方》記老聃答孔子問道曰：「夫得是至美至樂也。得至美而遊乎至樂，謂之至人」。

《莊子·逍遙遊》進一步發揮了其至人觀曰：「若夫乘天地之正，而御六氣之辨，以遊無窮者，彼且惡乎待哉？故曰：『至人無己，神人無功，聖人無名』。《莊子·齊物論》曰：「至人神矣，大澤焚而不能熱，河漢冱而不能寒，疾雷破山，風振海，而不能驚。若然者，乘雲氣，騎日月，而遊乎四海之外，死生無變於己，而況利害之端乎」。

莊子認為只有那種不倚眾凌寡，不自恃成功雄踞他人，不圖謀士之人，方可堪稱為「至人」。他們「過而弗悔，當而不自得」，「登高不慄，入水不濡，入火不熱」，方能攀登道德之高峰，達到知識與道相契合的境界。反之，嗜好與欲望太深之人「其天機淺」。莊子認為古之真人不知悅生，不知悅死，悠然而往，悠然而來，不忘其所始，不求其所終。能順應自然，忘卻自我，故能達到「形」「情」兩忘。古之「真人」，神情寬峨而不矜持，態度安閒自然、特立超群而不執著固執，襟懷寬闊虛空而不浮華。他們把刑律當作主體，禮儀當作羽翼，以道德來遵循規律。古之「真人」亦即真知。《莊子·天下篇》曰：「不離於宗，謂之天人。不離於精，謂之神人。不離於真，謂之至人。以天為宗，以德為本，以道為門，兆於變化，謂之聖人。」「至人無己」，體現出至人在人生境界上「無我」的旨趣。

《莊子·得道》篇曰：「神與道合，謂之得道」。《坐忘論》稱「道有深力，徐易形神，形隨道通，與神合一，謂之神人，神形虛融，體無變滅，形與道同，故無生死。隱則形同於神，顯則神同於氣，所以蹈水火而無害，對日月而無影，存亡自在，出入無間」。「神人」為道教徒所追求的最高境界。

〔註3〕《史記·老子申韓列傳》。

神人無功：莊子心目中的「神人」是才全而德又不外露的人。他們不受外物之牽累，不求有功。莊子曾借無名人與天根二人的對話，表達了自己「順物自然」而天下治的理想。無名人告戒天根，只有處於保持淡漠的本性，交合形氣於清淨無為的領域，順成自然的本性而不容忍半點私情，方可將天下治理好。為了表達這種順天致性的理想，莊子常賦予他筆下的人物，尤其是醜陋、傷殘的形象以完美純和的道德修養。如其筆下的哀駘就是這種德不外露，自然使人親附，不能離去的奇醜之人。哀駘憑藉自己的德，使其生命自然流放出一種精神力量去吸引別人。其筆下的伏羲氏、無名人等亦皆為才全而德不外露之人。

聖人無名：莊子將名譽視為「實之賓」、「桎梏」、「相軋」；視為「旁技之道，非天下之至正」。他用這一思想來反對儒家的出世思想，可謂失之偏頗，然而針對那些不擇手段、沽名釣譽之徒則不失為一種警策與忠告。

莊子提出「聖人無名」。他認為天下對他來說毫無用處，他決不接受天下，正如廚師不做飯菜、掌祭奠的人決不會越位來代替別人的位置一樣。莊子認為孔子以博學比擬聖人，以誇吟超群出眾，自唱自和，哀歎世事之歌以周遊天下是買弄名聲，是不可取的。

只有那些遺忘精神，不執著形骸之人才可逐步地接近於道。(《天地篇》)莊子甚至認為，買弄名身是招致殺身之禍的根源。他例舉說，從前桀殺害了敢於直諫的關龍逢，商紂王殺害了力諫的叔叔比干，這些賢臣修身蓄德以在上的地位關懷愛護百姓，以在下的地位違逆君主的猜忌之性，故君主因為他們的修身蓄德而排斥他們、殺害他們，這就是愛好名聲的結果。(《人世間》)莊子這種消極避世的人生觀的詮釋，於後世產生了深遠的影響，後世隱逸之士的全身避害、功成身退的思想淵源皆不難追溯於此。莊子還為君主擺脫名譽桎梏指出了一條通途：君主不應該放縱情慾、顯耀自己的才華和智巧，應安居不動而神采奕奕，像深淵那麼默默深沉，像雷聲那麼感人至深，行動合乎自然如縷縷炊煙、片片遊塵，那麼自然自在，這樣就能擺脫名譽的桎梏，無所謂治理天下的煩惱了，這就是莊子無為而治的政治理想。

莊子所謂無己、無名、無功的思想揭示了其處人與自處的人生態度及處世的哲學觀，是其反抗現實的一種超脫的空想。他生當亂世，戰國中期的戰亂使得人們彼此紛爭、勾心鬥角，社會成了人吃人的陷阱。於是他企圖以一種超脫的空想來逃避現實。他提出所謂「坐忘」、「忘形」、「忘情」、「天德」、「心齋」及「天養」等超脫的辦法。他的這種超脫其實是一種無奈的逃避和

消極的反抗。在當時亦不失為一種全身避害的手段與鬥爭方式。實際上，莊子所幻造的境界是不存在的。道家的這種適己任性、不受物累、隱居遺世的人生態度往往為後世那些憤世嫉俗、仕途受挫、懷才不遇、心灰意冷的士子們所取法。如魏晉之際，天下多故，名士少有全者，當時的「竹林七賢」之一的阮籍就因得其真諦，不參與世事，酣飲數日而全身避害。

（四）

墨家的修身主張是「兼愛」。墨子認為「天下兼愛則治，交相惡則亂」。他指出如果使天下兼相愛，愛人若愛其身，還有不孝嗎？如果天下視父兄與君若其身，還有不慈者嗎？如果視弟子與臣若其身，勿施不慈，就不會有不孝不慈，又哪有盜賊呢？如果將人之家看成己之家，將人之國看成己之國，又有誰去發動進攻呢？國與國不相攻；家與家不相亂，天下沒有盜賊，君臣父子慈孝，天下也就達到大治了。

其兼愛的思想不僅體現了墨家的政治主張，亦滲透了墨家對君子修身理想的企盼。墨子的「兼愛」思想為數千年來中國古代文明史中一條基本的人文準則「孝」道的形成奠定了理論基礎。

法家蔑視儒家的以禮治國，認為儒家「修仁義而習文學，此匹夫之美也，」韓非子關於「聖人不修古，不法常可」的進化的歷史觀，集中體現了新興地主階級朝氣蓬勃的進取精神。其法、術、勢的思想更是代表了諸子百家中最為切實有效的政治學說。他的「抱法處勢則治，背法去勢則亂」之學說，對後代的法制觀念產生了深遠的影響。不同歷史時代的法家，皆以變法革新作為其政治理想的追求，他們在政治、經濟、軍事、文化等方面的偉大成就，推動了社會歷史的發展。而引導他們奮不顧身追求進步理想的原動力，正是他們對於「勢」這一歷史必然的清醒認識和把握。法家的「勢」論，對於喚醒昏睡於亡國之際的民眾，激起他們的愛國熱忱與責任感，對於反對侵略戰爭無疑具有積極的進步意義。「天下興亡，匹夫有責。」就是這種救亡意識和愛國責任感的集中體現。

（五）

在以儒家理念為中心的人格結構框架中，古代節士博採諸子眾家所長，其立身也，或「以忠信為甲冑，禮義為干櫓」，「戴仁而行，抱義而處」。（《禮記・儒行》）或「獨於天地精神往來而不傲倪於萬物」，「上與造物者遊，而下與外生死、終始者為友」。或言於「三表」，即言必有儀，「上本於古者聖王之

事，下原察百姓耳目之實，發以為刑政，觀其國家、人民之利」。（《墨子·非命上》）或「任法而治」。顯然，中國古代之節操文化無不可追溯到儒、道、墨、法諸家之思想淵源。

古代「奉君命無私，謀國家不二」，「不義而富且貴，於我如浮雲」之義節；「事君者不阿其惑」，「兩袖清風朝天去」之廉節體現了儒家安身立命之人格範式。「予不群而介立」，「所高者獨行，所重者逃名」之介節，則是道家適己任性，不受物累之超脫的人生態度。「善於父母，友于兄弟，義於仁道」之孝節，則已成為了數千年來中國古代文明史中一條基本的人文準則。並被鄭玄推崇為「三才之經緯，五行之綱紀」。「忠於濁世，難也」，「雖九死其猶未悔」，「慷慨赴國難」之忠節、勇節與俠節則是與法家「抱法處世則治」（《韓非子·定法》）之思想影響分不開的。這種思想影響是推動社會歷史前進、奮不顧身地追求社會進步理想的原動力。〔註4〕

二、節士風獻

（一）中國古代節操文化透視

中華文化的一大特色便是高度注重人的錘鍊和修行，以「人皆可為堯舜」策勵人們完善自我。儒家對修身、治國、平天下的倍加關注，及其所張揚的具有積極意義的為天下之道：「仁以為己任，任重而道遠」，「安貧樂道」的思想主張，給後世仁人志士以巨大的鼓舞，為之提供了一種「達則兼濟天下，窮則獨善其身」的安身立命的人格範式。道家適己任性，不受物累，隱居避世的人生態度，往往為後世那些憤世嫉俗，仕途受阻，懷才不遇，心灰意冷的士子們所取法，成為他們功成身退，全身避害的處世方式。墨家兼愛的主張，則對數千年來中國古代文明史中一條基本的人文準則「孝」道德形成奠定了理論基礎。「孝」之倫理價值觀一方面指向「五倫」即：「父義，母慈，兄友，弟恭，子孝」。「子孝」之制度，即「親親」的領域。另一方面指向社會職責，具有社會功利性的目的，亦即：立身、立德、就諸侯，度卿大夫，譽士等。而法家的「抱法處勢則治」的思想對於喚醒昏睡於亡國之際的民眾，激起他們的愛國責任感與熱忱，樹立必勝的信念，反對侵略戰爭，無疑具有積極的進步的意義。顧炎武「天下興亡，匹夫有責」正是這種救亡意識和愛國責任感的集中體現。

〔註4〕田若虹：《儒、墨、道、法思想與古代節操文化》，原載《廣西南寧教育學院學報》第一期，2001年。

（二）崇高人格的符式顯現

儒家的道德學說以人倫為基礎，儒家的倫理思想亦即儒家的道德學說。「道」與「德」首由道家提出，老子遵道而貴得，道家之「道」標示宇宙本源和普遍生理；「德」標示事物稟於道而獲得的本性。《論語‧述而》：「志於道，據於德」。其含義已與道家不同。此「道」指社會人生的最高真理，「德」指高尚的人格和行為。此後，儒家又將「道德」與「仁義」連用，標示倫理原則。如《論語‧泰伯》曰：「士不可以不弘毅，任重而道遠。仁以為己任，不亦重乎？死而後已，不亦遠乎？」強調士不可以不胸懷廣闊，意志剛毅，因任重而道遠，應將弘揚仁道作為畢生的使命，至死方休。

孔子繼承和發展了周代文化重人倫的傳統，創立了以仁學為核心的道德學說。在孟子、荀子論述道德內容、功用，和修養方法的基礎上，《禮記》進一步將道德倫理系統化，其中《大學》提出了修身治國的綱領條目；《中庸》提出「誠」與「中和」的原則；漢儒在先秦儒家四德、忠孝、禮樂說的基礎上，提出三綱五常說，以三綱作為立國的原則，以五常作為社會道德的基本範疇。其對宋明理學、心學，以及明清之際的經世致用之學影響深遠。

此書無意追溯道德之源流與演變，而重在討論道德之規範與品質即：仁、義、禮、智、信、孝、悌、義、勇、忠、恕、誠。儒家以「仁義」為至德，以「禮」為至德，以「誠」為至德，已成為傳統道德規範的準則，與修成聖賢道德之人格。呂紫微（本中）曰：「儒道以為順此父子、君臣、夫婦、朋友、兄弟，則可以至於聖人」。〔註5〕儒家的倫理思想帶有強烈的宗法主義特色，其對於鞏固宗法等級社會制度，形成宗法道德風尚，培養塑造彼時的仁人志士意義非凡。儒家之理想人格，正體現在人倫之完善上，修身養性需要在人倫的實踐中推進，故儒家以人倫為聖賢之道。

兩千年來中國的道德標準，道德理想皆與仁的觀念密切相連。而求仁、成仁的必由之路取決於君子道德水準的提高。子曰：「君子之仕也，行其義也」。〔註6〕此「義」即「宜」，適宜，當然之意，即應符合道德水準。孟子曰：「仁，人之安宅也；義，人之正路也」。〔註7〕仁主要指人們內心的道德感情，義側重人們外在的行為準則。儒家把仁義看做道德行為的最高準則和

〔註5〕參見：《鴈山學案》，（黃氏原本、全氏修定），卷二十六。
〔註6〕參見：《論語‧微子》。
〔註7〕參見：《孟子‧離婁上》。

道德修養的最高境界，在歷史上產生了深遠的影響。如其「節操觀」「義利觀」「忠孝觀」等。

「節操」，是一個有著深刻文化意蘊的概念。《韓詩外傳》曰：「吾聞之，節士不以辱生」。即謂節士不可屈膝求生。《論語·子張》曰：「士，見危致命，見得思義」。意謂君子所為，在需要獻身之時，即使赴湯蹈火也在所不辭；而有利可圖之時，則首先應考慮其行為是否合乎道義。

所謂「節操」，《辭海》釋為：「政治上和道德上的堅定氣節和操行。由政治信仰和道德理想所決定，是堅定信念和堅強意志力的統一。在有階級的社會中，由於階級利益，政治信仰和道德理想的不同，節操的性質和所起的作用也不同」。這段話包含五層意思：其一，這種堅定的氣節和操行是政治與道德的產物，是形而上的，屬於精神文化的範疇。其二，「節操」是有階級性的，這一精神文化現象將與階級、國家之存亡共始終。其三，氣節和操行的性質是由政治信仰和道德理想的變化所決定的。

儒家的人道主義思想，注重人的道德修行。儒家的節操論，倡導堅守正義，維護道德，以民族氣節，個人榮辱為重。反對趨附權貴，貪圖利欲，苟且偷生，背信棄義。這一堅守氣節的思想在古代中國歷史上具有十分積極的意義。歷代維護人民利益及民族尊嚴的民族英雄：霍去病、岳飛、文天祥、于謙、戚繼光、鄭成功、林則徐等，皆無不受到儒家節操觀之影響，他們是民族精神的化身，是大義凜然、篤誠篤信、救國救民的楷模。其精神對於弘揚當代社會公德亦不無裨益。然而，對於儒家推崇的「三綱五常」之封建糟粕，如其天理人慾觀，主張「存天理、滅人慾」；及其「貞節」觀，宣揚「餓死事極小，失節事極大」等，理應批判摒棄之。

（三）古代節士的人格律令與價值取向

1. 儒家之殉名、殉家、殉天下

莊子《駢拇》曰：「自虞氏招仁義以撓天下也，天下莫不奔命於仁義。是非以仁義易其性與？故嘗試論之：自三代以下者，天下莫不以物易其性矣！小人則以身殉利，士則以身殉名；大夫則以身殉家；聖人則以身殉天下。故此數子者，事業不同，名聲異號，其於傷性以身為殉，一也。」〔註8〕

論及道德、仁義及人性，莊子以奇橫恣肆之筆，極力排宕，痛下針砭：

〔註8〕莊子：《駢拇》外篇，第八。

「淫僻於仁義之行，而多方於聰明之用也」。「枝於仁者，擢德塞性以收名聲，使天下簧鼓以奉不及之法，非乎！而曾、史是已」。〔註9〕「仁義非其人情乎！自三代以下者，天下何其囂囂也」？「則仁義又奚連連如膠漆纆索而遊乎道德之間為哉，使天下惑也」。

　　莊子以仁孝著稱的孔子的學生曾參，衛靈公的臣子史鰌為例，說明過分沉溺於仁義的行為，即是濫用聰明。莊子說，在仁義上多生枝節的人，就會標榜自己的德性，壓抑自己的真性以沽名釣譽，使天下人都競相鼓吹去奉行那無法企及的禮法，這難道不是錯誤的嗎。而曾參、史鰌即是此類人。莊子以物為喻反對將仁義與道德捆綁，指出憑藉鉤繩規矩來矯正物體的形狀，這是損傷了物體的本性；憑藉繩索膠漆來固定物體的，這是侵害了物體的天性，仁義禮樂為何要連連不斷地像膠漆繩索一樣強行於道德之間，使天下人迷惑呢？仁義並非性情所固有，那些仁人又何必要憂慮重重呢。

　　莊子以駢拇枝指、附贅縣疣等比喻仁義，指出人為製造的仁義禮樂等道德觀念，從本質上說，就是要束縛人性、殘害人心，是違背人的性命之情。而純正的道德在於「不失其性命之情」，保持人自然的天性。故而否定有為的仁義，主張回到無為的自然狀態。說明了真正的、完善的人性，不應用仁義禮樂去陶鑄，而應按照人的自然本性去發展。

　　莊子認為，自夏、商、周三代以下，天下沒有不因外物而扭曲自己本性的。小人犧牲自己以求利，士人犧牲自己以求名，大夫犧牲自己以為家，聖人犧牲自己以為天下。這幾種人，所追求的事業不同，所取得的名號不一樣，但其於傷害本性，以自己為犧牲品來說，卻是一樣的，此非道德之至正。

　　莊子更以古之伯夷、盜跖所死不同，而殘生損性相同，推論出君子與小人僅名聲異號，其於傷性以身為殉，一也：「天下盡殉也，彼其所殉仁義也，則俗謂之君子；其所殉貨財也，則俗謂之小人。其殉一也，則有君子焉，有小人焉；若其殘生損性，則盜跖亦伯夷已，又惡取君子小人於其間哉」？在此拈出伯夷盜跖之死，闡釋「殉」之意義：天下人都在犧牲自己，有的為仁義而犧牲，世俗則稱他們為「君子」；有的為財物而犧牲，世俗則稱他們為「小人」。對於犧牲自己來說是相同的，而有的是君子，有的是小人。就殘生損性而言，盜跖與伯夷無異，又如何在他們之間區分君子與小人呢？

〔註9〕曾參：孔子的學生；史鰌，衛靈公的臣子；曾參、史鰌皆以仁孝著稱。

　　在莊子看來，天然本真的生命價值重於一切身外之物，重於利、名、家、天下。利、名、家、天下不過是「千仞之雀」，惟有這不失本性的生命，才是「隋侯之珠」，人們是不值得以珠殉雀的，從而否定了儒家「殉名、殉家、殉天下」之理。

　　儒家對此觀點卻有截然不同的看法，認為「天道遠，人道邇」。〔註10〕亦即天道玄遠，人道切近現實。孔子曰：「吾道一以貫之」。其所謂「道」，即仁義之道。孔子曰殺身成仁；孟子曰捨身取義。荀子曰：「道者，非天之道，非地之道，人之所以道也」。〔註11〕

　　儒家之人生觀追求死而不朽。如曰：「大上有立德，其次有立功，其次有立言，久不廢，此之謂不朽」。〔註12〕「苟利社稷，死生以之」。〔註13〕充分表現了儒家重視人生價值，積極入世之人生理想。故曰：「志士仁人，無求生以害仁，有殺身以成仁」。〔註14〕

　　古代士人皆多有重名之意識，儒家之所貴者「仁以為己任不亦重乎，死而後已不亦遠乎」。〔註15〕孔子作《春秋》之微旨，乃欲後世人從《春秋》褒貶中去認識其垂訓後世之微言大義。其稱：「君子疾沒世而名不稱焉」。〔註16〕有論者曰，孔子作《春秋》是為了「自見於後世」。儒家追求的修齊治平的理想，體現了儒家將自己的道德理想與政治理想完全寄託在君子的人格上，而非道家所貶斥之為「殉名以求譽」。《後漢書‧方術傳上‧謝夷吾》曰：「不殉名以求譽，不馳騖以要寵」。東漢末徐幹《中論‧考偽》稱：「仲尼惡末世而名不稱，……仲尼之所貴者，名實之名也，貴名乃所以貴實也」。孔子之人格理想對後世仁人志士產生了深刻的影響，如屈原亦曾慨歎：「老舟舟其將至兮，恐修名之不立」。〔註17〕

　　可見，對於君子修身理想的認識，諸子各家的理解與主張不盡相同。儒家不懈地鼓吹殉名、殉家、殉天下。舉事必以社稷為重，不做辱國和有損人格之事。其愛國忠君雖不免愚忠之跡，但畢竟多令人讚歎、感泣之事。其與道家、

〔註10〕參見：《左傳‧昭公十八年》子產語。
〔註11〕參見：《荀子‧儒效》。
〔註12〕參見：《左傳‧襄公二十四年》。
〔註13〕參見：《左傳‧昭公四年》。
〔註14〕參見：《論語‧衛靈公》。
〔註15〕《論語‧泰伯》。
〔註16〕《論語‧衛靈公》。
〔註17〕《屈原‧離騷》。

佛家「貴己全身」之觀念相比，更有積極價值，儒家主張積極入世，奮發有為。生命誠可貴，但在生死與道義的考驗面前可捨生取義，以身殉道。儒家生死觀是中國傳統生死觀的主流，它塑造了無數「人生自古誰無死，留取丹心照漢青」「我自橫刀向天笑，去留肝膽兩崑崙」之志士仁人，英雄豪傑。儒家憂國憂民的憂患意識，是中華民族優秀的傳統意識之一。這種精神主要表現在：

（1）憂勞興國

中國歷史上的憂患意識萌發於商周之際。曾以強大的武力而不能使有扈氏屈服的夏后伯啟，由於意識到自己德薄而教不善，於是乎十分注意修身聚德。他「處不重席，食不貳味，琴瑟不強，鍾鼓不休，子女飭，親親長長，尊賢使能」。終於以德使有扈氏服。一部《周書》貫穿了一個「憂」字，周文王曰：「殷鑒不遠，在夏后之世」。〔註18〕召公告誡成王曰：「惟王受命，無疆為休，亦無疆為恤（憂）」〔註19〕。「惟不敬其德，乃早墜厥命」。

孔子曰：「士不可以不弘毅，任重而道遠。死而後已，不亦遠乎」。〔註20〕孟子曰：「故天將降大任於斯人也，必先苦其心志，勞其筋骨，餓其體膚，空泛其身，行弗亂其所為，所以動心忍性，曾益其所不能。困於心，衡於慮，而後作。徵於色，發於聲，而後喻」。〔註21〕又曰：君主「憂民之憂者，民亦憂其憂，樂以天下，憂以天下，然而不王者，未之有也」。孔孟之憂患意識，不可謂不強烈矣。正是這種憂患意識，形成了儒家對治國、平天下的倍加關注和強大的心理動能。

仲尼周遊列國「一生干七十餘君」，開私人講學，著述之風。孟軻乃「述唐虞三代之德，是以所如者不合，退而與萬章之徒序《詩》《書》，述仲尼之意」。並作《孟子》七篇。孔孟搖唇鼓舌，致力於推行儒家的仁政主張。儘管仲尼在當時「不得志於諸侯」；孟軻亦因「天下方務於合縱連橫，以攻伐為賢」，他的主張不能為齊王所採納。「所如者不合」，只好歸魯國，以布衣的身份終老。但是孔孟「憂世之患」的人格與追求道德理想的精神，則不能不令人為之感泣。孔孟所強化的憂患意識，對古代文化產生了巨大而深刻的影響，「士不可以不弘毅，任重而道遠」，已成為一切有抱負的仁人志士所信守的人格律令。

〔註18〕《詩・大雅・蕩》。
〔註19〕《詩・大雅・蕩》。
〔註20〕《論語・泰伯》。
〔註21〕《孟子・告子下》。

　　春秋戰國時期，憂患意識已成為一種普遍的社會意識。當時諸侯爭霸，社會矛盾加劇，誠如莊子所說：「今世之仁人，蒿目而憂世之患」。〔註22〕孟子曰：「世衰道微，邪說暴行有作，臣弒其君者有之，子弒其父者有之，孔子懼，作《春秋》」。〔註23〕孔子對於「道」之憂患不可謂不強烈曰：「君子謀道不謀食」〔註24〕「德之不修，學之不講，聞義不能徙，不善不能改，是吾憂也」。〔註25〕「朝聞道，夕死可矣」。〔註26〕孔子的憂患意識所表現的價值觀，為儒家憂患意識的發展奠定了基礎。《書》曰：「憂勞可以興國，逸豫可以亡身」。後唐莊宗之所以得天下，與其所以失天下的事例亦可為證。唐莊宗驟興驟亡的史實印證了《尚書》的至理名言「憂勞可以興國，逸豫可以亡身」；和「禍患常積於忽微，而智勇多困於所溺」。

　　憂勞興國論既體現了儒家對「時艱」的反思，亦顯示了人的自我意識的覺醒，和個體精神的張揚。所謂「盛衰之理，雖曰天命，豈非人事哉」，強調了國家的興盛衰亡是由人事來決定的道理。宋代陸游在《病起抒懷》《春晚即事》詩中抒發的：「位卑未敢忘國憂」，「杜門憂國復憂民」，賦予憂患意識以新的歷史內涵。北宋士大夫范仲淹在《岳陽樓記》曰：「居廟堂之高，則憂其民；處江湖之遠，則憂其君，是進亦憂，退亦憂。然則何時而樂耶？其必曰；『先天下之憂而憂，後天下之樂而樂』」。樹立了新的人格典範。明代愛國志士顧炎武「天下興亡匹夫有責」，亦正是這種憂世之患的使命意識的集中體現。

（2）貴公去私

　　《呂覽·貴公》援引鴻範之言曰：「無偏無黨，王道蕩蕩；無偏無頗，遵王之意；無或作好，遵王之道；無或作惡，遵王之路」。此為殷代仁者箕子從紂王囚室裏放出來後，在回答周武王如何循天理以治天下的諮詢時所發表的卓見。「無偏」，即無私。「王道」乃聖王所立所行的大中至正、「無偏無黨」、天下歸仁的「至德要道」。在此強調為政者應處事公正，沒有私心和偏頗，遵循先王正義而行；沒有亂為私好或謬賞惡人；也沒有亂為私惡或濫罰善人。故呂不韋稱：「公則天下平矣」，「天下非一人之天下也，天下人之天下也」。

〔註22〕　《莊子·駢拇》。
〔註23〕　《孟子·滕文公下》。
〔註24〕　《論語·衛靈公》。
〔註25〕　《論語·述而》。
〔註26〕　《論語·里仁》。

《呂氏春秋·去私》亦曰:「天無私覆也,地無私載也,日月無私燭也,四時無私行也。行其德而萬物得遂長焉」。形象地說明天的覆蓋沒有偏私,地的承載沒有偏私,日月照耀四方沒有偏私,四季的運行沒有偏私。它們各自施行其恩德,故萬物才得以生長。

《去私》篇以祁黃羊向晉平公舉薦賢才「外舉不避仇,內舉不避子」,贊其「可謂公矣」之無私美德。該篇又以堯舜授位之舉,展現了其大公無私的高尚品德:「堯有子十人,不與其子而授舜;舜有子九人,不與其子而授禹。至公也」。觀於上述,昔聖王之治天下必先公,其得天下必以公,其失天下必以偏。

據傳墨者有鉅子腹䵍,居秦。墨家之「鉅子」相當於儒家之「碩儒」,又相當於道家之「聖人」。這位鉅子的兒子殺了人。秦惠王考慮到鉅子年長矣,欲刀下留人。惠王告知鉅子曰:「寡人已令吏弗誅矣,先生之以此聽寡人也」。鉅子腹䵍斷然拒絕道:「墨者之法曰:『殺人者死,傷人者刑』,此所以禁殺傷人也。夫禁殺傷人者,天下之大義也。王雖為之賜,而令吏弗誅,腹不可不行墨者之法」。他終於回絕了秦惠王而依法殺了其子。這種大義滅親之舉可謂至公也。

傳荊國的一位遺失了弓箭的人卻並非想索回它。其曰:「荊人遺之,荊人得之,又何索焉?」孔子聞之曰『去其荊』而可矣」。老聃聞之曰:「去其『人』而可矣」。也就是說這遺失的弓箭天地得之足矣,何必人呢。故老聃被人們由衷地贊為「至公矣」。

對待公與私的態度,已成為古人判斷聖君賢士人格及道德水準高下之重要標識,這一準則諸子各家皆一致認同。莊子曰「君不私,故國治」。〔註27〕墨子曰「文王之兼愛天下之博大也,譬之日月,兼照天下之無有私也」。〔註28〕商鞅曰:「公私之分明,則小人不嫉賢,而不肖者不嫉功」。〔註29〕後儒更是將「公」視為天理,將「私」視為人慾:「理者,天下至公,利者,眾人所同欲。苟公其心,不失其正理,則與眾同利」。〔註30〕程頤曰:「人心,私欲也」。〔註31〕

對於賢臣的依歸與熱愛,體現了人們對貴公無私品格及道德情操的認同。在這一傳統文化精神的感召下,催生了無數公正廉明的海瑞、寇準、包青天,

---

〔註27〕《莊子·則陽》。
〔註28〕《墨子·兼愛下》。
〔註29〕《商君書·修權》。
〔註30〕《周易·程氏傳》。
〔註31〕《河南程氏遺書》;《程頤、程顥·二程遺書》上海古籍出版社,2000年。

無數精忠報國的岳飛、于謙、文天祥等。而歷史上這類偉人的存在，則為古代社會「貴公去私」的文化心理提供了強有力的支持和精神導向——愛國主義。

（3）安貧樂道

子貢問孔子曰「富而無驕，貧而無諂，何如？」孔子答曰：「可也，不如貧而樂道，富而好禮」。〔註 32〕孔子又曾說道：「富與貴，是人之所欲也，不以其道得之，不處也。貧與賤，是人之所惡也，不以其道得之，不去也」。〔註 33〕孔子認為，儘管人們都嚮往得到富與貴，但如果不以符合道義的途徑去獲得，君子就不會接受它；同樣，貧與賤是人人都厭惡的，但如果不以符合道義的手段去擺脫它，君子同樣不屑為之。孔子論學尤重仁道。其發言遣論，乃至是非與價值判斷，如不以其道得之則「不處也」，「不去也」。朱熹致其師李侗書道：「義利之說，乃儒者第一義」。

孔子曾窮於陳蔡之間處境困厄，七天沒有進食，而依舊在屋裏不停地彈琴唱歌。顏回在室外擇菜。子路和子貢相互議論：先生被趕出魯國，在衛國遭受鏟削足跡的污辱，在宋國受到伐樹的羞辱。在陳、蔡兩國陷入困厄的境地。謀害先生人的沒有被治罪，凌辱先生的人沒有被禁阻，可是先生仍不停地彈琴吟唱、合樂而舞，不曾中斷過樂聲。君子不知羞臊竟到如此地步嗎？

顏迴向孔子轉述了此言。孔子悃然推琴，喟然而歎曰：「子路和子貢真是見識淺薄的人」。孔子又教訓子路說，君子通達於道叫做通達，不能通達於道叫做走投無路。如今我信守仁義之道，而遭逢亂世帶來的禍患，這是適得其所，而非走投無路。因此，我反省無愧於仁義之道，面臨危難也沒有喪失自己的德操。嚴寒已經到來，霜雪降臨大地，我因而才明白了松柏為什麼仍那麼是鬱鬱蔥蔥。孔子以松柏茂盛喻君子堅守德操；以眾木遇霜雪凋零，比喻小人遭亂世無以自免。孔子雖「七日不嘗食」卻「絃歌鼓舞，未嘗絕音」，正是其安貧樂道精神的形象寫照。正是因孔子對於超乎物質世界以外的最高精神境界「道」的不懈追求。方能「朝聞道，夕死可矣」。由於孔子津津樂「道」，故能達於道。雖身遭亂世，依然「絃歌而舞」。

孔子最得意的弟子顏回，以安貧樂道之精神備受孔子青睞：「一簞食，一瓢飲，在陋巷，人不堪其憂，回也不改其樂。」〔註 34〕顏回德行出眾。孔子

〔註 32〕《史記·仲尼弟子列傳》。
〔註 33〕《論語·里仁》。
〔註 34〕《論語·雍也》。

把他的教學分成德行、言語、政事、文學，而把顏回列為「德行」之首。他的品德被後人當成仁德的象徵。東漢延篤在論證仁孝的關係時說：「蓋以為仁孝同質而生……虞舜、顏回是也」。〔註35〕在此，不僅把顏回當成仁德的表率，而且與虞舜並提，可見顏回之仁德對後世影響之大。

孔子曾與其弟子子路、曾晳、冉有、公西華聊天，聽他們各述其志。曾晳憧憬著：「暮春時，春服既成，冠者五六人，童子六七人，浴乎沂，風乎舞雩，詠而歸」。這種灑脫而高遠的志趣，與其所描繪的安詳自得的生活圖景，頗得孔子贊許，故曰「吾與點耳」。

孔子亦極力推崇安貧樂道之聖賢。司馬遷道：「孔子序列古之仁聖賢人，如吳太伯、伯夷之倫詳矣。」〔註36〕二人皆為殉道而終。伯夷、叔齊，是孤竹君的二位兒子，其父欲立叔齊。及父卒，叔齊讓位給伯夷。伯夷卻說這是父親的遺命。遂逃避。叔齊亦不肯立位而逃之。於是國人立其中子。伯夷與叔齊聽說西伯昌善養老，即前往那兒。「及至，西伯卒」武王取代木主，號為文王。伯夷、叔齊正碰上武王準備東面去討伐商紂，於是二人叩馬而諫曰：「父死不葬，爰及干戈，可謂孝乎？以臣弒君，可謂仁乎？」文王左右欲殺之。太公說：「此義人也。」將二人扶起，讓他們離去。武王已平殷亂，天下宗周。而伯夷、叔齊以之為恥辱，義不食周粟。隱於首陽山，采薇而食之。在將餓死之際，作歌，其辭曰：「登彼西山兮，採其薇矣。以暴易暴兮，不知其非矣。神農、虞、夏忽焉沒兮，我安適歸矣？於嗟徂兮，命之衰矣。」遂餓死於首陽山。伯夷、叔齊安貧樂道之高節對後代逸士精神影響深遠。

古代逸士介焉超俗，浩然養素，藏身江海之上，卷跡囂氛之表，漱流而激其清，寢巢而韜其耀，安深遠而無悶，修身自保，悔吝弗生。他們以恬淡為心，安時處順，與物無私。或忘懷纓冕，畢志丘園，隱不違親，貞不絕俗；或聞譽不喜，見傷無慍鷗志在沉冥，不可親疏，莫能貴賤。故有入廟堂而不出，徇江湖而永歸，隱避紛紜，情跡萬種。解桎梏於仁義，示形神於天壤，則名教之外別有風猷。

與道家全身隱居之「道」不同，儒家所張揚的「道」是具有積極意義的為天下之道，亦即「仁以為己任」，「任重而道遠」。儒家安貧樂道的思想主張給了後世仁人志士以巨大的鼓舞，為之樹立了「不戚戚於貧賤，不汲汲於富

〔註35〕《後漢書·吳延史盧趙列傳》。
〔註36〕《司馬遷·伯夷列傳》。

貴」；「達則兼濟天下，窮則獨善其身」；「路漫漫其修遠兮，吾將上下而求索」的安身立命的人格範式。

（4）重義輕利

「義」作為儒家道德觀的重要內容之一，具有至高無上的內在價值。孟子曾對生死觀進行過深入的探討。他強調「正義」比「生命」更重要，曰：「生亦我所欲也，義，亦我所欲也；二者不可得兼，舍生而取義者也」。〔註37〕又道：「王何必曰利，亦有仁義而已矣」。〔註38〕在論述生死、義利的關係中，孟子指出「義」的價值高於生命，為了堅持正義，可「捨生取義」。儘管孟子所謂「義」，指向儒家的倫理道德標準，有其具體的階級內容，而且其認為道德是人先天就有的，不免陷入唯心主義。但孟子堅持理想、維護正義的精神卻是值得讚賞的。事實上，中國歷代都不乏捨生取義、殺身成仁的志士，他們用自己的頭顱和熱血詮釋了孟子「義」的理念。

子曰：「君子義以為上」。〔註39〕儒家的道義觀已成為君子人格的最高境界。具體體現在：「君子喻於義，小人喻於利」。〔註40〕君子領悟的是道義，而小人領悟的是利益。顯見君子與小人價值取向不同，君子於事必辨其是非，小人於事必計其利害。此所謂「利」亦即金錢、財富等物質利益；所謂「義」指道義、正義等超越物質利益之上的道德價值。

子曰：「德之不修，學之不講，聞義不能徙，不善不能改，是吾憂也。」〔註41〕春秋末年，天下大亂。孔子慨歎世人不能自見其過而自責，為此萬分憂慮。他把道德修養、讀書學習和知錯即改三個方面的問題相提並論。在他看來，三者之間也有內在聯繫，因為進行道德修養和學習各種知識，最重要的就是要能夠及時改正自己的過失或「不善」，只有這樣，修養才可以完善，知識才能豐富。

荀子承認人之利欲不可去，強調應以「利」服從「義」；以「義」制約「利」，曰：「義與利者，人之所兩者也。雖堯舜，不能去民之欲利。然而能使其欲利不克其好義也」。「故義勝利者為治世，利克義者為亂世」。〔註42〕

〔註37〕《孟子·離婁上》。
〔註38〕《孟子·梁惠王上》。
〔註39〕《論語·陽貨》。
〔註40〕《論語·里仁》。
〔註41〕《論語·述而》。
〔註42〕《荀子·大略篇》。

「先義而後利者榮，先利而後義者辱」。〔註43〕

在國家與民族處於危難之際，「義」尤其顯現出其獨特的人格魅力，如大義凜然、殺身成仁、捨生取義等。在儒家的義利觀中，「義」亦往往表現為公、為天下之意；而利則表現為私利與私欲。為了一己的私利與私欲，古代曾有人不惜危身、傷身、刎頸、斷頭而殉利。呂不韋文中曾虛構並辛辣地諷刺了那種為了換帽子而砍掉頭顱，為了換衣服而殘殺身軀之人：「今有人於此，斷首以易冠，殺身以易衣，世必惑之。是何也？冠，所以飾首也，衣，所以飾身也，殺所飾要所以飾，則不知所為矣」。〔註44〕呂不韋指出此種以利傷身，甚至殉利的行為是不明智、不道德的。

《莊子》記曰，韓國與魏國曾相與爭奪侵地，子華子因而去拜見昭釐侯。昭僖侯面有憂色。子華子說：「今使者對天下立書，銘於君之前，書之言曰：『左手攫之則右手廢，右手攫之則左手廢。然而攫之者必有天下』。君能攫之乎？」昭僖侯曰：「寡人不攫也」。子華子曰：「甚善！自是觀之，兩臂重於天下也。身亦重於兩臂」。他進一步推理說，那麼，戚戚於與魏國相與爭奪侵地之事也就不足掛齒了。韓國遠遠地輕於天下，而如今所爭奪的又遠遠地輕於韓國，您又何必為近不得侵地而愁身傷身呢？昭僖侯喜形於色地答曰：「善。教寡人者眾矣，未嘗得聞此言也，子華子可謂知輕重矣」。〔註45〕

在儒家的道德觀念中，「君臣之義」是一項很重要的內容。它在「五倫」當中位居其首，面對出仕與否的選擇，子路稱「不仕無義，長幼之節，不可廢也；君臣之義，如之何其廢之？欲潔其身，而亂大倫。君子之仕也，行其義也。道之不行，已知之矣。」〔註46〕子路以天下為己任，他認為君子出來做官是行君臣之義，可是如今卻遭到了隱者的反對，這是一種道德淪喪的表現。子路之言體現了其勇於擔當，強烈的社會責任感。

如果說孔子論「義」主張「見利思義」；孟子主張「何必曰利」：那麼荀子則言「義」必及「利」。荀子曰「循其道，行其義，與天下同利，除天下同害，天下歸之」。〔註47〕又曰：「人何以能群？曰：『分』；分何以能行？曰：『義』。

〔註43〕《荀子‧正論篇》第十八。
〔註44〕《呂氏春秋‧審為》。
〔註45〕《莊子‧讓王》。
〔註46〕《論語‧微子》。
〔註47〕《荀子‧王霸》。

故義以分則和，和則一，一則多力，多力則強，強則勝物」。〔註48〕在荀子看來，人之所以能結合成社會群體，即是因為有等級名分；等級名分之所以能實行，因為有道義。由於道義確定了名分，人們就能和睦相處；和睦相處，即能團結一致；團結一致，就能力量強盛；力量強盛了，即能戰勝外物。顯然，荀子對於「義」的理解不僅要「見利思義」，而且肯定「思義」即是為了「天下同利」。他充分肯定了「義」的社會功利性目的。其對於「義」的價值觀念的重新評價，無疑具有十分重要的理論意義。

2. 道家之無己、無功、無名

道家心性修養的主要方法有修持守一法等，「一」就是生成宇宙和萬物的「大道」，「守一」要求人們擺脫外物引誘和情慾紛擾，心性純一，使自己的德性與自然相契，從而到達合於自然的「真人」道德境界，所以道教倫理以純真、本然、寧靜、無為、合乎自然為善，以智巧、文飾、追求欲望滿足等為惡。

在莊子看來，儒家的道德君子人格，是人「借助於外物」來改變人自身的本性，是「人為物役」的世俗名利觀。莊子《駢拇》篇曰：「自夏、商、周三代以來，天下沒有誰不借助於外物來改變自身的本性。平民百姓為了私利而犧牲，士人為了名聲而犧牲，大夫為了家族而犧牲，聖人則為了天下而犧牲。這四種人，雖然所從事的事業不同，名聲也有各自的稱謂，但他們以生命為代價，損害人本性的做法卻是一致的。」莊子認為理想的人格必須是遠離現實，超凡脫俗，超越自我，追求獨立自由的人格精神。故而倡導聽任自然，順應人性，一切皆不可強求。而現實社會人們對「名利」的追逐，使人變得虛偽、貪婪，本性扭曲。結果造成人獨立人格的丟失和精神上為「外物」所累，乃至於「自三代以下者，天下莫不以物易其性矣。小人則以身殉利，士則以身殉名，大夫則以身殉家，聖人則以身殉天下。故此數子者，事業不同，名聲異號，其於傷性以身為殉，一也」。

針對儒家「殉名、殉家、殉天下」說，以莊子為代表的道家則提出了「無己、無功、無名」的主張。道家認為「殉名、殉家、殉天下」之舉乃「殘生損性」，不足以取。莊子曰：「自三代以下者，天下莫不以物易其性矣。小人則以身殉利，士則以身殉名，大夫則以身殉家，聖人則以身殉天下。故此數子者，事業不同，名聲異號，其於傷性以身為殉，一也」。〔註49〕故其倡導

〔註48〕《荀子‧王制》。
〔註49〕《莊子‧駢拇》。

聽任自然，順應人性。《駢拇》篇中，莊子演繹了二個故事。

其一記曰：「有二人名叫臧與穀。一日，二人相與牧羊，而俱亡其羊。問臧亡羊的原因，答曰：『挾筴讀書』；問穀之故，則曰：『博塞以遊』。」莊子指出，儘管二人「亡羊」的情況不同，但性質無異。

另一則述，伯夷與盜跖，前者死，名於首陽山下；後者死，利於東陵之上。莊子以為，此二人同為殉身，應無君子、小人之別。其於殘生傷性無異，又怎能說伯夷之是，而盜跖之非呢？若從殘生損性來看，則盜跖亦伯夷矣。雖然伯夷是為名而死，盜跖是為利而死，但其「殘生損性」是相同的，皆不可取。又為何將那些為仁義而殉身的視為君子，那些殉於財貨的謂之小人呢？

莊子主張「無己、無功、無名」，他籍堯禪讓天下之事，強調聖人無名。堯禪讓天下給許由，而許由辭曰：您治理天下，天下已經太平了。卻讓我來代替您，我是為了名聲嗎？名聲只不過是華而不實的東西，我需要這華而不實的東西嗎？

（1）至人無己

莊子所謂「真人」是一種「忘我」與「忘情」之人，他們與自然渾然一體。在他看來，只有「無己、無功、無名」的「真人」才能達到無需任何依恃的絕對自由。而那種絕雲氣，負青天的大鵬算不上是真正的自由，因為如果無風他們還是飛不高，飛不遠。此種「真人」，亦即莊子筆下的「至人」。

莊子曰：「吾所謂無情者，言人之不以好惡內傷其身，常因自然而不益生也。」〔註50〕此即忘卻情感，不為物所憂之人。這種人「喜怒通四時，與物直宜，而莫知其極」。莊子詮釋「真人」道：「古之真人不逆寡，不雄成，不謨士」。他們不排斥個別人的真知灼見，不自恃成功，也不謀策慮遠劃，一切順應自然。

這些能攀登道德高峰之真人，他們「登高不慄，入水不濡，入火不熱」。其知識能達到與道相契合的境界。他們能做到「其寢不夢，其覺無憂，其食不甘，其息深深」。〔註51〕

成云在《莊子集解》中闡釋古之真人：「絕思想，故寢寐寂泊」，「不耽滋味」。郭雲稱：「隨所寓而安」，其食不甘，「味無味」。又稱，「其息深深」。李云：「真人之息以踵」，（踵，足根。）武某按：人恃息以生，道家養生，

〔註50〕《莊子·德充符》。
〔註51〕《莊子·大宗師》。

故調息。息由口鼻出入，故為天關精神之氣機，調之既久，其息深深，則下聚於丹田，因而通於足之湧泉穴，所謂「地關生命柴」也。觀此，足以證真人踵息之義。〔註52〕此所謂真人呼吸以「踵」，而眾人呼吸則以「喉」。

莊子認為凡是嗜好和欲望太深之人「其天機淺」。而古之「真人」不知悅生，不知悅死。他們出身不喜，死而不懼，悠然而往，悠然而來而已矣。所以古之真人能「不忘其所始，不求其所終，受而喜之，忘而復之」。〔註53〕他們不追求自己的歸宿，事情來了欣然接受，忘掉死生任其復返自然，也不用心智去損害道，不刻意輔助天然。

為了闡明道與自然的關係，莊子演繹了一段孔子派弟子子貢去探望死者子桑戶，乃悟道之事。子桑戶又名子桑伯子，魯人，古代的隱士。孔子派子貢前去幫助料理子桑戶的喪事，子貢在那兒見到了子桑戶生前的至交孟子反與子琴張二人。當時他們一個在編歌曲，一個在彈琴。二人合唱著：「嗟來桑戶乎。嗟來桑戶乎。爾已反其真。而我猶為人猗」。〔註54〕子貢快步上前責問道：「敢問臨屍而歌，禮乎？」二人相視而笑曰：「他哪裏懂得什麼禮呢？」子貢返回之後，將此事告知了孔子，並氣憤地說：這些是什麼樣的人啊，沒有道德修養，徒有其外形骸，臨屍而歌，顏色不變，實在無法形容他們。

莊子認為自然和人是渾一的，人的生死變化是沒有什麼區別的，因而他主張清心寂神，離形去智，忘卻生死，順應自然。莊子籍孔子之口發表了一番議論：「彼，遊方之外者也；而丘，遊方之內者也。外內不相及，而丘使女往弔之，丘則陋矣」。那些擺脫了禮儀約束，而游離於人世之外的人，他們把人的生命看作像贅疣一樣多餘，他們把人的死亡看作是毒癰化膿後的潰破，這種人假手異物，託於同體，忘其肝膽，遺其耳目，他們無盡地反覆著終結和開始，但從不知道它們的頭緒，茫茫然彷徨於人世之外，逍遙自在地生活在無所作為的環境之中。「彼又惡能憒憒然為世俗之禮，以觀眾人之耳目哉」。莊子又籍孔子之口述曰：人之於道，應如人之於水一樣，魚在江湖中游忘掉了一切而悠悠哉，「魚相忘乎江湖，人相忘乎道術」。從這個意義上來看，「天之小人，人之君子；天之君子，人之小人也」。此亦即莊子所謂順應自然，忘卻自我「形」「情」兩忘之「至人」。

〔註52〕《莊子集解・大宗師》第六。
〔註53〕《莊子・大宗師》。
〔註54〕《莊子・大宗師》。

（2）神人無功

莊子心目中的「神人」是「才全」而又「德」不外露之人。他們不受物累，不求有功。莊子曾籍蒲衣子之口頌揚了伏羲氏才思無偽，德行純真之美德：「齧缺問於王倪，四問而四不知。齧缺因躍而大喜，行以告蒲衣子。蒲衣子曰：「而乃今知之乎？有虞氏不及泰氏。有虞氏，其猶藏仁以要人，亦得人矣，而未始出於非人。泰氏，其臥徐徐，其覺於於，一以己為馬，一以己為牛；其知情信，其德甚真，而未始入於非人」。〔註55〕

「有虞氏」，即指虞舜。「泰」：指伏犧氏。莊子說有虞氏他心懷仁義，要結人心，亦得到了人心。而泰氏睡臥時，安閒舒緩，醒來時悠然自得。他任人把自己稱為馬，任人把自己稱為牛。他的智慧真實無偽，他的德行真實可信，且從未受外物之牽累。

莊子又籍無名人與天根二人的對話，表達了「順物自然」而「天下治」之觀點：天根遊於殷山之南，來到蓼水河邊，遇到了無名人，於是向他請教治理天下的辦法。無名人說：「去！你這鄙陋之人，怎麼問這種令人不愉快的問題呢」。

並說，他將與造物主結伴為友，如果厭倦了，「則乘夫莽眇之鳥，以出六極之外，而遊無何有之鄉，以處壙垠之野」。並責怪天根拿所謂治理天下的夢話來搖撼他的心。借機闡發其政治理想，順應自然，毫不偽飾，方能實現天下大治。

為了表達其順天致性的理念，莊子常常賦予他筆下的人物，尤其是醜陋、傷殘的形象以完美醇和的道德修養。「哀駘它」即為其中一例。

哀駘它是衛國人，春秋時期魯國的大夫。傳說哀駘它的相貌極其醜陋，而且跛腳駝背。魯哀公曾詢問孔子：聽說衛國有個面貌十分醜陋的人，名叫哀駘它。男人跟他相處，常常想念他而捨不得離去。女人見到他則寧為其妾而不願為人妻。這樣的女人已經十多個了，而且還在增多。從未有人聽說哀駘它倡導什麼，僅見其附和他人而已。哀駘它沒有高高在上的統治地位去拯救危困之人，也無錢幫助他人；他毫無創見，才智平平。但接觸過他的人，無論男女都樂於親近他。這樣的人一定有什麼異於常人的地方。

出於好奇，魯哀公召而觀之，發現他的確以醜陋而驚駭天下人。可是魯哀公與之相處不到一個月，便對他的為人有所瞭解；不到一年時間，就十分地信任他了。國無丞相，哀公便把國事委託給他。哀駘它「悶然而後應，泛而若辭。」

〔註55〕《莊子‧應帝王》內篇。

魯哀公深感羞愧,「卒授其國」。可是不多久,哀駘它就不辭而別。哀公為此十分憂慮,似乎若有所失,好像整個國家沒有誰可以與之一道共歡樂似的。

哀公故疑惑不解地問孔子:「這究竟是什麼樣的人呢?」孔子沒有正面回答哀公的問題,卻說他曾經去過楚國,碰巧見到一群小豬在吮吸剛死去的母豬的乳汁。不一會兒,皆驚惶地棄母豬而逃奔,因為母豬已死去,不像活著的樣子了。可見小豬並非愛他們母親的形體,而是愛主宰形體的精神。孔子又說,戰死沙場的戰士,他們被埋葬時,不用棺材上的食物來送葬;砍掉了腳的人,對於原來的鞋子,沒有理由再去愛惜它,這都是因為失去了根本。現在哀駘它不說話也可取信於人,沒有功業亦贏得人的親近,使人樂意把國家政務委託給他,還唯恐他不肯接受。這一定是「才全」而「德」不外露之人。

其所謂「德」,即是完美醇和的修養。是事得以成功、物得以順和的最高境界。德若不外露,外物自然親附而不能離去。換言之,有「德」之人,其生命自然會流放出一種精神力量吸引人,如伏羲氏、無名人、哀駘它之類。堪稱「才全」而「德」不外露之人。

(3) 聖人無名

聖人論是儒家倫理思想的重要組成部分。《論語·雍也》:「子貢曰,如有能博施於民而能濟眾,何如?可謂人乎?子曰:何事於仁,必也聖乎!堯舜其猶病諸!」在孔子看來,仁,包含了多方面的品德,既要立己以實現個人的道德理想,又要立人以實現安邦治國的政治理想。孔子認為,如果能夠博施於民而能濟眾,這就超過了仁而能達到聖的境界了。而這樣的境界連堯舜都難以企及,他也絕不敢以聖人自居。子曰:「聖人,吾不得而見之矣,得見君子者斯可矣」。「若聖與仁,則吾豈敢,抑為之不厭,誨人不倦,則可謂云爾已矣」。孟子心目中的「聖人」,就是「人倫之至也」。〔註56〕即聖人能夠最好地踐履自身在人倫關係中應盡的一切責任。荀子理想人格的代表,亦即盡善盡美的君主。荀子曰:「凡言議朝命,是非以聖王為師」。〔註57〕聖,指道德上最高之人,王,指禮義法度方面有最高地位的人;「聖王」,即在這兩方面都盡善盡美之人。

「仁義道德」,被視為古代社會普遍遵守的道德規範。至虞舜時代,歷經夏、商、周皆視「仁義」為社會之公德。儒家針對當時「臣弒其君,子弒其

〔註56〕《孟子·離婁上》。
〔註57〕《荀子·正論》。

父」的社會現實，不遺餘力地呼籲以虞舜為榜樣「克己復禮」。「仁道」是孔子學說的一個重要概念。

顏淵問仁。子曰：「克己復禮為仁。一日克己復禮，天下歸仁焉」。〔註58〕並說：「為仁由己，而由人乎哉？」強調內省與自責之精神。儒家認為「仁義」如同人的「五臟」，與生俱來。如無「仁義」，人們必然昏亂淫邪，無惡不作；而仁、義、禮、智、信，這「五德」正好與五臟相配。可是，「五德」為何不像「五臟」那樣自然運行呢？即因為人們被私欲蒙混，將「五德」埋沒了，其隨從私欲而無惡不作。故此，儒家提出「克己復禮」，告誡人們務須排除私欲（克己），讓「五德」從新彰顯（復禮），即做到「非禮勿視，非禮勿聽，非禮勿言，非禮勿動」。〔註59〕

儒家還認為「禮」即「理」也，「禮」是固有而不可改變的。而「復禮」即恢復到合理。朱子解「克己復禮」認為「克己」，即戰勝自我的私欲；而「禮」泛指天理，曰：「克是克去己私。己私既克，天理自復，譬如塵垢既去，則鏡自明；瓦礫既掃，則室自清」。又說：「天理人慾，相為消長，克得人慾，乃能復禮。」王陽明闡釋曰：「去山中賊易，去心中賊難。克己就是要滅此心中之賊。禮對人生行為，具有指導、節制、綜貫、衡斷諸作用，而能促進人與人間關係之圓滿，有禮便是行仁。」〔註60〕故孔子之以禮為教。

道家對於推行「仁義」的看法，與儒家觀點截然不同。莊子主張回歸自然的社會觀和政治觀，為人民創造真正的和平，對儒家的仁義和禮樂作了直接的批判。

莊子將仁義比之如附懸於人體的贅瘤，認為其不過是後天生出來的不屬於本性的東西，是多餘的東西。指出儒家用多種方法推行仁義，其與身體不可或缺的五臟並非同等重要，這並不是真正的道德。而各種並生、旁出的多餘的東西對於人天生固有的五臟，以及他們的機能來說，好比迷亂而又錯誤地推行仁義，又像是脫出常態地使用人的聽力和視力。這種天生旁出的多於常人腳趾並生和歧指現象，充其量也不過是等於「連趾，歧指或贅瘤」一樣的多餘、累贅的東西。

道家認為，正因為「仁義」不是人類天生固有的，所以才需要用人力加

〔註58〕《論語・顏淵》。

〔註59〕《論語・顏淵》。

〔註60〕《王陽明全集・與楊仕德薛尚謙書》。

以提倡和強制執行。莊子形象地設喻：野鴨的小腿雖然很短，續長一截就有憂患；鶴的小腿雖然很長，截去一段就會痛苦。物原本是很長的，就不可以隨意截短；物原本是很短的，也不可以隨意續長，這樣各種事物自然而然，也就沒有必要去擔憂了。他嘲笑儒家之仁義說：「噫！仁義其非人情乎？彼仁人何其多憂也。」〔註61〕並諷刺道，超出本體的「多餘」，對於倡導仁義的人來說，難道不是矯擢道德、閉塞真性撈取名聲，而迫使天下的人們爭相鼓譟，信守不可能做到的禮法嗎？莊子指責儒家所倡導的仁義有其政治目的，是迫使人們去遵循那不可能辦到的禮法。

莊子進一步指出：「名者，實之賓也」。〔註62〕又說：「至譽無譽」。認為儒家是標榜仁義，閉塞德性來撈取名聲，是傷害事物天然稟賦的做法。莊子認為運用禮樂對人民生硬地加以改變和矯正，運用仁義對人民加以關愛和教化，撫慰天下民心，這樣做也就失去了人的常態。如此炫耀德行、蔽塞本性來沽名釣譽，豈不是使天下人爭相鼓譟信守不可能做到的禮法嗎？儒者曾參、史魚之類，多言詭辯，滿嘴空話，穿鑿文句，游蕩心思於「堅白」詭辯的是非之中，他們難道不是疲敝精神，追求名譽而無意義的鼓譟嗎？莊子諷其為「旁技之道，非天下之至正」。嘲笑儒家所倡導的仁義、道德，不過是閉塞德性、撈取名聲罷了。

在莊子看來，許由拒絕接受堯禪位天下，正如廚師不做飯菜，掌祭奠的人絕不會越位取代之：「庖人雖不治庖，尸祝不越樽俎而代之矣。」〔註63〕聖人堯謙恭地將許由比為「日、月、時雨」曰：「日月出矣，而爝火不息；其於光也，不亦難乎！時雨降矣，而猶浸灌；其於澤也，不亦勞乎！」堯由衷地讚美許由，並欲將天下拱手讓給許由曰：「夫子立而天下治，而我猶尸之（佔據其位），吾自視缺然，請致天下」。〔註64〕堯覺得自己對於國家、人民沒有盡責，感到十分愧疚。他希望讓更有能力之人管理國家，展示大公無私的美德。

老子認為天地萬物皆由道化生，而且天地萬物的變化也遵循道的規律，即「人法地，地法天，天法道，道法自然」。〔註65〕可見道的根本規律是自然

〔註61〕《莊子·駢姆》。
〔註62〕《莊子·逍遙遊》。
〔註63〕《莊子·逍遙遊》。
〔註64〕《莊子·逍遙遊》。
〔註65〕《老子·道德經》。

而然、本然，亦即對待事物應順其自然，無為而治。決不能對事物橫加干涉，以有為去影響事物的進程。故老子曰：「聖人處無為之世，行不言之教」。隱者許由亦不屑其位，推辭曰：「名者，實之賓也。吾將為賓乎？」又以自然界「鷦鷯」、「偃鼠」類自詡，表示其順應自然之道，遵從無為而治之意，以「尸祝不越樽俎而代之矣」，拒絕了堯的禪讓請求。

莊子又以宋國的一位賢者，名叫宋榮子的為例，讚美其對待名譽的態度是「舉世譽之而不加勸，舉世非之而不加沮，定乎內外之分，辯乎榮辱之境，斯已矣。彼其於世，未數數然也。」〔註66〕

莊子告誡，賣弄名聲是招致殺身之禍的根源。並借隱者灌園老人之口嘲諷孔丘以博學比擬聖人，來博取天下之大名。勸其遺忘精神，不執著於形骸，方可逐步接近於「道」矣。莊子以桀殺害了敢於直諫的關龍逢，商紂殺害了冒死力諫的王子為例，強調這些賢臣他們皆因十分注重自身的道德修養「是皆修其身」，他們以臣下的地位撫愛人君的百姓「以下傴拊人之民」；同時也以臣下的地位違逆了他們的國君「以下拂其上者也」，「故其君因其修以擠之」。認為這些人的被殺「是好名者也」。〔註67〕古代後世隱逸之士的全身避害，功成身退之思想淵源可追溯於此。

與此同時，莊子為君主擺脫名譽桎梏指出了一條無為而治的通途：君主不放縱情慾，不顯耀自己的才華和技巧。安居不動而神采奕奕，像深淵那麼默默深沉，像雷聲那麼感人至深，其行動合乎自然，從容不迫。如同縷縷炊煙，片片遊塵那麼自然自在，即可擺脫名譽的桎梏，而無所謂治理天下的煩惱了。此亦即莊子無為而治的政治理想。

如何才能達到無己、無功、無名的境界呢？莊子在《逍遙遊》中，刻畫了一位藐姑射之山的神人：「有神人居焉。肌膚若冰雪，淖約若處子，不食五穀，吸風飲露，乘雲氣，御飛龍，而遊乎四海之外；其神凝，使物不疵癘而年穀熟」。

莊子所謂「無己、無名、無功」的思想，揭示了處人與自處的人生態度及處世之哲學觀，表現了其反抗現實的一種超脫的空想。莊子生當亂世，戰國中期戰亂使得人們彼此紛爭，糾葛、權謀、狡詐，使得無辜者橫遭殺戮，社會成了人吃人的陷阱。於是，莊子企圖以一種超脫的空想來逃避現實，從而

〔註66〕《論語·顏淵》。
〔註67〕《莊子·人世間》。

提出所謂「坐忘」，即「忘卻自己的形體」，「墮肢體，黜聰明，離形去知」，即拋棄個人聰明才智，擺脫形體和智慧的束縛，以「同於大通」，〔註68〕與「道」融通為一。

莊子所謂「德」，即指其筆下之「忘形」與「忘情」的精神狀態。「忘形」，即物我俱化，死生同一；「忘情」，指忘掉世界上所謂寵辱、貴賤、好惡，和是非。〔註69〕此外，莊子還倡導「天養」，即接受自然的養育，而非人為。「天德」即恬淡寂寞，虛無無為；「心齋」，指精神的齋戒「唯道即虛」，〔註70〕亦即摒情慾，持虛靜之精神狀態。

莊子推崇的這種超脫的思想，決非編織幻境中的神話與意象，它更是一種無奈，一種對現實的逃避和消極反抗。其上述諸種主張在當時社會不失為一種全生避難的手段與方式。人類社會充滿著錯綜複雜的矛盾，人處世間，只有像莊子《庖丁解牛》那樣避開矛盾，順應自然，才能保身、全生、養心、盡年。

在《應帝王》篇中，莊子籍接輿之口啟示人們全身避害：「且鳥高飛以避矰弋之害，鼷鼠深穴乎神丘之下以避熏鑿之患，而曾二蟲之無知？」從而告誡人們如同此類小動物方能全身避害。

道家這種適己任性，不受物累，隱居遺世的人生態度，往往為後世那些憤世嫉俗，仕途受挫，懷才不遇，心灰意冷的士子們所取法，成為他們功成身退，全身避害的處事方式。如「竹林七賢」之阮籍，本有濟世之志，然魏晉之際，天下多故，名士少有全者。阮籍「由是而不與時事，遂酣飲為常。文帝初欲為武帝求婚於籍，籍醉六十日，不得言而止。鍾會數以時事問之，欲因其可否而致其罪，皆以醉獲免」。阮籍較之嵇康，可謂深得「全身遠禍」之三昧。

嵇康也是當時著名的「竹林七賢」之一。他的「越名教而任自然」的主張，直接妨礙了司馬氏的統治，所以最終被司馬氏殺害。當時太學生三千，請求赦免嵇康，願以康為師，司馬昭弗許。公元263年的一天上午，嵇康臨刑東市，他神氣不變，索琴彈之，奏《廣陵散》。曲終，曰：「袁曉尼嘗請學此散，吾靳固不與，《廣陵散》於今絕矣！」〔註71〕乃從容赴死。

〔註68〕《莊子・大宗師》。
〔註69〕《莊子・德充符》。
〔註70〕《莊子・人世間》。
〔註71〕劉義慶：《世說新語》。

嵇康的文章嬉笑怒罵，犀利深刻。他「每非湯、武，而薄周、孔」。矛頭直指司馬氏所提倡的虛偽的禮教。他激烈地抨擊當時的權貴司馬氏：「憑尊恃貴，不友不師，宰割天下，以奉其私。」〔註72〕其時，更有不少逸士，「出則允釐庶政，以道濟時；處則振拔囂埃，以卑自牧」。他們「或移病而去官，或著論而矯俗；或其踞而對時人，含和隱璞，乘道匿輝，不屈其志，激清風於來葉」。〔註73〕

3. 墨家之赴火蹈刃，死不還踵

墨子早年曾受儒家影響，後因不滿於儒家禮學的繁瑣和奢靡，故背離儒家所推崇的「周道」，改而推崇大禹而提倡「夏政」，開創了一個與儒家相敵對的學派。

墨子在政治上主張「兼相愛，交相利」，反對攻伐；提倡節儉，反對繁禮逸樂；主張用人唯賢，反對用人唯親。在哲學上，墨子主張用三表即「上本之於古者聖王之事」，「下原察百姓耳目之實」，「廢（發）以為刑政，觀其中國家百姓人民之利」。在宗教上，墨子反對天命，肯定「天志」，宣揚上帝鬼神不僅存在，而且有賞賢罰暴、懲惡揚善的能力，其宗旨在於借用鬼神的權威恐嚇王公大人，使他們推行善政。

墨家的理想人格講究「任俠、尚武」。「墨子之門多勇士」。〔註74〕「墨子服役百八十人，皆可使赴火蹈刃，死不旋踵」，〔註75〕正說明了墨家理想人格的俠肝義膽。莊子曾由衷地稱讚：「墨子真天下之好也，將求之不得也，雖枯槁不捨也，才士也夫。」〔註76〕

尚賢、尚同是墨家學派的基本政治綱領。墨子認為「尚賢」（任人唯賢）是為政之本，這種平等思想直接衝擊宗法世襲制。他又提出「天下有義則治，無義則亂」，應「一同天下之義」，即制止天下動亂，必須選舉賢能的士、卿、大夫、天子來一同天下，為萬民興利初害，此即「尚同」。當今墨家的「尚賢」思想，即尊重有道德、有學識的人才，這一道德價值取向，對於激勵人們加強自我修身、力爭成為賢才仍皆具有積極作用。

墨子言功利與楊朱的「為我」大相徑庭，他說的利，不是利己，而是普

〔註72〕嵇康：《與山巨源絕交書》。
〔註73〕《晉書·列傳》，中華書局，1974年版。
〔註74〕陸賈：《新語·思務》。
〔註75〕《淮南子·泰族訓》。
〔註76〕《莊子·天下》。

天同利，這種建立在理想國基礎上的功利主義，是墨子的基本道德觀念。

墨家的修身主張為「兼愛」，鼓吹「聖人以治天下為事者，惡得不禁惡而勸愛。故天下兼相愛則治，交相惡則亂。」〔註77〕墨子認為天下之亂起於「子自愛，不愛父，故虧父而自利；弟自愛，不愛兄，故虧兄而自利；臣自愛，不愛君……盜愛其室，不愛其異室，故竊異室以利其室。賊愛其身，不愛人，故賊人以利其身。此何也？皆起不相愛。雖至大夫之相亂家，諸侯之相攻國者亦然：大夫各愛其家，不愛異家，故亂異家以利其家。諸侯各愛其國，不愛異國，故攻異國以利其國」。所謂兼愛，其本質是要求人們愛人如己，彼此之間不要存在血緣與等級差別的觀念。墨子認為，不相愛是當時社會混亂最大的原因，只有通過「兼相愛，交相利」才能達到社會安定的狀態。這種理論具有反抗貴族等級觀念的進步意義，亦不無強烈的理想色彩。

墨子設想，假若天下人都相親相愛，愛別人就像愛自己，就無不孝了。若視父親、兄弟和君上像自己一樣，亦無不孝之事了。如果看待弟弟、兒子與臣下像自己一樣，那就無不慈的事了。而無不孝不慈，又哪來的盜賊呢？如果人們將別人的家視為自己的家，就不會有人去盜竊了。如果人們對待別人如同自己一樣，還有誰會去害人呢？若盜賊沒有了，難道還有大夫相互侵擾家族，諸侯相互攻伐封國嗎？人們若看待別人的家族如同自己的家族，有誰會去侵犯呢？看待別人的封國如同自己的封國，誰又會去攻伐呢？如果沒有大夫相互侵擾家族，諸侯相互攻伐封國，假若天下的人都相親相愛，國家與國家不相互攻伐，家族與家族不相互侵擾，盜賊消失了，君臣父子間都能孝敬慈愛，天下又何愁不大治呢？

墨子「兼愛」的思想不僅體現了墨家的政治主張，亦滲透了墨家對君子修身理想的企盼。墨子「兼愛」思想，為數千年來中國古代文明史中的一條基本人文準則「孝」道德的形成奠定了理論基礎。墨子的「兼愛」思想，對於當今社會人際關係的和諧、家庭的和睦、國家的安定有序、社會的昌盛無不具有積極意義，其對構建今天的和諧社會仍具有一定的現實意義。墨子的「兼愛」思想，它要求人們平等互愛，互相援助，突出了互利互助的精神。

4. 法家之信賞必罰，以輔禮制

儒學與法學在戰國時期皆為顯學，二者在學術思想上既互相對立又互相

〔註77〕《墨子·兼愛上》。

聯繫。儒家主張以德治教化為主，而以刑罰為輔。孔子曰：「禮樂不興，則刑罰不中，刑罰不中，則民無所措手足」。〔註78〕孔子認為離開教化則刑罰便會偏頗。針對法家重功利而不重仁義，孟子提出了實行王道的主張，倡導以仁義爭取天下歸順，主張崇王道、黜霸道。〔註79〕戰國末期，荀子亦提出「經國定分」，即用禮義，而非法治；「為治綱要」，即尚德治教化，而非尚刑罰之主張。他批駁了法家慎到、田耕、鄧析等人「不可以經國定分」「不可以為治綱要」的思想。〔註80〕

戰國時期法家學派的思想先驅管仲既強調法制，亦重視道德教化，如曰：「置法出令，臨眾用民，計其威嚴寬惠，行於其民與不行於其民可知也。……故曰：「良田不在戰士，三年而兵弱。賞罰不信，五年而破。上賣官爵，十年而亡。」〔註81〕管子認為，良田不賞給戰士，三年而兵力衰弱；賞罰不信實，五年而國家破敗；君主賣官鬻爵，七年而國家危亡；背逆倫常道德，幹禽獸的行為，十年國家就會覆滅。所以說根據君主立法出令和統治人民的情況，考察其刑賞政策是否在人民當中得到貫徹，興滅之國，就可以區別出來了。

儒家仁義主張遭到了法家的尖銳批評。如韓非子《五蠹》批評「儒以文亂法」。「稱先王以藉仁義，盛容服而飾辨說，以疑當世之法而貳人主之心」。表達出儒法不兩立。

先秦時期的法家學派主張嚴刑峻罰，反對儒家的禮義說教，排斥道德教化，輕視知識文化的作用。商鞅以發展的觀點看待歷史，提出「反古者不可非，而循禮者不足多」，「治世不一道，便國不法古」的思想主張。商鞅重「法」，申不害重「術」。其所謂的術治，即是根據人的能力來授予官職，按照名稱或名義去尋找實際內容。掌握生殺大權，考核群臣的能力。申不害認為這是君主應該掌握的。其稱：「術者，因任而授官，循名而責實，操殺生之柄，課群臣之能者也，此人主之所執也。」〔註82〕

從道家分化出來的法家慎到，主張君主可以「握法處勢」，「無為而治」。

〔註78〕《論語‧子路》。
〔註79〕孔子所說天下有道和無道之區分，亦即「王道」與「霸道」。禮樂征伐自天子出是王道，禮樂征伐自諸侯出則是霸道。
〔註80〕《荀子‧非十二子》。
〔註81〕《管子‧八觀》（注：稷下之學的管子學派，《漢書‧藝文志》將其列入子部道家類，《隋書‧經籍志》列入法家類。《四庫全書》將其列入子部法家類。）
〔註82〕《韓非子‧定法》。

他主張「尚法」和「重勢」；提倡「官不私親，法不遺愛，上下無事，唯法所在」〔註83〕，強調「法」必須和「勢」相結合，把君主的權勢看作行法的力量，提倡「賢智未足以服眾，而勢位足以缶賢者」。他的勢、法、術互相制約、互相補充。其重勢之說為韓非子所吸收、繼承。

韓非子批判繼承了儒、道、墨各家思想，又綜合了「法」、「術」、「勢」、「治」，建立了他的法術理論體系。韓非子主張因時制宜，強調法治和君主集權，提倡「耕戰」，主張在發展農業的基礎上以武力統一中國。韓非子的思想在當時的社會條件下，具有一定的積極意義。他主張一切權勢歸君主一人掌握。秦始皇首先實踐了他的學說。這種君權至上的集權統治思想，支配了中國封建社會長達二千年之久。

韓非子認為，正是由於國家重儒俠而輕介士：「國平養儒俠，難至用介士，所利非所用，所用非所利」，所以事功之臣「服事者簡其業，而遊學者日眾，是世之所以亂也」。他抨擊儒家以「辯」和「聲」取悅於人主，欲以此治國是「不求其當」和「不周於用」。結果是：「舉先王言仁義者盈廷，而政不免於亂」。立身處世的人競相標榜清高，不去為國家建功立業：「行身者競於為高，而不合於功」，使得有才智的人隱居山林，推辭俸祿而不接受，而兵力仍不免於削弱，這就是社會所以混亂的原因：「故智士退處岩穴，歸祿不受，而兵不免於弱，政不免於亂」。

韓非子針對如今老百姓所褒揚的，君主所禮遇的，都是一些使國家混亂的做法，「民之所譽，上之所禮，亂國之術也」，提出了用法家的「不欺之術」用以富國強兵，使天下大治之方。韓非子構想的「明主」之國，即「無書簡之文，以法為教；無先王之語，以吏為師；無私劍之捍，以斬首為勇。是境內之民，其言談者必軌於法，動作者歸之於功，為勇者盡之於軍」。他認為能如此，即可達到其所憧憬的「王資」境界：無事則國富，有事則兵強。這種境界「既畜王資而承敵國之釁，超五帝，侔三王者」。〔註84〕簡言之，法家即欲以其「法、術」取代儒家之「禮、智」。

韓非子的法治理論適應了當時由諸侯割劇過渡到專制君主制的客觀需要，為秦始皇所踐行，它有效地打擊了舊貴族的復辟活動，鞏固了封建制的生產關係、政治制度，結束了長期分割的局面，建立了我國歷史上的第一個

〔註83〕慎到：《君臣》；見於清代錢熙祚《守山閣叢書》。
〔註84〕《韓非子‧五蠹》。

強大的中央集權制的統一國家，使得民眾生活安定，國家穩固而統一，推進了歷史的發展，顯然具有歷史進步意義。

此外，韓非子倡導法治，反對人治，提倡法一而固，反對朝令夕改；主張法不阿貴，抵制貴族特權。其對於扭轉當今特權思想，清除利益驅動，以及權錢交易等不良風氣，無疑具有重要的現實意義。

總之，先秦法家倡以「法、術、勢」作為其修身治國的理想，他們蔑視儒家的以禮治國，認為儒家「修仁義而習文學」，「此匹夫之美也」。認為儒家之德美者不過是「無功而受事，無爵而顯榮，有政如此，則國必亂，主必危矣」。〔註85〕

5. 佛教對中國傳統倫理道德的影響

佛教是古印度釋迦摩尼於公元前 6～5 世紀所創立的一種宗教。佛教的基本教義認為現實人生即是「無常」「無我」「苦」。佛教初入中土時，帝王與貴族們把佛（浮屠）也當做中國的神仙來崇拜，並與黃帝、老子並列。後來隨著佛經翻譯漸多，信仰者對其瞭解的深入，有了中外之別，義理之分，從而產生了矛盾與論爭。北朝時，西域高僧鳩摩羅什及其弟子對於佛經在中國的傳播做出了重大貢獻。其時，注釋佛經知識的僧侶，多由儒家轉來，故使佛教理論向儒學趨近，使得佛教經學從一開始便不可避免地帶上了儒學色彩。如南北朝時，「博綜六經，尤善老莊」的慧遠，即從儒學出發，中經道家，最後皈依佛門。他在不違背佛教教義的同時，力圖把中國傳統的宗法倫理觀念匯通到佛教體系中去。亦即在形式上極力尊佛，在內容上卻暗中使佛教屈從於儒家的封建禮法，從而促進了佛教的中國化。南北朝時，佛教已形成獨立於儒道之外的強大社會勢力。儒學為了維護其統治思想的主導地位，與佛教經學展開了論爭。如圍繞著孝道、禮制（包括服飾、跪拜之禮、剃度）輪迴轉世、去欲等。

（1）孝道說

孟子曰：「不孝有三，無後為大。舜不告而娶，為無後也。君子以為猶告也」。〔註86〕對這段話的解釋歷來有兩種觀點：中國古典訓詁學，經文注疏學認為，「後」是後代的意思，《十三經注疏》，《四書章句集注》皆持此觀點。近現代有人根據上下文，將「後」理解為「盡後代的責任」。本文亦認為根據孟子句意，「無後」應譯為後代、後繼者方貼近文意。佛家推崇拋妻

〔註85〕《韓非子・五蠹》。
〔註86〕《孟子・離婁章句上》第十一章。

棄子、捨棄財貨，終身不娶，不行孝道。佛教中有「沙門（佛屠）不敬王者，不拜父母」的規定。「不敬王者」這是儒佛之爭過程中的一個核心問題。皇帝位尊九五，為一國君主，凡屬下臣民必須絕對服從，虔誠敬拜，在中國早已視之為當然。儒學以忠孝為核心的尊卑有序的綱常禮教對此有嚴格的規定，不得違反。因而對佛徒沙門之不敬王者，視之為忤逆。佛教後經宗法倫理觀念的改造，改變為禮事君王，孝養雙親，遂使之與宗法社會相協調。

（2）剃度說

剃度，是佛教出家侶僧剃髮受戒的一種儀式。佛教認為剃髮出家是接受戒條的一種規定，又度越生死之因，故名。唐代顧況《虎丘西寺經藏碑》記曰：「叔譁七覺……神龍初，八歲剃度，萬會一覽，學際天人。」《舊唐書‧高祖記》：「浮情之人，苟避徭役，妄為剃度，託號出家」。《魏書‧釋老志》：「諸服其道者，則剃落鬚髮，釋累辭家，結師資，遵律度，相與和居，治心修淨，行乞以自給。謂之沙門，或曰桑門，亦聲相近，總謂之僧，皆胡言也。」《醒世恒言‧佛印師四調琴娘》：「原來故宋時最以剃度為重。每度牒一張，要費得千貫錢財方得到手」。唐代崔顥五言詩曰：「法師東南秀，世實豪家子。削髮十二年，誦經峨眉裏」。〔註87〕僧人落髮，起源於佛陀時代。據佛傳說，悉達多王子逾牆出走以後，便以利劍自剃鬚髮並發誓說：「今落鬚髮，願與一切斷除煩惱及習障。」悉達多的斷發言誓，為後世佛教徒所效法。從形式上講，這是出家人區別於外道和其他俗人的特徵，而實質上，它體現了出家人斷除煩惱的堅定決心。儒家對佛家剃度之習俗頗不以為然。《孝經》曰：「身體髮膚，受之父母，不敢毀傷，孝之始也。」〔註88〕儒家認為人的軀幹、四肢、毛髮、皮膚，都是從父母那裡接受來的，不敢使它們受到誹謗和損傷，此為實行孝道之開始。

（3）「去欲」說

晉代袁宏《後漢紀‧明帝紀下》：「浮屠者，佛也……其精者，號為沙門。沙門者，漢言息心，蓋息意去欲而歸於無為也」。《文選‧王中‧頭陀寺碑文》：「頭陀寺者，沙門釋慧宗之所立也」。李善注引《瑞應經》：「沙門之為道，舍妻子，捐棄愛欲也」。佛家的「去欲」，與道家的修心養性，清心寡欲一脈相通。老子反對因欲望而引起的躁動，主張無欲為本的「靜」。在老子看來，靜的狀態因無欲所致，無欲即意味著返歸素樸本性。故曰：「見素抱樸，少私寡

〔註87〕唐‧崔顥：《贈懷一上人》。
〔註88〕《孝經‧開宗明義章》。

欲。絕學無憂」。〔註89〕意謂保持純潔樸實的本性，減少私欲雜念，拋棄聖智禮法的浮文，方能免於憂患。

老子之「去欲」包含兩個方面，一是感性上的感官欲望，二是理性上的智巧之欲。感官物慾如：五色、五音、五味，認為其皆戕害自性；智巧之欲，乃如文采、利劍、飲食，此皆為非道之物。其因人心之貪欲，導致不能成就無為之道。所以聖人應當「去甚、去奢、去泰」。〔註90〕老子告誡人們：「罪莫大於可欲，禍莫大於不知足；咎莫大於欲得。故知足之足，常足矣。」〔註91〕儒家對「欲」的觀念與佛道相左。儒家反對「去欲」和「寡欲」，而主張「節欲」「導欲」，以禮義來引導人們的欲求，使之合理。荀子曰：「欲雖不可求，可盡近也；欲雖不可去，求可節也」。〔註92〕荀子曰，貴為天子，其欲不可能全部滿足；賤為守門人，其欲求也不可能去除。則天子可以求「近盡」；而守門人慾雖不能取消，卻應「節求」，節制其欲求。荀子承認欲不可盡，亦不可去，反對佛家之「去欲」；道家之「寡欲」，亦更趨合理。

（4）輪迴因果說

輪迴又稱流轉、輪轉，指生死輪迴，循環不已。佛教認為一切有生命的東西，如不尋求「解脫」，依平生所作善惡，會有六個可能的去向。「造惡」、墮三惡道（地獄、餓鬼、畜生）、「行善」。去三善道：天、人、阿修羅。其生死相續，無有止息地循環。至於人死後，是升入「天人道」，還是繼續輪迴「人道」，或是墮落「地獄道」、「惡鬼道」「畜生道」，則主要依靠其「累生累世」所積累的各種善惡業力、習氣、心性的修持能力決定，別無外在的審判者或造物主掌控。輪迴皆苦。如欲跳出六道輪迴、超越生死流轉，即需根據佛法的教導修行，方可得到自在的解脫，此即佛法誕生的重要意義。佛經曰：「非異人作惡，異人受苦報；自業自得果，眾生皆如是」。〔註93〕佛法之業力，有不同的類別，如有善業、惡業、定業、不定業、共業、別業、引業、滿業之分。其中善業、惡業分別由不同行為構成。輪迴之說在中國民間有著廣泛的信眾基礎。

道教吸收了佛教輪迴等理論。道教教旨認為，人死後為鬼，生前的修行道行可累計延續，死後仍可繼續修真，成為鬼仙，亦可選擇投胎。同時，道家

〔註89〕老子：《道德經》第十九章。
〔註90〕老子：《道德經》，第二十九章。
〔註91〕老子：《儉欲》，第四十六章。
〔註92〕荀子：《正名》。
〔註93〕《正法念處經》卷七之偈。

的讖緯學說予中國文學文化之影響亦很明顯。古代小說中往往以讖緯預言表達人們對於命運、輪迴、宿命觀的某種信念和猜測。〔註94〕

儒家則否定鬼神之存在：「子不語怪力亂神」。〔註95〕孔子對鬼神的態度是「敬而遠之」。王充曰「人未生在元氣之中，既死復歸元氣」。〔註96〕王充認為元氣無精神意志，因此人未生時無知，死後復歸元氣亦無知。同時，人的精神派生於形體，不能離開形體單獨存在。人死形體朽敗，精神也隨之散亡，故人死不為鬼。

概言之，中國佛教既承襲了印度佛教戒律中所包含的倫理精神，又逐步接受源於儒學的忠孝仁義等道德價值取向，從而豐富了中華道德規範，如：孝道論、慈悲觀、善惡觀，以及因果報應。道教主張出世精神與在世功德統一、煉形養生與心性修養並重，與宗法社會內聖與外王結合的傳統相符。

佛教中「沙門不敬王者，不拜父母」的規定，經宗法倫理觀念的改造，已為禮事君王，孝養雙親，使之與宗法社會相協調；淡化了悲觀厭世思想，突出因果報應、輪迴轉世學說，把積善積德的倫理規範納入宗教實踐中。

佛教視逆為順的人生態度，對於飽受生活艱難的人講，不失為一種對待逆境的超脫手段。而佛教追求清靜恬淡，根絕欲念，隨緣而安，忘卻今世，求得解脫，在物慾橫流的紛擾世界中，亦不失為一種超脫、瀟灑、自由的風度。

（四）君子「平天下」與「絜矩之道」

「絜矩之道」，乃儒家的道德行為模式。《大學‧中庸》曰：「所謂平天下在治其國者，上老老而民興孝，上長長而民興悌，上恤孤而民不倍，是以君子有絜矩之道也。所惡於上，毋以使下，所惡於下，毋以事上；所惡於前，毋以先後；所惡於後，毋以從前；所惡於右，毋以交於左；所惡於左，毋以交於右；此之謂絜矩之道」。〔註97〕

鄭玄釋曰：絜為執，矩為法度，即執行某種法度為絜矩之道。朱熹釋絜為度量；矩為能制作方形的規範。意謂絜矩之道，即以同一的法則推己及人，使上下四方無不均衡之理。〔註98〕

〔註94〕 參見本書第八十三～八十四頁。
〔註95〕 《論語‧述而》。
〔註96〕 王充：《論衡‧論死篇》。
〔註97〕 《大學‧中庸》。
〔註98〕 《大學‧中庸》。

儒家的絜矩之道，即指內心公平中正，做事中庸合德。儒家以「絜矩」來象徵道德上的規範。儒家鼓吹君子有絜矩之道，即所謂：「平天下，在治其國者，上老老而民興孝；上長長而民興弟；上恤孤而民不倍。」這裡展現的是儒家的倫理思想，即君子應審己度人，以同理心替人設想，使人我之間，各得其宜。如其所言：君上敬養老人，然後百姓仿行「孝」道，君上敬重長者，然後百姓仿行「弟」道，君上體恤孤兒，百姓亦如此仿傚。此即推己及人的「絜矩之道」。

《中庸》：「所惡於上，毋以使下；所惡於下，毋以事上；所惡於前，毋以先後；所惡於後，毋以從前；所惡於右，毋以交於左；所惡於左，毋以交於右，此之謂絜矩之道」。意謂己所不欲，勿施於人。如果厭惡上級處事行為不端，那麼就不宜以此行為對付你的下級；若厭惡下級處事庸俗不堪，就勿用此種行為應付上級；若厭惡前任處事不端，就勿仿傚前任對付後任；若厭惡我的後任行為不端，就不要仿傚後任去對付前任；若厭惡我右邊人的行為不正，就別仿傚右邊人的行為去對付左邊的人；同理，若厭惡我左邊人煩擾行為不正，不要仿傚左邊人的行為對待右邊的人。此即君子修身的道德規範。

《大學》指出：上自國家君王，下至平民百姓，人人都要以修養品性為根本。若這個根本被擾亂了，家庭、家族、國家、天下要治理好是不可能的。不分輕重緩急、本末倒置卻想做好事情，這也同樣是不可能的：「自天子以至於庶人，壹是皆以修身為本。其本亂而末治者，否矣。其所厚者薄，而其所薄者厚，未之有也。」主要強調的是「修身」的重要性。此外，《大學》也談到「家、國、天下」之治理。

1. 家、國、天下

「家」在古代政治文化中的概念是指「庶人之家」，即「家人」。同時「家」亦指卿大夫之家，如《說文通訓定聲》稱：「天子諸侯曰國，大夫曰家」。「家」還常與「邦」並提指「國家」，如《小雅·瞻彼洛矣》：「君子萬年，保其家邦」。

「國」，在先秦常用來指諸侯國的封地。如衛國、鄭國、齊國、唐國、秦國、陳國等。《大雅·皇矣》：「維彼四國，爰究爰度」。《集傳》釋為：「四國，四方之國也」。老子曰：「至治之極，鄰國相望，雞狗之聲相聞，民各甘其食，美其服，安其俗，樂其業，至老死不相往來。」孔子曰：「丘也聞，有國有家者，不患寡而患不均，不患貧而患不安」。孟子曰：「寡人之於國也，盡心焉耳矣」。上述「方、國、邦、土」皆指代國家。

「天下」則指比諸侯國更為廣泛的地域。史稱：「（齊）桓公久合諸侯，一匡天下」。〔註99〕家、國、天下，體現了古代中國三位一體的政治、文化觀念，其互為依存。「家」齊，則國治，「國」治，則天下平，反是則亂。

2. 治國在於齊家

《禮記・大學》稱：「所謂治國必先齊其家者，其家不可教，而能教人者無之。故君子不出家而成教於國」。此處「其家不可教，而能教人者」之「教」，即孝、悌、慈。孝者，所以事君也，悌者，所以事長也，慈者，所以使眾也。儒家治國之理想境界乃「垂拱而治」。

《禮記・經解》：「是故隆禮由禮，謂之有方之士；不隆禮不由禮，謂之無方之民」。〔註100〕此「有方之士」，意即有道、遵循禮儀、講究行為標準之人，體現了儒家的價值觀。

《大學》又講述了堯舜用仁愛統治天下，老百姓亦以仁愛；桀紂用兇暴統治天下，老百姓亦因之兇暴：「堯舜帥天下以仁，而民從之；桀紂帥天下以暴，而民從之。」統治者若言行不一，老百姓則不會信服之：「所令反其所好，而民不從。」品德高尚的，總是自己先做到。然後才要求別人做到：「是故君子有諸己，而後求諸人」。自己先不這樣做，然後才要求別人不這樣做。不採取這種推己及人的恕道而想讓別人按自己的意思去做，那是不可能的：「無諸己而後非諸人。所藏乎身不恕，而能喻諸人者，未之有也」。所以，治理好國家必須先管理好自己的家庭和家族，「治國在齊其家。」儒家認為君主要創立太平盛世，使民風良好，就要以身作則，注重孝道，使孝道成為國家的風氣，如果人人都以「孝」為立身的根本，那麼國家也會和諧而強大。

儒家經典《禮記》記載了先秦時期的禮儀制度的產生、內容及變遷，精闢而意義深刻，對後人有著重要的借鑒意義。古代聖賢一方面認為「禮」是國君治理國家的最有力的工具，為「君之大柄」，有了它方可「別嫌明微，儐鬼神，考制度，別仁義」，從而達到治政安君。另一方面認為「禮儀」是「人之大端」，對於做人來說十分重要，人們用禮來講究信用，維持和睦，人與人之間如同筋骨相連似的不可分割，其「固人之肌膚之會、筋骸之束也」。人們將「禮」作為養生送死和敬事神靈的頭等大事，「所以達天道、順人情之大竇也」，禮已成為人們貫徹天理、理順人情的重要渠道。因此在聖人看來禮不可或缺：「唯聖人為

〔註99〕《史記。貨殖列傳》。
〔註100〕《禮記・經解》。

知禮之不可以已也」，認為凡是國破家亡聲敗名裂的人，定是他將禮拋棄了，才會淪落至此：「故壞國、喪家、亡人，必先去其禮」。〔註101〕

《禮記》指出，如果治國不以禮，就好比耕田而不用農具「猶無耜而耕也」；為禮不本於義，「猶耕而弗種也」；為義而不講之以學，「猶種而弗耨也」；講之於學而不合之以仁，「猶耨而弗獲也」；「合之以仁，而不安之以樂」，「猶獲而弗食也」，好比雖然顆粒歸倉而不讓食用；備樂置酒搞勞農夫，而沒有達到自然而然的境界，「猶食而弗肥也」，就好比飯也吃了，但身體卻不強健；四肢健全，肌膚豐滿，這是一個人的身體強健：「四體既正，膚革充盈，人之肥也」。「父子篤，兄弟睦，夫婦和，家之肥也」。父子情篤，兄弟和睦，夫婦和諧，這是一個家庭的身體強健。「大臣法，小臣廉，官職相序，君臣相正，國之肥也」。如果大臣守法，小臣廉潔，百官各守其職而同心協力，君臣互相勉勵匡正，就可以看作是一個國家的身體強健。

天子把道德當作車輛，把音樂當作駕車者，諸侯禮尚往來，大夫按照法度排列次序，士人根據信用互相考察，百姓根據睦鄰的原則維持關係，這可以看作是整個天下的身體強健，是謂大順：「天子以德為車，以樂為御，諸侯以禮相與，大夫以法相序，士以信相考，百姓以睦相守，天下之肥也」。〔註102〕《禮記》之順的最高境界，即「大順」。它是用來養生、送死、敬事鬼神的永恆法則。儘管深奧卻可以理解，儘管嚴密卻不乏通道，既互相關連而又彼此獨立，循規運動而不互相排斥。

在論以「孝」治國時，《孝經》援引曾子語曰：「甚哉，孝之為大也」。〔註103〕孔子曰：「夫孝，天之經也，地之義也，民之行也。天地之經，而民是則之」。〔註104〕強調「孝」乃人最根本的品行，是天經地義而不可改變的道理，民眾必須以此為法則。

先王見以「孝」教可以化民，故以身作則，敬愛其親。同樣，「先輩之以博愛」，而民亦「莫遺其親」。先王「陳之以德義，而民興行，先之以敬讓，而民不爭。道之以禮樂，而民和睦。示之以好惡，而民知禁」。〔註105〕孟子歎曰：「堯舜之道，孝悌而已矣」。孟子在描述他所理想的社會時說：「老吾老以

〔註101〕《禮記·禮運》。
〔註102〕《禮記·禮運》。
〔註103〕《孝經·三才》。
〔註104〕《孝經·三才》。
〔註105〕《孝經·三才》。

及人之老；幼吾幼，以及人之幼。天下可運於掌」。〔註106〕

所謂「為禮不本於義」，此「義」，即儒家之「仁義」。儒家主張治「七情」，「修十義」。「七情」即喜、怒、哀、懼、愛、惡、欲之情。聖王視「人情以為田」，在此「修禮以耕之，陳義以種之，講學以耨之，本仁以聚之，播樂以安之」。〔註107〕

在儒家看來，道德教育如同在人性這塊處女地耕耘一般，其昇華與安固則是依恃禮樂教化，通過修義之柄，禮之序而治人之情。

「十義」則指父慈、子孝、兄良、弟悌、夫義、婦聽、長惠、幼順、君仁、臣忠。這十者，謂之仁義。欲修仁義，就務必講信修睦，尚辭讓，去爭奪。必須「宜其家人，宜兄宜弟」。「宜兄宜弟，而後可以教國人。」〔註108〕因而《詩》云：「其儀不忒，正是四國」。「不忒」，即謂行為合乎禮儀。「其儀不忒」之人，方可率正四國，為天下之人所效法。故《禮記》。有言曰：「一家仁，一國興仁；一家讓，一國興讓，一人貪戾，一國作亂」。〔註109〕「禹、湯、文、武、成王、周公，此六君子者，未有不謹於禮者也，以著其義，以考其信，著有過，刑仁講讓，示民有常」。〔註110〕可見「禮」不僅用於治家，亦為賢君治國的規範。

《論語‧為政》：「道之以政，齊之以刑，民免而無恥。道之以德，齊之以禮，有恥且格」。「禮法合流」且「以禮統法」則是中國古代法律的重要特色之一。中國古代刑、禮相隨，無禮則無刑，禮去則刑逝。刑屈從於禮，是中國古代人們的歷史選擇，以及中華民族法文化的結晶。以上充分體現了儒家以仁、義、禮、孝治國之仁政的主張。

三、南宋永康學派與近代經世實學

近代「經世實學」遠紹先秦諸子之學術傳統，近取南宋事功之法。至先秦諸子開始中國士人便以關懷社會、參與政治、服務人生為自己學業價值的最高體現。因此，越是社會腐敗、政治黑暗、人生艱難，經世致用的精神越是在開明、正直的士人胸中鼓蕩高揚。南宋事功學派中陳亮的永康之學，便是

〔註106〕《孟子‧梁惠王上》。
〔註107〕《禮記‧禮運》。
〔註108〕《詩‧小雅‧蓼蕭》。
〔註109〕《禮記‧大學》。
〔註110〕《禮記‧禮運》。

南宋內憂外患時代的產物。陳亮事功學派為學以讀書經濟為事，志在通經達用、救時除亂。他們窮天下之實，究興亡之變；黜空疏之言，嗤性命之論；崇博洽異流、違絕學為界；視聖人之道，如民生日用；重因事作則，講開物成務。他們興王霸並用，倡義利雙行；以治史經世，佐六經參證。永康學派對近世學術風氣的轉變產生了深遠而巨大的影響。本節試通過對陳亮的功利論、變易觀、道德性命之學、史學與治史觀、王霸義利說之闡述，探討以陳亮為代表的南宋永康學派與近代經世實學之學術淵源。

（一）

事功學派領袖陳亮在給朱熹信中毫不諱言功利：「古今異宜，聖賢之事不可盡以為法，但有救時之志，除亂之功，則其所為雖不盡合義理，亦不自妨為一世英雄」。抒發了其建功立業的抱負。「靖康之難」以後，金兵繼續南侵。以宋高宗和秦檜為首的投降派，為了維護上層統治集團的利益，以對金屈膝求和來換取半壁河山的苟安，他們殺掉了抗金名將岳飛，殘酷迫害朝廷中的主戰派。除了向金國稱臣納貢以外，他們還把淮河以北廣大地區出賣給金國。與南宋統治集團相反，一些有民族氣節的士大夫則表現了高昂的愛國熱情，他們主張北伐，要求恢復中原失地，與投降派進行了堅決的鬥爭。愛國主義成為了南宋文學的突出主題。這不僅表現在偉大的愛國作家陸游、辛棄疾的作品當中，也表現在其他一些作家如曾幾、陳與義等詩人和李清照、張元幹、張孝祥等詞人的作品中。還有一些抗金將領和主戰的士大夫，如岳飛、李綱、胡銓、趙鼎等人也留下了壯烈的愛國篇章。南宋的哲學家、政論家、詞家，事功學派的代表人物陳亮亦創作了《龍川詞》三十首（後增輯七十四首）。陳亮以議論入詞，陳「平生經濟之懷」。他宣稱：「復仇自是平生志，勿謂儒臣鬢髮蒼。」以示抗金之志至老不衰。陳亮逝世的前一年，當光宗策問進士時，在《對策》的開篇，陳亮即大聲疾呼：「天下大勢之所趨，天地鬼神不能易，而易之者人也。」這對於近代學術思想之變遷具有振聾發聵之效。

在民族矛盾突出的南宋時期，以醇儒自居的朱熹，在對待抗金的態度上，先是主張「徐起而圖之」，之後又提出以正心誠意來制敵：「所望者，則惟欲陛下先以東南之未治為憂，而正心克己以正朝廷，修政事，庶幾真實功效，可以馴至，而不至於別生患害，以妨遠圖」。〔註111〕陳亮在《上孝宗皇帝第一

〔註111〕朱熹：《朱子年譜》卷三下。

書》中，批駁了朱熹正心誠意的主張：「始悟今世之儒士，自以為得真心誠意之學者，皆風痺不知痛癢之人也。舉一世安於君父之讎而方低頭拱手而談性命，不知何者謂之性命乎！」陳亮鼓勵孝宗應該掌握「今日大有為之機，不可苟安以玩歲月」。他在《上孝宗皇帝第二書》中說：「天下之英雄豪傑皆仰首以觀瞻陛下之舉動。陛下其忍使二十年間所以作天下之氣者一旦而復索然乎？」面對「萬里腥膻如許」之中原，陳亮呼喚「千古英靈安在，磅礡幾時通？」並堅信「胡運何須問，赫日自當中」。〔註112〕在上書孝宗之後，陳亮離家親往金陵、京口兩處觀察軍事地形，希望通過對地理形勢的分析與考證為軍事行動提供資鑒，又往江西上饒訪辛棄疾，並寫信約朱熹來共商恢復大計，此即辛、陳兩家詞中所謂「鵝湖之會」。

近代重新崛起的「經世之學」，這條路線與中國進步思想有直接的聯繫。陳亮的事功學說，對近世思想解放和歷史變易觀的形成產生了較大的影響，它直接啟發了龔自珍輩，使他們用類似的學說來證明變法維新的重要性和歷史必然性。近代慷慨論天下事，開一代風氣之先的龔自珍，在面對「請政府既漸凌夷衰微矣，舉國方沉酣太平」之際，「不勝其憂危，恒相與指天話地，規天下大計」。〔註113〕他往往「引《公羊》義譏切時政，詆諆專制」。與龔自珍同時代的，被美國學者稱為不僅是中國，而且是東亞最傑出的思想家的魏源，最早介紹西方，提出向西方學習。為了抵禦外侮、拯救中國，他編撰了《海國圖志》，並提出「師夷長技以制夷」之方針，同樣表現了強烈的民族意識和愛國熱情。近代無論是啟蒙時期「以經術求治術」，或是世紀末「維新改制」、「籍古論治」，以及其後之「輸入學理，再造文明」等思潮，皆無不與南宋永康派「經世致用」之學術思路趨同。從陳亮、葉適到黃宗羲、顧炎武，到近代龔自珍、魏源、梁啟超、章太炎、孫文等，都是在經世致用觀念影響下，注重事實、歷史、經驗，主張改革、變法、革命。都可以看作是中國這種傳統在近代特定條件下的繼承和發揚。

（二）

陳亮在《上孝宗皇帝第三書》中說：「臣竊惟藝祖皇帝經畫天下之略，蓋將上承周漢之治，太宗皇帝一切律之於規矩準繩之內以立百五六十年太平之

〔註112〕牟家寬注：《龍川詞校箋》，《送章德茂大卿使虜》，上海古籍出版社，第七頁。
〔註113〕《清代學術概論》梁啟超，商務印書館舊版，第四十五頁。

基，至於今日而不思所以變而通之，則維持之具窮矣」。又斷然「天道六十年一變」。(《上孝宗皇帝第一書》)在此他提出了變通之觀點，指出了「今日」變通之重要性、必然性。如何變？陳亮強調「必取其與世宜者舉而措之」：「孔子之作《春秋》，其於三代之道，或增或損，或從或違，必取其與世宜者舉而措之，而不必循其舊典。」事功學派的另一代表人物葉適亦認為社會制度必然要隨著時代而變化，決不可一味以古人為法，他反對不加分析一味以變古為非、復古為是。同時他也不贊成無視當前具體情況而輕率地定出制度。陳亮的政治變革精神是「裁量張馳，不用一法」。事功學派提出的應時而變、因時制宜之主張，有力地抨擊了理學家關於道不變，三代之治盡善，不可標新立異之論，體現了其樸素唯物主義思想及實事求是的精神。

近代中國學術文化的變化，從根本上來說是近代社會歷史條件深刻變局的反映。近代社會危機的加深同樣引起了一些關切時弊的士大夫的擔憂，因而士林風氣中逐漸彌漫著經世致用思潮。龔自珍通過對歷史的考察，指出歷史上「無八百年不夷之朝代」，而導致滅亡的原因就在於不能因時而變法：「夏之既夷，豫假夫商所以興，夏不假六百年矣乎？商之既夷，豫假夫周所以興，商不假八百年矣乎？無八百年不夷之天下，天下有萬億年不夷之道，然而十年而夷，五十年而夷，則以拘一祖之法，憚千夫之議，聽其自陊，以俟踵興者之改圖耳」。〔註114〕在龔自珍看來，清王朝已有將夷之勢，如果拘守祖宗成法不改革，勢必如夏商周一樣成為明日黃花，在《上大學士書》中，他指出：「自古及今，法無不改，勢無不及，事例無不變遷」。並指出清朝已到了「日之將夕，悲風驟至，人思燈燭，慘慘目光，吸飲暮氣，與夢為鄰」〔註115〕的衰世。故而大聲疾呼：「一祖之法無不蔽，千夫之議無不靡，與其贈來者以勁改革，孰若自改革？抑思我祖所以興，豈非革前代之敗耶？前代所以興，又非革前代之敗耶？」(《乙丙之際著議第七》)他感到清朝已無藥可救了，故寄希望於「山中之民有大音聲起，天地為之鍾鼓，神人為之波濤矣」。(《尊隱》)

近代關切時弊的士大夫們繼續發揚宋明有識之士的經世致用學風，注重關切國計民生諸大政，如漕運、治河、邊防、鹽政、屯田等。他們在新的歷史條件下重新闡釋和評價先秦諸子，注重開掘諸子學說的社會價值和現實意義，使之染上了濃厚的經世致用色彩。由乾嘉學者所倡導的「子儒平等」進而轉

〔註114〕《乙丙之際著議第七》，《龔自珍全集》(上)。
〔註115〕龔自珍：《尊隱》。

向「通子致用」，表現了諸子學嬗變的一重要特徵。路德公然揭櫫墨學救世的大旗。肯定墨學，以為經世致用：「吾之用墨，非有慕於墨也，亦非援墨而入儒肆業。吾悲夫世之命為儒者大率皆楊子之徒也……視親族之飢寒、朋友之患難漠然若秦越也。」墨學成為他針砭時弊，救濟民生的思想武器。其頌揚墨學，顯然針對士大夫外儒內楊，不問世事而自私自利的市儈習氣。道咸時期，主張以「子」經世的代表魏源將老子的哲學精髓轉化為經世致用的思想營養，他反對把老子當作「養生修道」之術，而視其為救世之書：「老子見學術日歧，滯有溺跡，思以真常不弊之道救之」。〔註116〕在魏源看來，老子之道不過是作者構思出來救治社會的思想工具而已。

以《易》作為社會改革的理論依據，在康、梁等維新派身上表現得尤為顯著。康有為說：「孔子作六經而歸於《易》《春秋》，《易》則隨時變易，窮則變，變則通」。〔註117〕並舉例說明「變」，乃天下社會之公理：「伊尹古能治國者也，日用其新，去其陳，病乃不存」。〔註118〕康有為將《易》的變易之理，作為它「改舊」、「維新」、「存國」的理論基礎。譚嗣同說：「本諸《易》，以究天人古今之變」。梁啟超說：「法何以必變？凡是天地之間者莫不變。晝夜變而成日；寒暑變而成歲；大地肇起，流質炎炎，熱熔冰遷，累變而成地球」。〔註119〕草木蟲魚，「彼生此滅，更代迭變而成世界……藉日不變，則天地人類並時而息矣。」他依照晝夜更替、寒暑往來的自然現象，以及世界生成、生物變遷進化，人類新陳代謝的變化規律，並根據「周邦歲舊，其命維新，言治舊國必用新法。」提出「變亦變，不變亦變」之結論。近代思想革命先驅皆以《易》的變易思想，作為「天下之公理」，〔註120〕用以論證典章制度非變不可的社會思想。

近代維新派領袖康有為，他的變法思想是在中法戰爭後，外國資本主義侵略的刺激下發生、發展起來的。一八八八年，他第一次向光緒上書時就尖銳指出，當時的形勢是「外夷變迫」，「將及腹心」，如果不及時變法，「數年之後，四鄰交逼，不能立國」。(《上清帝第一書》)一八九七年德國佔領膠州灣後，帝國主義掀起瓜分中國的狂潮，面對空前嚴重的民族危機，康有為憂心

〔註116〕 《老子本義》，第一章。
〔註117〕 《孔子改制考》卷十，「六經皆孔子改制所作考」。
〔註118〕 《日本書目志序》，康有為。援引自麻天詳等《中國近代學術史》。
〔註119〕 梁啟超：《變法通議》。
〔註120〕 梁啟超：《變法通議》。

如焚，在《上清帝第五書》中，他更加尖銳、沉痛地指出：「萬國報館議論沸騰，咸以分中國為言，若箭在弦，省括即發……瓜分豆剖，漸露機牙，恐懼回徨，不知死所」。在《上清皇帝第三書》中，他大聲疾呼，只有及時變法圖強才能「雪國恥，保疆宇」。他的變法主張具有鮮明的愛國主義性質。

在如何變的問題上，康有為進一步發揮，並闡釋了陳亮關於「必取其與世宜者舉而措之」之主張，他認為應針對洋務派「飾糞牆，雕朽木」、「補苴罅漏」的「自強新政」，從政治、經濟、文化教育等各個方面全面學習西方資本主義國家。即經濟上，首先要發展近代工業；政治上，要求請政府「立行憲法，大開國會，以庶政與國民共之，行三權鼎立之制」，變君主專制為君主立憲。在《請定立憲開國會摺》中，他指出，一旦實行君主立憲，「則中國之治強，可計日待也。」在《上清皇帝第二書》中，康有為要求請政府在文化教育上，應廢除八股，改革腐敗的科舉制度，並按照資產階級教育制度興辦各級新式學堂，以及「天文、地礦、醫、律、光、重、化、電、機器、武備、駕駛」各專業學堂。康有為的變法主張是一個「全變」、「盡變」的政治綱領，代表了資產階級改良主義者的願望。在當時，要進行變法，就必須首先從思想上破除「祖宗之法不可變」的迷信。為了辨明變法維新的合理，康有為利用儒家今文經的舊形式來發揮資產階級變法維新的新內容，採取「託古改制」的手法。

被梁啟超比作思想界之「颶風」的《新學偽經考》和比作「火山大噴火」的《孔子改制考》兩書，是康有為打擊封建官方的正統思想，打擊「恪守祖訓」的頑固派，推行改良變法的武器。《新學偽經考》站在儒家今文經學派的立場，公開宣布《周禮》《古文尚書》《左氏春秋》等古文經都是西漢末年的學者劉歆為了迎合王莽篡奪西漢政權的需要而偽造出來的。它根本不是儒家的真經。而是為王莽新朝服務的「新學偽經」，它湮滅了孔子的「微言大義」，貽害無窮。從而否定了歷代以來被封建統治者所崇奉的古文經，而且，康有為還將當時的官方學派「漢學」和「宋學」指稱為「偽學」，指出頑固派的「恪守祖訓」，不過是「奉偽經為聖法」，使人們對封建的傳統思想產生懷疑。在《孔子改制考》中，康有為宣稱：「六經」都是孔子為了「託古改制」而寫的，都是孔丘為了進行社會變革而假託古人的事蹟和言論來闡述自己政治理想的作品。那麼既然孔子是中國歷史上搞變法維新的祖師爺，康有為的變法主張也就完全符合「聖人之道」了。為了給變法維新提供理論依據，康有為把《周易》中的變易思想和從西方傳來的進化論的皮毛知識相結合，康有為在《進

呈俄羅斯大彼得變政記序》中，提出了他的一套變化發展觀點和「公羊三世」的歷史進化論。提出了「變者，天道也」，世之萬事萬物「無一不變，無刻不變」。在《上清帝第二書》中，他論證說：「水積為淤，流則不腐；戶閉必壞，樞則不蠹；炮燒則晶瑩，久置則生繡；體動則強健，久臥則委弱」故而得出：「物新則壯，舊則老『新則鮮，舊則腐，新則活，舊則板；新則通，舊則滯物之理也。」(《上請皇帝第六書》) 同樣道理「法既積久，弊必叢生」，「天下大器……置而不用，壞廢放失，日趨於弊而已」。(《上請皇帝第三書》) 因此，他認為法律制度必須根據客觀形勢的變化「因時制宜」。

康有為的弟子梁啟超，同樣以「公羊三世說」來宣揚進化論。並進一步論證民權發展是歷史的必然。他把人類的社會制度說成有三個階段：多君為政之世、一君為政之世、民為政之世。三政相遞，循環前進。並認為「民為政」順應了當時世界的歷史潮流，勢在必行：「地球既入文明之道，則蒸蒸相通，不得不變，其不變者即漸滅以至於盡。此又不易之理也」。〔註121〕近代新學家們，「大率人人經過崇拜龔氏之一時期」。龔氏繼承並發揚了陳亮事功學派關於社會歷史變易觀，他以批判的方式總結過去，揭開了近代思想的序幕。

（三）

陳亮以經世致用為幟誌，對於當時空疏迂遠之道學，排斥不遺餘力。在《送吳允成序》篇中道：「為士者恥言文章行義，而曰盡心知性；居官者恥言政事書判，而曰學道愛人。相蒙相欺，以盡廢天下之實，終於百事不理而已」。對於當時學術界主「性理之說」之主流思潮，永康事功學派堅決予以否定，他們視「道統」為臆造，「絕學」為奇談，反對「道在物先、「理在事先」，「存大理、滅人慾」的唯心主義道統論。陳亮、葉適針對朱熹的道統論，即十六字道德真傳：「人心惟危，道心危微，惟精惟一，允執闕中」，〔註122〕提出道在事物之中，是事物之理。不應離開事物而空言「道」、「理」。事功學派以開物成務為政治大本，重視民生日用。以為「盈天地之間無非物，日用之間無非事。」他們注重的是實事實學，開物成務。他們的矛頭直指那種「低眉高拱涵養懵懂精神，置百事於不理」的道德性命之學。陳亮對於當代學者，忽視治學居官之實跡，高揭身心性命之空談，將造就無數槁木死灰，十分憂慮。指

〔註121〕梁啟超：《與嚴幼陵先生書》。
〔註122〕參見朱熹：《中庸章句序》《大學章句序》。援引自《南宋事功學派及其教育思想》第三十七頁。

出其於世道無絲毫之裨益，非儒者格物致知之學也。

在給應仲實的信中，陳亮說：「世之學者玩心於無形之表，以為卓然有見……豈不可哀也哉！……夫道之在天下，何物非道，千塗萬撤，因事作則」。並提出了「道在物中」、「理在事中、「千途萬轍，因事作則」的樸素唯物主義觀點。陳亮以為「道」只能存在於人事與萬物之中，而不可能脫離萬事萬物獨立存在：「道非出於形氣之表，而常行於事物之間。」(《勉強行道大有功論》)他講求「救時」、「濟事」的功利，而反對程朱空談「義理」、「心性」。陳亮痛斥「絕學」為耳目不洪、見聞不慣。針對「近世以心通性達為學，而見聞幾廢」之道學，他鄙夷地指出，道學家是廢耳目之實而講道義。然而正如陳鍾凡先生所論，陳亮於當代心性之學，雖闢之不遺餘力，「而於一己之主張，言之不詳。雖能破它，而終無以自立也……夫功利主義，誠未言顯學。」〔註123〕其時，朱熹亦不遺餘力地攻擊陸學和浙學：「海內學術之弊，不過兩說，江西頓悟，永康事功，若不極力爭辯，此道無由得明」。〔註124〕在《答呂子約書》中曰：「夫學者既學聖人，則當以聖人之教為主，今六經、語、孟、中庸、大學，之書具在，彼以了悟為高者（指陸學派），既病其障礙，而以為不可讀，此以記覽為重者（指浙學派）又病其狹小，而以為不足觀……毋乃悖之甚矣」。「然今日又有一般學問（指浙學），廢經而治史，略王道而尊霸術，極論古今興亡之變，而不察此心存亡之端，若只如此讀書，又不若不讀之為愈也。」欲竭力維護道學獨尊的地位。

與宋代理學主潮相悖，永嘉、永康義利並存的反動思潮對明代黃宗羲、顧炎武、王夫之以經國寧民為當務之急，一洗往日空疏之失，以社會問題為天下思想，為研究之中心影響很大。至顏元、李塨嗣興，更以明德、親民止至善為道，六德六行六藝為物。明孔孟之學，在於實踐躬行，經世致用，理學亦經歷了由極盛而入於蛻變，乃至不振之途。請代經師學派莊存與、劉逢祿等並治《春秋・公羊傳》，龔自珍、魏源繼之。學者明於「張三世」、「通三統」之說，知世運遷流，質文代變，接受了西方進化論思想。康有為著《孔子改制考》，謂「六經皆孔子託古改制之書，堯舜皆孔子依託之理想人物。」力破數千年沿襲之舊說，為近世思想解放之先聲。民國，孫文倡三民主義，變更國體、政體，清室遂以顛覆。

〔註123〕陳鍾凡：《兩宋思想述評》。
〔註124〕參見：《朱熹年譜》。

　　綜觀永嘉永康事功思想遞衍之跡，皆捨天道而言人事，祛故說而闢新解，力掃身心性命之空談，銳意經世治人之實效，至近代天道性命之說退為旁支，「由憑虛而趨實證，由個人而至社會，由惟理惟物而至惟行」。〔註 125〕

　　南宋事功學派的反理學鬥爭，對當時及以後的思想界產生了重大影響。在慘烈的歷史反省中，士大夫們已深刻地認識到那些空談心性的八股流風，是傾覆封建王朝的根本所在。對「玄學空言」的「心性」的激烈批判，構成了請代學術界自戒自省的一種理性自覺。顧炎武曾嚴厲指責明末心學「不習六藝之文，不考百王之典，不綜當代之務，以明心見性之空言，代修己治人之實學」。結果導致「股肱惰而萬事荒，爪牙亡而四國亂，神州蕩覆，宗社丘墟」。〔註 126〕清初迭經社會變亂，民族戰爭震撼的士子精英們亦自覺地以匡濟天下自命，力矯王學末流的空疏誤國，倡導崇尚實學，留心經世致用之術。他們從諸多學術領域入手，總結歷史經驗，探究朝章國故，講求天下利病「事關民生國命者，必窮源溯本，討論其所以然」。〔註 127〕如梁啟超所論：「雖然，經世學者們治學各有側重，涉及的領域也不同，但其拋棄明心見性的空談，專講經世致用的實務」〔註 128〕之學風卻是完全相同的。梁啟超在《請代學術概論·論清學史二種》中，也批判了那些於家國興亡之際，以主靜、無欲、道心來主宰人心，只知「無事袖手談心性」的高談闊論之徒：「進而考其思想之本質，則所研究之對象，乃純在紹紹靈靈不可捉摸之一物，……重以制科貼括，籠罩天下，學者但習此種影響因襲之談，便足以取富貴、弋名譽，舉國靡然化之，則相率於不學，且無所用心。……取極也，能使人之心思耳目皆閉塞不用，獨立創造之精神，銷蝕達於零度」。

（四）

　　在對待史學與治史的問題上，陳亮、葉適力倡讀諸子百家，目的在於汲取其長，有利於治事，以廣博的文化知識彌綸以通世變。程朱道學要求學者專在六經四書上下工夫，認為讀史和諸子之書只能為讀經服務，目的在於窮理盡興、治心修身，以達到正心誠意，上通天理。至於考訂經制，肆力文章，更是無關弘旨的小事。朱熹自己著史書，卻反對浙學倡言史學，謂浙學治史，

〔註 125〕陳鍾凡：《兩宋思想述評》。
〔註 126〕《中國近百年學術史》，《梁啟超論清學史二種》，復旦大學出版社 1985 年版。
〔註 127〕《日知錄序》潘耒，援引自王先明《近代新學》。
〔註 128〕《朱子年譜》卷三下。

興事功之學，是亂了「聖道」。朱熹以為一切馳騖於外，而談世變、講功利都是卑劣的。他在《資治通鑑綱目》中明確表示：寫史書歷史事蹟是不關重要的，重要的在使讀史者通過讀史懂得如何正綱紀、定名分、辨順逆，不願去做亂臣賊子。

永康、永嘉的史學、經制乃至文章之傳，開啟了清初的「浙東學派」。浙東學派指創於黃宗羲（1610～1695）包括萬斯大、萬斯同、全祖望、章學誠在內的以史學為主的一個學派。章學誠在《文史通義》中寫了一節「浙東學術」。說明這個學派自黃宗羲、經萬氏兄弟、全祖望到他自己一脈相傳，並力稱浙東之學以史學為主，有獨到之長。他說：「三代學術，知有史而不知有經，似於人事之外別有所謂義理矣。浙東之學言性命者必究於史，此其所以卓也」。並在此提出了「六經皆史也」的有名的論斷。浙東學派是在批判宋明理學特別是王學末流「空言德性」，「侈談性命」的基礎上產生和發展起來的。它的經世致用，是以實學、實事和實功為歸宿，而非空言經世，是通過史學研究以達於經世。

黃宗羲在「身遭國變，期於速死」之時，率先揭起「經世致用」的大旗，所著史書，皆期於有用。顧炎武在讀到他所著《明夷待訪錄》後，盛讚其經世思想：「百王之弊可以復起，而三代之盛可以徐還也」。並稱自己所著《日知錄》中的論述「同於先生者十之六七」，〔註129〕都是學以致用的學問。浙東學派代表邵廷采亦「有意天下之事，故所發多經世之論」。嘗謂：「文章無關世道者，可以不作，有關世道，不可不作，即文采未及亦不妨作」。〔註130〕章學誠論史，更時時處處言經世。浙東學者反對注蟲魚、吟風月，在學術研究上提倡具有獨創精神的專門之學，他們反對單純地為前人的著述注釋考訂。黃宗羲尤重視學術研究上的「一偏之見」和「相反之論」，而批評治學「倚們傍戶，依樣葫蘆者」。章學誠在史學理論上同樣注重創發，「為千古史學闢其榛蕪」，所謂「史學義例，校讎心法，則皆前人從未言及」。〔註131〕同時，浙東學派講究「學不可無宗旨，但不能有門戶」。浙派治學尚博，觸類旁通，於經史之學，無所不窺。《國朝學案小識》曾稱全祖望「為學淵博無涯涘，於書靡不貫串」。

綜觀黃宗羲在學術上的成就，主要是提倡以史學為主的經世致用之學。他極博學：「上下古今，穿穴群言，自天官、地志、九流百家之教，無不精

〔註129〕 《亭林佚文輯補·與黃太沖書》，《顧亭林詩文集》。
〔註130〕 《思復堂文集序》，王撰。援引自《中國史學思想通史》。
〔註131〕 《文史通義校注》，葉瑛校注，中華書局，1985年。

研」。〔註132〕他所提「窮經必先求證於史」的治學方法，為這個學派所奉行。他的《明儒學案》《宋元學案》是我國有完善的學術史的創舉。這兩部書都本著「論從史出」，「史論結合」的精神而寫，有極豐富可靠的文獻資料，案語都根據史實寫成，而且追本窮流敘述學術傳遞之跡。黃宗羲「學必本於經術而後不為虛蹈，必證明於史籍而後足以應務」。〔註133〕主張經術為本，史學為用。顧炎武「引古籌今，亦吾儒經世之用也」。〔註134〕這個時期的學術主潮，正如梁啟超所說，是厭倦主觀的冥想而傾向於客觀的考察，排斥理論而提倡實踐。

近代懷負家國之痛的士子們，以學術經世為鵠的，標明自己著書的目的是「世亂則由此而佐折衝，鋤強暴；時平則以此經邦國，理人民，皆將於吾書有取焉耳」。〔註135〕經世之學因而涉及到眾多專業領域如天文學、水利學、軍事學等。通經致用、明道救世的實學精神成為了近代學術文化的靈魂，尤其是清初實學的崛起，更是標領了一個時代的學術風尚。

著名的史學家章學誠在《浙東學術》中指出：「史學所以經世，固非空言著述也……後之言著述者，捨今而求古，捨人事而言性天，則吾不得而知之也。學者不知斯義，不是言史學也」。他針對「聖人之道」提出了「史以明道」的主張。

鴉片戰爭前後，龔自珍、魏源、姚瑩、包世臣、林則徐等人，他們於舉國文恬武嬉、沉酣太平之日，抱著經世務實、救世濟民的志向，關心民瘼，解決社會生活中的實際問題。尤其是那些手握重權的經世派大臣們，改革漕運、整頓鹽法、疏通河道、獎掖人才，事必躬親，做出了不少實績。近代中國，時代主題風雲變幻，學習西方從堅利炮到聲光化電，乃至政教制度、思想文化，但無論人們的改革要求如何變化，其內在的學術文化動因仍是經世實學。龔自珍認為史學家必須「通古」、「通今」，熟悉歷史和當今事務，「人臣欲以其言裨於時，必先以其言考諸古。不研乎今，不知經術之為本源也；不通乎史，不知史事之為鑒也」，「不通乎當時之務，不知經、史施於今日之孰緩、孰亟、孰可行、孰不可行也」。〔註136〕

〔註132〕《清史稿‧清儒學案》。
〔註133〕全祖望：《鮚（士奇）亭集》外編，卷一六。
〔註134〕顧炎武：《與人書》，《亭林文集》。
〔註135〕（清）顧祖禹：《讀史方輿紀要》，上海書店出版社，1998年版。
〔註136〕《對策》，《龔自珍全集》（上）。

戊戌政變失敗以後，梁啟超就和他的幾位同學互相約定：「從此發憤努力，以圖救國，不再學八股制藝，要從事實學……於是乃從讀正史入手」。〔註137〕李大釗《史學要論》指出：「一時代有一時代比較進步的歷史觀，一時代有一時代比較進步的知識；史觀與知識不斷的進步，人們對於歷史事實的解喻自然要不斷地變動」。在《史觀》一文中又談到，過去的歷史觀只是「偉人的歷史觀、聖賢的歷史觀、王者的歷史觀、英雄的歷史觀、道德的歷史觀、教化的歷史觀，均與神權的歷史觀、天命的歷史觀有密切相依的關係」。只是「權勢階級愚民的器具」。在唯物史觀的指導下，他明確地提出了歷史的「重作」與「改作」，從而首次在中國歷史、哲學史上，完成了唯心史觀向唯物史觀的轉變。

以龔自珍、魏源為代表的「倡經世以謀富強，講掌故以明國是，崇今文以談變法，究輿地以籌邊防」。成為了晚清學術風氣的主流。

（五）

宋代諸儒每以天理人慾為辨別王霸之鵠的，謂王者合於天理，霸者本諸人慾。陳亮辯之曰：「自孟荀論義利王伯（霸），漢唐諸儒未能深明其說，本朝伊洛諸公辨析天理人慾，而王伯義利之說於是大明。然謂三代以道治天下，漢唐以智力把持天下，其說固已使人不能心服。而近世諸儒遂謂三代專以天理行，漢唐專以人慾行，其間有與天理暗合者，是以亦能長久。信斯言也，千五百年之間，天地亦是架漏過時，而人心亦是牽補度日，萬物何以阜幡，而道何以長存乎？」「孟子終日言仁義，而與公孫丑論勇如此之詳，蓋擔當開廓不去，則亦何有於仁義？」〔註138〕明確了三代崇仁義，與後世尚智勇，義各有當，未容強為軒輊。

陳亮又批駁了諸儒不明歷史嬗變之經程，率以法先王為口實，而持理欲之說，謂為古今世道升降之大原之謬妄：「昔者三皇五帝與一世共安於無事；至堯而法度始定，為萬世法程，禹啟始以天下為家而自為之，有扈氏不以為是也，啟大戰而後勝之；湯放桀於南巢而為商，武王伐紂取之而為周；武庚挾管蔡之隙，求復故業，諸嘗與武王共事者，欲修德以待其自定，而周公違眾議，舉兵而後勝之」。並且由「王霸之紛紛」之原因，從而推論由王之霸，為世運必經之階段。

〔註137〕丁文淵：《梁任公先生年譜長編初稿》前言，見夏曉虹編《追憶梁啟超》。
〔註138〕陳亮：《送吳允成序》。

　　陳亮與朱熹論皇帝王霸之學，數以書往來，「朱熹雖不與而亦不能奪也」。朱熹曾於信中勸說陳亮：「紬去義利雙行、王霸並用之說，而從事於懲忿窒欲、遷善改過之事，粹然以醇儒之道自律」。〔註139〕陳亮以為這是對他的思想和主張的曲解，遂與朱熹進行了一場長達近三年之久的關於「王霸、義利」的辯論。其論為世所忌，「群以功利之見卑之也」，自然更不為朱熹派所接受，而以方隅之見棄之。

　　在孱弱的南宋國家面臨著女真鐵騎威脅之下的嚴峻危機時刻，陳亮事功學派為拯救國家危難而力倡「功到成處便是有德，事到濟處便是有理」，「義利雙行、王霸並用」，人慾適度，即是天理。這種心存匡濟的經世致用之論，無疑具有十分重要的現實意義。正如陳鍾凡先生所論「夫功利主義，誠未足以言顯學，然而當南宋危亡絕續之秋，未嘗不足以宏濟艱難」，「惜其言不為天下所重」。

　　圍繞王霸、義利、天理和人慾等重大哲學問題，陳亮先後寫了《又甲辰秋書》《又乙巳春書》等一系列給朱熹的信，同程朱理學展開辯論。大辯論中，他獨樹一幟，力倡事功，構建了以「事功」為核心的嶄新的思想體系——永康學派。那場關於「王霸、義利」的論爭，成為南宋思想史上的一個重大事件。

　　理學鉅子朱熹在《論陳學之非》之時道：「陳同父學已行到江西，浙人信向已多，家家談王霸，不說蕭何、張良，只說王猛，不說孔孟，只說文中子、可畏可畏！」〔註140〕陳亮喜「談說古今，說王說霸。」〔註141〕他曾尖銳地批評新儒家注重道德動機的思想傾向，而極力推崇像漢祖、唐宗那樣因雜用霸道確立了豐功偉業的英明君主。朱熹堅持認為，漢唐君主的為政理念未有一毫免乎利欲之私，因而即便創建了偉大的事功亦無足稱道。朱子心目中的「英雄」永遠屬於儒家經典所稱美的德行純粹的三代聖王。這場論爭的言外之意無非何為國家行為之鵠的：繁榮昌盛有如漢唐帝國的政治社會，抑或以「唐虞三代」之名為標幟的理學版本的烏托邦？陳亮以南宋所遭遇的困境為無以加矣的頭等大事，而朱熹將彼時之困境視如千秋萬代的共同困境。朱熹與陳亮之間的三代、漢唐之爭，非純粹的學術論辯。因程朱一系的學說後為廣大知識分子所接受，從而升格成指導整個社會的意識形態。以人性之完善為基石的「三代」由此懸為國家行為的既定方向，而政治家正心誠意的個人修養

〔註139〕朱熹：《朱文公文集》卷三六。
〔註140〕《朱熹年譜·辨陳學之非》。
〔註141〕陳鍾凡：《兩宋思想述評》，東方出版社，1996年。

則普遍視作臻於此境的不二法門。

　　陳亮言王霸義利，顏元繼起。他針對董仲書的「正其誼不謀其利，明其道不計其功」的史觀，堅持以「功利」為核心，提出「正其誼以謀其利，明其道而計其功」。〔註142〕他認為古代的王道，「精意良法」，便是功利主義的富國強兵，獎勵耕戰。並尖銳地抨擊宋代以來理學的禍害：「無事袖心談心性，臨危一死報君王，即為上品矣」。〔註143〕「士無學術，朝無政事，民無風俗，邊疆無吏功」。〔註144〕以此作為其功利主義歷史觀的反證。宋代以來，王安石的新法從功利主義出發而受到貶斥，顏元遂憤憤不平道：「所恨污此一人，而逐普忘君父之仇也，而天下後世遂群以苟安頹靡為君子，而建功立業欲惜挂乾坤者為小人也。豈獨荊公之不幸，宋之不幸也哉。」這種不幸，同樣也是陳亮事功學派之不幸。

　　陳亮在《復朱元晦書》曰：「夫天下何物非道，千途萬轍，因事作則，苟能潛心玩省，於已發處體認，則知夫子之道，忠恕而已」。陳鍾凡先生析曰，「以物為事物，與顏元『大學自行習下手』（《四書正誤》）之說正爾同符，固『惟行論』之發端也」。

　　顏元十分認同陳亮的王霸義利之說，正視君主有所作為，他極力褒揚歷史上那些因「動」而有所為之英明君主：「三皇、五帝、三王、周孔皆教天下以動之聖人也。五霸之假，正假其動也。漢唐襲其動之一二，以造其世也。晉宋之苟安，佛之空、老之無，周、程、朱、邵之靜坐，徒事口筆。總之，皆不動也而人才盡矣！聖道亡矣！乾坤降矣！吾尚言，一身動，則一身強；一家動，則一家強；一國動，則一國強；天下動，則天下強」。（《言行錄》卷下）此所謂「動」，亦即有所作為。

　　其後戴震進一步闡明了陳亮「人慾適度，即是天理」之說，大膽揭露了理學「以理殺人」的罪惡實質。指出理學「存天理，滅人慾」是「以意見為理而禍天下」。「酷吏以法殺人，後儒以理殺人。」並主張「理存乎欲」：「生養之道，存乎欲者也；感通之道，存乎情者也。二者自然之符，天下之事舉矣」。〔註145〕

〔註142〕顏元：《存學篇》卷一，《言行錄・教及門》。
〔註143〕顏元：《存學篇》卷一，《言行錄・教及門》。
〔註144〕顏元：《習齋記餘》卷九。
〔註145〕戴震：《原善》卷上。

陳亮的具有離經叛道色彩的關於「王霸、義利」之學說，雖被朱熹派以方隅之見棄之：「其言不為天下所重」，但卻給近代思想界帶來了一股事功新風。隨著近代外侮內患時局之變動，清帝國在世界的急遽變革中風雨飄搖、江河日下。永康義利、王霸之學這股事功新風，最終為近代經世致用之學的開拓帶來了深遠的效應，經世致用之學在近代已成為了維新改革派之幟誌。龔自珍、魏源、康有為、梁啟超等改革派的先驅概然以天下為己任，豪情盛概不已。魏源曾針對程朱所鼓吹的「三代之治」，指出歷史進化的客觀趨勢不僅不以「聖王」的意志為轉移，而且恰恰相反，哪怕「聖王復作，必不舍條編而復兩稅，舍兩稅而復租庸調也；……雖聖人復作，必不舍科舉而選舉，舍雇役而為差役夜蛾，……雖聖天復作，必不舍營伍而復為屯田為府兵也」。〔註146〕魏源與龔自珍一樣襲用「公羊三世說」，將所處之世、鴉片戰爭時機的危機時代，視為「末世」，呼籲變法、改革。他強調：「三代以上，天皆不同今日之天，地皆不同今日之地，人皆不同今日之人，物皆不同今日之物。」「莊生喜言上古，上古之風必不可復，法使晉人糠秕禮法而禍世教；宋儒專言三代，三代井田、封建、選舉、必不可復……」（《古微堂內集・治篇五》）

倘如司馬光所論，宋代事功派「霸者之心為利，而假王者之道以示其所欲」，〔註147〕那麼晚清啟蒙思想家梁啟超等，則乾脆拋棄了「王者之道」這一外衣，而直接「示其所欲」。他們奮力鼓吹「英雄與時勢，互相為因，互相為果」，「時勢亦能造英雄」，〔註148〕反對「二十四史」所載「有權利者興亡隆替之事」，「知有個人而不知有群體」。民主革命先行者孫文在力主「時勢造英雄」之同時，進一步指出「英雄是時代的產物」，號召革命「大家來作」，「喚起民眾」，因而取得了辛亥革命的成功，其民生史觀的光輝在近代發展史上顯得燦爛奪目。孫文「民生就是政治的中心，就是經濟的中心和種種歷史活動的中心……民生問題才可說是社會進化的原動力」。〔註149〕之論，更是擯棄了一切烏托邦空想、道德說教、宗教激情而走向唯物史觀。〔註150〕

〔註146〕魏源：《古微堂內集》卷三。
〔註147〕《溫國文正司馬公文集・王霸》卷七三，援引自譚元亨：《中國文化史觀》，廣東高教出版社。
〔註148〕梁啟超：《自由書・英雄與時勢》。
〔註149〕孫文：《民生主義》。
〔註150〕田若虹：《論南宋永康學派與近代經世實學》，原載《陳亮研究》，上海古籍出版社，2005年版。

四、韓愈《與大顛書》及《大顛三書辯污論》考識

　　韓昌黎《與大顛書》及《昌黎別傳》之真偽，歷代文人聚訟紛紛，且以「聲辯為大」。歐陽修謂「世所罕傳」，「宜為退之之言」；[註151]蘇軾則云「其辭凡鄙，雖退之之家奴，亦無此語」[註152]；亦有論者道「蘇子瞻謂大顛書為或人妄撰，是蓋欲隱公之過而不欲重其失」。[註153]或謂「尊韓不過襲蘇子之論，而何足以輕重」。[註154]《潮陽縣志》編者案曰：「當以蘇文忠公及鹿州藍公為定論。至於周容齋郡志，置之不辯，毅然刪之，猶千秋巨眼」。[註155]本文所考之《潮陽縣志》，記載了韓愈《與大顛書》三篇；《與大顛書及昌黎別傳辯》文三篇；重修韓祠祭文數篇，以及文人騷客悼詠之詞十數篇。其對於瞭解大顛三書之真偽，韓愈之文化人格，以及歷代辯誣之聚訟狀，皆不無助益，本文將以《縣志》為據，主要考察韓愈謫潮期間與大顛僧人書信交往之狀，以及為此而引發的辯誣之論，兼及《縣志》所載韓愈居潮陽之事略、重修韓祠狀，與歷代文人騷客悼詠之情懷。

（一）《潮陽縣志》與韓愈刺潮傳錄

　　《潮陽縣志》民國版（以下簡稱《縣志》）全書共分為四本，卷二十二。民國三十一年十二月出版。發行者，潮陽縣政府教育科；校勘者，陳伯瑜，代印者：潮陽縣東壁印刷館。現藏書於湛江古籍館。該書篇首有誥受中議大夫張聯桂、潮州府事朱丙壽、潮陽縣事周恒序言三篇；其後則依次為明人所記序文：永樂十七年縣志序、景泰六年縣志序、成化十四年縣志序、安治二年縣志序、安治二年縣志後序、隆慶六年縣志序；以及康熙二十六年縣志序及嘉慶二十四年縣志序。

　　目次如：重修潮陽縣志目錄、凡例、輿圖（九幅）、卷一星野、卷二疆域、卷三城池、卷四鄉都、卷五山川、卷六學校、卷七壇廟、卷八寺觀、卷九賦役、卷十兵防、卷十一風俗、卷十二物產、卷十三紀事、卷十四職官、卷十五選舉、卷十六官績列傳、卷十七人物列傳、卷十八方技列傳、卷十九列女傳、

〔註151〕林大春：《昌黎與大顛三書辯‧藝文上》，卷二十，第十六頁。
〔註152〕林大春：《昌黎與大顛三書辯‧藝文上》，卷二十，第十六頁。
〔註153〕轉引修撰者林大欽語；《昌黎與大顛三書辯‧藝文上》，卷二十。
〔註154〕臧眉錫：《重修東山韓祠序‧藝文上》卷二十，第十一頁。
〔註155〕《潮陽縣志》編撰者案語；藍鼎元：《韓公三書辯‧藝文上》，卷二十，第十七頁。

卷二十藝文（上）、卷二十一藝文（中）、卷二十二藝文（下）。

　　唐元和間，韓愈因上《諫佛骨表》，被憲宗貶為潮州刺史。謫潮途中，愈曾作詩一首云：「一封朝奏九重天，夕貶潮州路八千。欲為聖明除弊事，肯將衰朽惜殘年。雲橫秦嶺家何在？雪擁藍關馬不前。知汝遠來應有意，好收吾骨瘴江邊」〔註156〕。詩中提到的「潮陽」，在唐為州，「及昌黎韓公以謫至，而其名遂著於天下」。《潮陽縣圖說》載曰：「唐元和年間，潮州刺史韓愈移建棉陽，即今縣治也」。〔註157〕《郡志》亦曰：「公刺潮八月而至潮陽」。據明浙江提督林大春考，昌黎韓公謫居之日，「蹤跡多在潮陽」。韓愈曾於潮陽靈山寺作《祭大湖神文》三篇〔註158〕，如曰：「維元和十四年月日，潮州刺史韓愈謹差攝潮陽縣尉史虛己以特羊庶羞之奠，告於大湖神之靈。愈承朝命為此州長。今月二十五日至治下，凡大神降依庇覘斯人者，皆愈所當師從」。〔註159〕又曰：「稻既穟矣，而雨不能熟以獲也，蠶起且眠矣，而雨不得老以簇也，歲且盡矣稻不可以復種而蠶不可以復育也，農夫桑婦將無以應賦稅繼衣食也，非神之不愛人，刺史失所職也。百姓何罪，使至極也。神聰明而端一聽不可濫以惑也；刺史不仁可坐以罪，惟彼無辜惠以富也」。（其二）曰：「惟神降依茲土以庇其人，令茲無有水旱、雷雨、風火、疾疫為災……」。（其三）林大春考曰：「大湖在海邊有石，相傳為韓愈留衣處。而靈山白牛巖至今遺址尚存。故老猶能言之，由今觀之，潮陽固韓公阤之邦也」。〔註160〕

　　《縣志》亦記載了韓愈《輿大顛書》三篇；《與大顛書及昌黎別傳辯》文三篇；重修韓祠祭文數篇，以及文人騷客悼詠之詞十數篇。本文作者將以《潮陽縣志》為據，主要考察韓愈謫潮期間與大顛僧人書信交往之狀，以及為此而引發的辯誣之論。同時兼及《縣志》所載韓愈居潮陽之事略、重修韓祠狀，與歷代文人騷客悼詠之情懷。

〔註156〕《左遷至藍關示姪孫湘》，《昌黎先生集》卷十。

〔註157〕藍鼎元：《潮陽縣圖說·藝文上》卷二十，第十四頁。

〔註158〕韓愈：《祭大湖神文·藝文上》，卷二十，第四頁。

〔註159〕此段與《永樂大典》卷之五千三百四十五《十三蕭潮·潮州府三》所述措辭略有不同：「《祭大湖神文》：維年月日，潮州刺史韓某，謹差報潮陽縣尉史虛己以特羊羞之奠，告於大湖神之靈：某承朝命為此州長，今月二十五日至治下，凡大神降依庇覘斯人者，皆某所當率徒屬奔走致誠，親執祀事一朝庭下」。

〔註160〕參見明林大春：《新建潮陽縣題名記》卷二十一，第七頁。

（二）韓愈與大顛書信交往狀

韓愈於元和十四年三月二十五日抵潮州後，即寓書與大顛表其「久聞道德」之景仰；又曾三次致書大顛禪師表「切思見顏色」之心意。四月七日，在第一封致大顛法師書中昌黎曰：「愈啟孟夏，漸熱，惟道體安和。愈敝劣，無謂坐事貶官到此，久聞道德，切思見顏色。緣昨至未獲，參承倘能暫垂見過，實為多幸。已帖縣令具人船奉迎日久，佇瞻不宣」。〔註161〕六月三日，於第二封信中又表達了「側承道高，思獲披接」，「旦夕渴望」之意：「愈啟海上，窮處無與話言。側承道高思獲披接，專輒有此。諮屈倘惠然降諭，非所敢望也。至此一二日，卻歸高居亦無不可。旦夕渴望不宣」。〔註162〕七月十五日，韓愈再次致書，表達了「倘能承閒一訪，幸甚」。之意：「愈啟惠月，至辱答問，珍悚無已。所示廣大深迴，非造次可喻易大。《傳》曰：「書不盡言，言不盡意。然則聖人之意，其終不可得而見耶。如此高論，讀來一百遍，不如親見顏色，隨問而對之易。今此旬來晴朗，旦夕不甚熱。倘能承閒一訪，幸甚。旦夕馳望，愈聞，道無凝滯、行止、繫縛。苟非所念著，則山林闃寂與城廓無異。大顛師論甚宏博，而必守山林，義不至城廓，自激修行。獨立空曠無異者，非通道也。勞於一來，安於所適，道故如是不宣」。〔註163〕

韓昌黎《與大顛書》及《昌黎別傳》之真偽，歷代文人聚訟紛紛，且以「擊辭為大」。歐陽修謂「世所罕傳」，「宜為退之之言」；〔註164〕蘇軾則云「其辭凡鄙，雖退之家奴，亦無此語」〔註165〕；亦有論者道「蘇子瞻謂大顛書為或人妄撰，是蓋欲隱公之過而不欲重其失」。〔註166〕或謂「尊韓不過襲蘇子之論，而何足以輕重」。〔註167〕《潮陽縣志》編者案曰：「當以蘇文忠公及鹿州藍公為定論。至於周容齋郡志，置之不辯，毅然刪之，猶千秋巨眼」。〔註168〕《宋史·藝文志》載僧宗永所撰《宋門統要》十卷，稱：「蓋

〔註161〕韓愈：《與大顛書·其一》，《潮陽縣志·藝文上》（四），卷二十，中華民國三十一年十二月出版，校勘者，陳伯瑜，發行者，潮陽縣政府教育科。第五頁。
〔註162〕韓愈：《與大顛書·其二》，第五頁。
〔註163〕韓愈：《與大顛書·其三》，第五頁。
〔註164〕林大春：《昌黎與大顛三書辯·藝文上》，卷二十，第十六頁。
〔註165〕林大春：《昌黎與大顛三書辯·藝文上》，卷二十，第十六頁。
〔註166〕轉引修撰者林大欽語；《昌黎與大顛三書辯·藝文上》，卷二十。
〔註167〕臧眉錫：《重修東山韓祠序·藝文上》卷二十，第十一頁。
〔註168〕《潮陽縣志》編撰者案語；藍鼎元：《韓公三書辯·藝文上》，卷二十，第十七頁。

緇徒造作言語，以復辟佛之仇，不足為怪。至儒者亦採其說，則未免可訝矣」。〔註169〕

關於退之與僧徒之緣，及其對佛理之立場，以柳宗元為代表的批評者稱其「忿其外，遺其中，是知石而不知玉也」。認為其詆佛之論只觸及佛教之皮毛，而於佛教的內蘊精華並非真正瞭解，是韓愈唯我獨尊文化意識的表現。宋司馬光之《書心經後贈紹鑒》則云：「世稱韓文公不喜佛，常排之。余觀其《與孟尚書書》論大顛云：『能以理自勝，不為事物侵亂。』乃知文公於書無所不觀，蓋嘗遍觀佛書，取其精粹而排其糟粕耳。不然，何以知『不為事物侵亂』，為學佛所先耶？今之學佛者自言得佛心、作佛事，然曾不免侵亂於事物。則其人果何如哉？」〔註170〕

韓愈闢佛而仍與僧徒往來接觸，前人評騭不一，如稱其為「流入異端而不自知者」，「愈闢佛老而事大顛，不信方士而服硫磺，未足多怪。」〔註171〕指責愈「奈何惡其為人而日與其親，又作為歌詩語言，以光大其徒，且示己所以相愛慕之深。有是心，則有是言；言既如是，則與平生所素蓄者，豈不大相反耶？」〔註172〕昌黎詩不讀浮屠書，亦不作浮屠文字。然於大顛、高閒、文暢之屬，健羨丁寧，累書珍重，平日矜持之節，自待之嚴，乃若漠然而不暇顧者。〔註173〕表示了對其文化人格的質疑。

方回指出，韓愈、歐陽修不同於東坡、山谷既「喜其說，復喜其人」，卻是「不喜其說而喜其人」。並道：「韓子、歐陽子，於佛不喜其說而喜其人。韓之門有惠師、靈師、令縱、高閒、廣宣、大顛之徒。歐之門亦有秘演、惟儼、惠勤、惠思。而契嵩之文，至以薦之人主。東坡、山谷於佛喜其說，復喜其人」。〔註174〕亦有論曰，大顛雖學浮屠，而其智慧過人，能不以勢力形

〔註169〕《潮陽縣志‧藝文下》補編，卷二十二，第三十二頁。

〔註170〕《溫國文正司馬公文集》卷六十九，轉引自吳文治：《韓愈資料彙編》第一百二十一頁，學海出版社。

〔註171〕宋‧陳善：《捫蝨新話》卷一；參見吳文治：《韓愈資料彙編》第二百五十九頁，學海出版社。

〔註172〕元李治：《敬齋古今‧逸文》卷二；參見吳文治：《韓愈資料彙編》，頁六百一十四，學海出版社。

〔註173〕明‧孫緒：《沙溪集》卷七〈贈道存上人署僧會序〉；參見吳文治：《韓愈資料彙編》，頁七百三十四。

〔註174〕元‧方回：《桐江集》卷二《跋僧如川詩》；參見吳文治：《韓愈資料彙編》，頁六百二十九。

骸自累。公因召至輿語，而輿之往來亦不過唐人交遊惜別之常態。若果為奉佛之故，遽盡棄其生平以崇之。而傾心以求福利，必不然矣。〔註175〕

清雍正《海陽縣志》載：「唐大顛訪韓公來郡住錫於此（指常住郡城西南韓山書院左叩齒庵）」。恰如方回所言，韓子於佛不喜其說而喜其人。大顛（732～824年），於唐開元二十年出生於潮州潮陽縣。其「幼歲心遠塵俗，志慕雲林。」後為佛教禪宗南派九祖傳人，屬南禪青原一系。貞元七年（791年），朝廷崇佛事盛，大顛獨處僻地，耕山種果，自食其力，深居簡出，授徒傳經，悉心鑽研禪宗佛理。韓愈知悉，贊道：「這個大顛和尚，是個不平凡的人！在此佛教盛行之日，甘居山林，自煉自修，不被事物所侵擾，正如處桃李豔陽之時，守松柏歲寒之操，這種操守是十分可貴的！」韓愈十分珍惜和大顛結下的情誼，離潮前，特意再登靈山寺，向大顛和尚道別。兩人互致珍重，別情依依。韓愈感慨，脫下身上二襲官服錦袍，鄭重奉贈大顛禪師作念，以寓「依依惜別」之情。大顛禪師捧著官衣，知韓愈心意，為志其誠，於留衣處建一精緻亭子，記錄交往事蹟，勒石立於亭內，取名「留衣亭」。

（三）重修韓祠狀與文人騷客悼詠韓愈之情懷

潮州韓文公祠始建於宋，歷八百年而香火不斷。祠聯曰「天意啟斯文，不是一封書，安得先生到此；人心歸正道，只須八個月，至今百世師之」。

《潮陽縣志》列有國朝中書臧眉錫《重修東山韓祠序》〔註176〕；明邑令黃一寵《新建韓祠記》；與國朝福建提學楊鍾岳《重建東山韓祠記》，楊記注曰：「隆慶間邑侯黃公一寵始侯，以公祭大湖時留衣靈山往來轍跡之所經，故祠諸此」。

明邑令黃一寵《新建韓祠記》曰：唐昌黎韓公刺潮迄今八百與載，其廟食於潮實自宋元祐始，其大都蘇長公之述備矣。案，《郡志》公刺潮八閱月而至潮陽者，再最後，則留衣大顛寺中，寺舊有留衣亭。蓋公嘗身所經歷，而最不能忘情者也。公祠在郡治鱷溪之陽，郡之山水皆以公姓得名，其功德人人可謂深且厚。

顧是邑祠獨缺，予入境即議鼎建，以時詘未果。居二載，余始卜地於邑東山地，即東嶽廢阯……歠議者乃以潮洲謝表與大顛三書故，往往為公費辭。

〔註175〕明邑令黃一寵：《新建韓祠記》；《潮陽縣志》。
〔註176〕《潮陽縣志·藝文上》，卷二十。

不知公之遷潮以詆佛也。公之學本諸孟子，其負罪隱匿而不敢以遷謫之過歸，諸君若將日望其反之者，亦庶己改之之意也。故雖逼切其詞，以冀其見原而不為矯飾，略陳其所長以自獻而不敢自多，其排佛之是此，豈悻悻窮日者所易以窺測耶！

大顛雖學浮屠，而其智慧過人，能不以勢力形骸自累。公因召至與語，而與之往來亦不過唐人交遊惜別之常態。若果為奉佛之故，遂盡棄其生平以崇之。而傾心以求福利，必不然矣。昔日詆佛於朝，而今日事僧於野。佛果有靈，亦將嗤笑不暇，公肯冒然為之乎？予愚昧何足以知公，顧二事皆公居潮之大者。故因記祠公歲月而並論之。如此庶後之知，言君子或有所擇云爾。〔註177〕

黃一寵在《新建韓祠記》中，記述了韓愈於潮洲「治鱷」之功德及「與大顛三書」之往事辯。在《縣志‧藝文下》中，還記有歷代詩人悼詠韓愈之詩作，題材集中於韓文公祠、祭大湖神文，以及靈山留衣等。錄如次：

1. 竭韓文公祠

國朝貴溪令鄭高華《竭韓文公祠》曰：「潮郡稱鄒魯，韓公冒雪來。顛僧能解語，天水實真才。骨毀章還在，江清鱷不回。居官纔八月，隨處盡栽培」。〔註178〕詩中歌頌了韓愈詆佛，重才、治潮之功績。

國朝增城教諭姚弼賢《東山韓祠》：留衣一去渺難攀，今日賢侯捧檄還。蠻觸已看安北境，旌旗每愛駐東山。論文八月扶風後，講學千秋仰斗間。最羨公餘吟興劇，推敲盡得薄書閒。〔註179〕姚弼賢為道光己酉拔貢，南桂人，字梅丞，官增城教諭。寫此詩時作者至普寧回任。

鄧原岳《潮陽謁韓昌黎祠》：「君不見昌黎伯，老作潮陽一遷客。危言籲天天不回，萬里風沙憐遠謫。何物鱷魚敢跳樑，笑投短檄波低昂。一夜隨風竟西徙，魑魅魍魎為深藏。古來奇事無不有，勝蹟悠悠在人口。乃信文章格異類，不羨聲華齊北斗。荒祠寂寂大江湄，前輩風流良在茲。韓山千古名不滅，來者但看潮陽碑」。鄧原岳字汝高，閩縣人。萬曆二十年（1592）進士，授戶部主事。累遷湖廣按察司副使。詩中抒發了對韓愈年老遠謫潮陽命運的不平，以及對其治鱷勝蹟的欽佩。

〔註177〕明黃一寵：《新建韓祠記‧藝文中》，卷二十一，第九頁。
〔註178〕《潮陽縣志‧藝文下》卷二十二。
〔註179〕《潮陽縣志‧藝文下》卷二十二，第二十六頁。

2. 靈山留衣

國朝拔貢鄭安淮《靈山留衣》曰：「雲裳錦織已千秋，尚有山亭證舊遊，法服應垂三代制，朝衫偏為一僧留。鴻儒援墨非無意，象教披緇且未休。我欲招尋分袂處，淡煙疏磬滿林邱」。〔註180〕鄭安淮曾就職教諭、拔貢生。清光緒四年（1878年）作為著名學者曾受邀在潮陽蓮峰書院主持講學。在光緒十年重修潮陽縣志中，他曾任分纂兼編次職。詩中所述「靈山留衣」事，即韓愈當年因遷往袁州任刺史，欲往靈山與大顛作別。不料大顛已雲遊他處。韓愈在靈山寺留宿兩日，因任期在即，便脫下官袍一副，囑小童交與大師，以表思念之意。後人為了紀念韓愈與大顛這段千古奇緣，在靈山建有山亭，曰「留衣亭」。〔註181〕

明太僕寺卿鄒鎏的《遊東巘》亦為留衣亭登臨懷古之作：「結伴高僧攜杖藜，東巘叩步共禪淒。風塵不到心俱寂，雲氣猶封洞易迷。卓錫水清穿石出，留衣亭古記梁題。登臨竟日雲閒別，一笑何殊昔虎溪」。〔註182〕太僕寺少卿鄒鎏（海陽人），明崇禎辛末年（1631年）潮州進士。鄒鎏亦曾登臨潮陽大北岩，於是處題撰：「傑閣臨江渚，危樓倚翠微。天隨飛鳥下，鍾擊暮雲歸。竹醉春溪影，鴉喧大樹暉。登山谺耳目，振袖欲翻飛」。

明莊呈龜《靈山寺》詩：「策騎西遊訪大顛，縈紆一徑鎖雲煙。山僧未見供茶茗，野鳥先聞奏管絃。寶塔永藏明鏡在，上方迥舉翠微連。個中無限清虛態，自是人間別有天」。〔註183〕

明訓導郭政《靈山寺》詩：「金碧輝煌棟宇隆，人人說是梵王宮。樓臺影落鯨波上，巖岫青分蜃雨中。結社何年尋舊約，留衣千載仰遺風。憑誰喚起昌黎伯，來問顛師四大空」。〔註184〕宋廣東提點刑獄周敦頤：「退之自謂如夫子，《原道》深排佛老非。不識大顛何似者，數書珍重更留衣。」〔註185〕明廣東參政趙次進《靈山寺》：「步入招提古，山深石徑斜。留衣憐惜別，遺偈至今誇。霜樹猶存葉，寒梅半著花。蒼生未可問，歸思滿天涯」。〔註186〕

〔註180〕《潮陽縣志‧藝文下》卷二十九。
〔註181〕靈山寺：位於潮陽銅盂龍山灣，中原禪宗九祖大顛和尚於唐貞元七年（公元791年）始創，素有「道跡賢蹤」的美譽。
〔註182〕《潮陽縣志‧藝文下》卷二十六。
〔註183〕《潮陽縣志‧藝文下》卷十。
〔註184〕《潮陽縣志‧藝文下》卷十。
〔註185〕《潮陽縣志‧藝文下》卷四。
〔註186〕《潮陽縣志‧藝文下》卷八。

3. 祭大湖神文

國朝翰林李象元《潮陽東山韓祠》：古木森森陰石橋，高甍飛宇接平潮。元和不黜西曹直，揚粵空瞻北斗遙。溪鱷避文波浪靖，湖神歆德雨暘調。如何偏有參禪事，留得衫巾跡未消。韓愈南貶潮陽後，即為民驅鱷，潮州鱷溪故更名曰韓江。詩中頌讚其治鱷事，並為之「參禪事」表示遺憾與不滿。〔註187〕

（四）《與大顛書》真偽辯及《韓文考異》

《潮陽縣志・藝文上》卷二十，載韓愈《與大顛書》三篇，亦錄有明浙江提學林大春《昌黎與大顛三書辯》、明潮州知府郭子章《韓公與大顛書及昌黎別傳辯》以及國朝邑令藍鼎元《韓公三書辯》三篇辯誣之文。記韓公與大顛往復討論之真偽，及謂《昌黎別傳》之不可信，甚為詳悉。錄其文如次：

1. 林大春《昌黎與大顛三書辯》考識

林大春，明浙江提學，字井丹，潮州人。其文曰：「昌黎與大顛三書，宋歐陽修嘗謂世所罕傳，求之久而後獲。其以擊辭為大。傳謂著山林與城廓無異，宜為退之之言。蘇軾則云，退之喜大顛如喜澄觀、文暢，〔註188〕非信佛法也。或者妄撰退之書，其辭凡鄙，雖退之之家奴，亦無此語。晦庵（朱熹）朱子又謂三書最後一篇，實有不成文理處，意或舊本亡逸，僧徒所記不真，致有脫誤。歐公特觀其大概，故但取其所可取，而未暇及其所可疑。蘇公乃覺其所可疑，然亦不能察其為誤，而直斥以為凡鄙。

所以其論雖各有以，而皆有所未盡也。殊不知其言既曰久聞道德，又曰側承道高，又曰所云廣大深迥，非造次不可喻，又曰論甚宏博，安得謂初無崇信其說之意耶！至於潮州二守車份之論，復以為愈答孟簡書中。但云自山召至州，郭未嘗言以書請之也，其云造其廬以衣為別，皆直述不諱。乃獨諱其書而不言耶？且所答孟書稱許大顛之語與，晦庵所舉三書中輕重不同，真偽固自可辯，歐云宜為退之之言者，但以詞氣有相類耳。

蘇謂其辭凡鄙，則直據所見言之。而晦庵亦意其為僧徒所記不真，然又安知無假託於其間者哉。愚案先輩所稱，雖言人人殊然意見，實不相遠，蓋車與蘇合。而朱子之指亦與歐近。但車言愈與孟簡之書止有召而不及書請，

〔註187〕 《潮陽縣志・藝文下》卷二十。

〔註188〕 《韓愈全集》之中，贈詩僧徒者有十人，分別是：澄觀、文暢、惠師、盈上人、僧約、無本、廣宣、穎師、秀師。贈文者為：高閑、文暢、令縱與大顛。其詩如：《送僧澄觀》《送文暢師北遊》等。

則太泥耳。夫大顛當時高僧，如文暢之徒，愈嘗以文贈之矣。大顛覆可與語者，獨不可以書遺之乎？且書有帖縣具人船等語，則是實以書召之，又況造廬留衣其意密矣。何得謂孟書中無書請之文。而遂謂前書之妄也。顧其語有脫誤。則朱云僧徒所記不真，理或然者。善乎，修撰林大欽之言曰蘇子瞻謂大顛書為或人妄撰，是蓋欲隱公之過而不欲重其失。獨歐陽氏實退之之語，蓋備知公之始終者。若夫紫陽朱子之言，其真可以折衷二子之論而為評韓氏者之斷案乎！斯言得之矣」。〔註189〕

在此，林氏指出朱熹關於「僧徒所記不真，致有脫誤」之言折衷了歐陽修認為《與大顛三書》「實退之之語」；以及蘇軾認為「大顛書為或人妄撰」之觀點，林氏認為其可為《昌黎與大顛三書辯》之斷案。

2. 郭子章《韓公與大顛書及〈昌黎別傳辯〉》考識

郭子章，明潮州知府，字青螺，泰和人。作《韓公與大顛三書與大顛書及昌黎別傳辯》書曰：韓公與大顛三書今刻外集中。蓋自宋歐陽公以來，辯之屢矣。歐公值以為語。韓取非所戀著則山林閒寂與城廓無異之句，非韓公不能道，乃蘇子值凡鄙之。謂退之家奴亦無此語。朱子又疑有脫誤，以為僧徒所記不成文理，而值指韓公崇信佛法。有明潮郡丞車份謂，韓答孟簡書云，自山召至州，郭未嘗言以書請之，則書疑後人假託。潮陽林井丹又謂，車太泥，可以造廬留衣，獨不可以書遺之乎？海陽林東莆值指朱子之說，真可以折衷歐蘇二家之論。黃文浴公通志，謂外集皆非公作。此書正在外集，予意亦太泥，順宗實錄諸卷亦在外集，謂非公作可乎？予去三書循環讀之，其高處在勞於一來，安於所適，道固如是。二語恐非出家奴僧徒之口。一曰奉迎，二曰諮屈，三曰勞於一來，韓公此處極有斟酌。

此與孟書所謂召也，曰造其廬而先之，曰因寄神海上，曰留衣而先之，曰及至袁州為別，則猶三書意也。但其跡則已崇信之矣。故周茂叔題大顛堂壁詩曰：退之自謂如夫子原道，深排佛老，非不識大顛何似者，數書珍重，更留衣。此足為三書斷案。故三書出韓無疑。而崇信之說亦惡得為公諱哉。至於昌黎別傳，污公太甚，則不可以無辯。嘗考方氏世卿，云世俗偽造污謗之書，即今所謂別傳者。洪氏考證云：別傳載公與大顛往復之語，深詆退之，其言多近世經義之說。又偽作永叔跋云，使退之復生不能之解免。吳源明云：徐君平見介甫

〔註189〕朱熹（1130～1200 年），字元晦，一字仲晦，號晦庵，晦翁，別號紫陽。

不喜退之，故作此文。方氏又云：周端禮日，徐安國自言年二十三、四時，自為此，今悔之無及。然則其為徐作無疑矣。夫以徐君平戲作之書，而今潮寺所刻者污為孟簡，既污作歐公跋，又污作虞伯生贊，而薛翰林僑序之首，簡亦無一語為韓公辯污。是何酩际顛僧過高，际退之之過卑也。嗟乎，古今虛擬問答者多矣，至於李陵、蘇武詩，猶疑為後人作，何潮人信徐君平之深也。

《昌黎別傳》對北宋文壇有一定影響，曾造成學術史、宗教史上一段公案，郭氏之文強調《昌黎別傳》為污謗之書，是「深詆退之」；並認為韓公與大顛三書出韓無疑，而「崇信之說亦惡得為公諱哉」。

3. 藍鼎元《韓公三書辯》考識

藍鼎元，國朝邑令，字玉霖，漳浦人。藍鼎元辯曰：「三書真假有目能辨，然歐陽永叔信之矣。永叔宗昌黎太過，不論驢鳴犬吠，有人言是韓公所作，永叔便云，非韓公不能。竟忘其推崇三書之誤。歐公不足為韓公知己也。東坡巨眼，直謂三書為偽，以其鄙陋不堪，雖退之之家奴，不肯為此。此論直截痛快。其如世人易欺難悟，尚有疑信參半者，何哉？朱子不辯三書之偽，非疑韓公果出於此，咎其不當與大顛遊也。釋氏偽為此書，乃本昌黎與孟簡書脫出者。書中有自山召至州，郭則謂之人船奉迎可也。留十餘日，實能外形骸，以理自勝，不為事物所搖。則謂之廣大深迴可也。潮屬至今稱大顛為祖師，此亦誤信三書，謂韓公果崇奉之耳……」。

其文後案曰：「三書真偽聚訟者多矣，然當以蘇文忠公及鹿州藍公為定論。至於周容齋郡志，置之不辯，毅然刪之，猶千秋巨眼。否定了以歐陽修、朱晦庵《韓文考異》以《與大顛書》為真，批評歐公「不足為韓公知己也」，同時認同東坡、鹿州藍公力辯其偽之觀點。

末附案曰：欽定《四庫全書提要》，本果，字曠元，潮州靈山寺僧。是篇皆述唐僧大顛事蹟，而大旨主於污韓愈皈依佛法，以申彼教。首列寺圖，次為元大德辛丑，僧了性所作大顛本傳。次為韓愈與大顛三書，次為歐陽修別傳跋，次為虞集別傳贊，次為諸家詩文，而終以本果自跋。朱子《韓文考異》以《與大顛書》為真，而陳振孫《書錄解題》力辯其偽。

且言其因仍方崧卿所編外集之誤，然崧卿所刻《韓集舉正》今尚有淳熙舊刻，考其《外集》所列二十五篇之目，實無有此三書，疑不能明也。愈與大顛往返事見《與孟簡書》中。而所傳《大顛別傳》即稱簡作，其為依託，灼然

可見。《韓文考異》亦引之，不知何所徵驗。考陳善《捫虱新語》，引《宗門統要》所載憲宗詰愈佛光及愈皈依大顛，屢參不悟事，一一與此書相合。《宋史·藝文志》載，《宗門統要》十卷，僧宗永所撰。蓋緇徒造作言語，以復辟佛之仇，不足為怪。至儒者亦採其說，則未免可訝矣。〔註190〕

　　以上辯論對於瞭解大顛三書之真偽，韓愈之文化人格，以及歷代辯誣之聚訟狀，皆不無助益。本文作者認為韓愈闢佛與所謂參禪事之現象，非如有論者之「反覆無常」與「急於功名」所斷言之。即使《與大顛三書》確為韓愈所書，愈與大顛之往復事不假，也不足為罪，正如方回所言，愈乃「於佛不喜其說而喜其人」，如黃一寵所道：「（愈）與之往來亦不過唐人交遊惜別之常態」。何況大顛僧人才學高深，頗有人格魅力，愈因之「喜其人」。然愈亦非因此而改變其排佛的初衷，焉稱「反覆無常」？郭子章《韓公與大顛書及昌黎別傳辯》認為，《韓文考異》為徐君平戲作之書，又偽作永叔跋云，不足為信。況且其書深詆退之，無一語為韓公辯污。「是何酷睞顛僧過高，睞退之過卑也」。此論應不無道理。〔註191〕

〔註190〕《潮陽縣志·藝文下》補編，卷二十二，第三十二頁。
〔註191〕田若虹：《民國朝陽縣志·韓愈〈與大顛書〉及〈大顛三書辨污論〉考識》，《嶺南文化論粹》，光明日報出版社，2013年。

柒、宗教俗信與宗法文化

一、嶺南宗教俗信文化

（一）「寒十節」俗信之宗教內涵

「寒十節」起源於介子推在介休綿山被焚的記載，最早見於西漢桓譚《新論‧卷十一‧離事》，後陸續載於《後漢書‧郡國志‧太原郡》《後漢書‧周舉傳》、曹操《明罰令》《晉書‧石勒傳》、酈道元《水經注‧汾水》、北魏《齊民要術‧煮醴酪》、南宋周密《癸辛雜識》、元代陳元靚《歲時廣記》等典籍。《太平廣記》卷三十四「崔煒」條曰：云貞元中「時中元日，番禺人多陳設珍異於佛廟，集百寺於開元寺」。〔註1〕敦煌文書《龍興寺毗少門天王靈驗記》則謂：「大番歲次辛巳閏二月十五日，因寒食，在城官僚就龍興寺設樂」。

《左傳》（僖公二十四年）載曰，晉文公重耳為公子時，由於宮廷內亂，被迫在外流亡十九年，最終在秦穆公幫助下回國登上君位。晉文公即位後論功行賞與之一起逃亡的人。在這些人中，唯有介子推不求利祿，功成身退，隱居山林。「晉侯賞從亡者，介之推不言祿，祿亦弗及。推曰：『獻公之子九人，唯君在矣。惠、懷無親，外內棄之。天未絕晉，必將有主。主晉祀者，非君而誰？天實置之，而二三子以為己力，不亦誣乎？竊人之財，猶謂之盜，況貪天之功以為己力乎？下義其罪，上賞其姦，上下相蒙，難與處矣。』」介子推母親說，為何不也去請求爵祿呢，就這樣死了，有誰為之義憤呢？介子推答曰：「尤而傚之，罪又甚焉。且出怨言，不食其食。」母親又勸他向晉文公表明自己的意思。推對曰：「言，身之文也。身將隱，焉用文之？是求顯也」。

〔註1〕《太平廣記》，第二百一十六頁。

-335-

母親欣慰地贊曰:「能如是乎?與汝偕隱」。遂隱而死。晉文公終未尋找到他,就將綿上賜為子推的封地(山西介休綿山,是寒食節原發地,距今已有二千六百四十年的歷史),以此銘記其過失,表彰善良之人。

據《辭源》《辭海》「寒食節」釋義:春秋時,介之推歷經磨難輔佐晉公子重耳復國後,隱居介休綿山。重耳燒山逼他出來,子推母子隱跡焚身。晉文公為悼念他,下令在子推忌日(後為冬至後一百五日)禁火寒食,形成寒食節。

史載,春秋時代,晉獻公的兒子重耳為躲避後母驪姬的迫害,由介子推等大臣陪同逃亡國外,流亡十九年。他們逃到魏國時吃不上飯,又貧病交加,絕望之時,介子推忍痛割下自己腿上的肉,謊稱野兔肉煮給重耳吃。後來身旁大臣告訴了實情,重耳得知熱淚盈眶。十九年後,重耳重回晉國,做了晉國國君。他論功行賞,大封功臣,卻惟獨忘了對他忠貞不二的介子推。

待人提醒,重耳憶起舊事,派人去請時,介子推避而不見。晉文公親自登門去請,方知子推已背老母躲進了綿山。於是派人上山搜尋,終未尋到。晉文公知道介子推很孝順,若縱火燒山,他準會背著老母親跑下山來。大火燒了三天三夜,介子推母子倆也沒出來。後來在一株枯柳旁發現介子推母子已被大火燒死了,介子推的脊樑堵著大柳樹樹洞,洞內藏著他留下的一塊衣襟,上面用鮮血寫著一首詩:「割肉奉君盡丹心,但願主公常清明。柳下做鬼終不見,強似伴君做諫臣」。於此可見,介子推既有儒家忠孝義節;達則兼濟天下、退則獨善其身,不居功、不自傲,功成身退之美德。又兼道家全身隱退,無名、無功、無己之至人情操。漢劉向《新序‧節士》贊介子推曰:「『推聞君子之道,謁而得位,道士不居也,爭而得財,廉士不受也。』」

晉文公悲慟不已,遂將母子二人安葬於綿山,改綿山為介山,並建廟紀念。為了銘記介子推,晉文公下令把介子推被燒死的那天定為「寒食節」,每年這一天嚴禁煙火,只吃冷食。第三年寒食節,晉文公率群臣到介山祭祀介子推,發現那株枯柳死而復活,便給那株柳樹賜名「清明柳」,規定從寒食到清明,人們都要祭奠介子推。此即寒食節之來源。

又傳,因寒食節在清明節的前一天,久而久之,寒食與清明節合二而一。《唐會要‧卷八十二‧休假》明確記載:「(開元)二十四年二月十一日敕:寒食清明,四日為假。大曆十三年二月十五日敕:自今已後,寒食通清明,休假五日。至貞元六年三月九日敕:寒食清明,宜準元日節,前後各給三天。」其後,清明節取代了寒食節,祭拜介子推的習俗,亦沿襲為清明掃墓之習俗。

在潮汕，寒食節祭拜又常與插柳，食薄餅，踏青等民間習俗相關。清明節是楊柳發芽抽綠的時間，民間有折柳、戴柳、插柳的習俗。《清嘉錄》云：「清明日，滿街叫賣楊柳，人家買之，插於門上」。據說介子推為明志守節而焚身於大柳樹下之後的第二年，晉文公不僅將老柳樹賜名為「清明柳」，並且當場折下柳條戴在頭上，以示懷念之情。從此以後，群臣百姓紛紛傚仿，遂相沿成風。潮汕人清明食薄餅知習俗亦是從寒食節習俗沿變而來。

亦傳寒食節之源頭，與遠古時期人類的火崇拜有關。故形成了後來的禁火節。

唐王朝奪取天下之後，延續隋朝在寒食節的做法，以典章制度來要求域內所有人都要在寒食節禁火，《唐會要》記載：「天寶十載三月敕，禮標納火之禁，語有鑽燧之文，所以變理寒燠，節宣氣候，自今以後，寒食並禁火三日」。

白居易《寒食夜·無月無燈寒食夜》詩中：「無月無燈寒食夜，夜深猶立暗花前」，「可憐時節堪相憶，何況無燈各早眠」，亦即有關於寒食節禁火、清明日燃新火之記載。

（二）「五羊」神話與其宗教內涵

「五羊」傳說歷來眾說紛紜。明末清初，屈大均在《廣東新語》的《五羊石》與《穗石洞》皆述及。《五羊石》記曰：「周夷王時，南海有五仙人，衣各一色，所騎羊亦各一色，來集楚庭……」《穗石洞》曰：「穗石洞，在會城坡山之下。坡山向在江干，稱『坡山古渡頭』。……昔有五仙人，持穗騎羊降此，仙人去而羊化為石，故名穗石洞」。

北宋《太平寰宇記》載：高固為楚相，有五仙人騎五色羊，各持穀穗一莖以遺州人，騰空而去。

故唐李群玉《五仙石》詩曰：「五仙騎五羊，何代降茲鄉。硐有堯年韭，山餘禹日糧。樓臺籠曙色，草樹發天香。浩嘯煙波裏，浮生興轉長」。

南宋·方信孺《南海百詠》增飾潤色：「其先有五仙人，各執穀穗，一莖六出，乘羊而至。衣與羊各異色如五方。既遺穗與州人，忽騰空而去，羊化為石。州人因其為祠，石今尚存。或云吳滕修時，或云趙佗時，或云郭璞遷城時，俱未詳」。

明《永樂大典》援引唐《續南越志》曰：「舊說，有五仙人乘五色羊，執六穗穀而至，今呼為五羊城是也」。

北宋·錢易《南部新書》載：晉時滕修為廣州刺史，未到州城，有五仙人

騎五色羊為瑞，故廣南謂之五羊城。北宋·蔣之奇《十賢贊》亦曰：「滕修顯先，南陽西鄂。孫皓之世，實代熊睦，來刺廣州，宣布威惠。爰有五仙，騎羊而至。手執五穀，一莖六穗。仙衣羊色，各如方類。昔周之先，來牟為瑞。誕茲秉秬，灼見天意。粒我蒸民，南邦作義」。

明《永樂大典》援引唐《續南越志》曰：「舊說，有五仙人乘五色羊，執六穗穀而至，今呼為五羊城是也」。

上述諸種，皆持五仙人，衣各一色，騎羊之楚說。

「五羊銜穀」，「羊」為「陽」，「穀」為「陰」，「五羊銜穀」是五行陰陽學說的神話表達形式，體現了中國古典哲學中陰陽參合（和）觀念的深刻意蘊。果實累累的「穀（穗）」亦是生存繁衍觀念的隱語符號。

晉代裴淵《廣州記》則曰：「戰國時廣州屬楚，高固為楚相，五羊含穀至其庭，以為瑞，因以五羊名其地」。此為五羊含穀至楚說。

《隋書·經籍志》援引《南越志》曰：「任囂、尉佗時，因楚時有五羊五色以為瑞，故圖之於府廳」。此外，北宋《太平寰宇記》有「羊化為石」說：「城因以名，故又曰仙城，曰穗城，皆以此也」。五仙神話之說不斷增飾潤色，亦無從考證。

在《廣東通志》《廣州府志》《讀史方輿紀要》《南部新書》《能改齋漫錄》等方志古籍中亦可找到大致相同的記述。

如北宋張勔《五仙觀記》述評曰：「廣為南海郡治，番禺之山而城以五羊得名，所從來遠。參考《南粵嶺表記》諸錄並圖經所載，初有五仙人，皆手持穀穗，一莖六出，乘五羊而至。仙人之服，與羊各異，色如五方。既遺穗與廣人，仙忽飛昇以去，羊留化為石。廣人因即其地為祠祀之，今祠地是也。然所傳時代不一，或以為由漢趙佗時，或以為吳滕修時，或以為郭璞遷城時。說雖不一，要其大致則同。」

關於五羊神話《廣東新語》有更詳細的記述：「晉吳修為廣州刺史，未至州，有五仙人騎五色羊，負五穀而來，止州廳上。其後州廳梁上圖畫以為瑞，號廣州曰五仙城。城中坡山，今有五仙觀，春秋粵人祈穀，以此方穀為五仙所遺。一仙遺一穀，穀有五，故為五仙。而五仙當日復有豐年之祝，故皆稱為五穀之神，州廳之繪以重穀也。城名曰五仙，亦重穀也」。〔註2〕這一說法是

〔註2〕屈大均：《廣東新語·神語·五穀神》，《清代筆記史料叢刊》卷六，中華書局，1985年4月版。

在北宋・錢易《南部新書》的記載上加以發揮。屈大均將其他傳說一併載錄，其未論斷五仙人何時來到廣州。

有關學者考證，五仙觀地址有如下處：十賢坊，今坡山，以及城門被命名五仙門。

明《粵劍編》載：「五仙觀，在會城之西南。昔有五仙人騎五羊持五穗至坡山，遽化為石。後人因此立觀。」清初《讀史方輿紀要・廣州府》載：「《志》云：南海縣治西南一里有坡山，在闤闠中，高僅三四丈。其陽有穗石洞，舊傳即五羊銜穗處」。

現越秀公園木殼崗上的五羊石雕即廣州的城標，便是根據五羊神話創作的，始建於 1960 年 4 月，共用了一百三十餘塊花崗岩石雕刻而成。建於城中惠福路坡山上的五仙觀，則是祭祀這五仙人的神廟。而「穗石洞天」與「五仙霞洞」分別是明清兩代的羊城八景之一。

占文中「羊」和「陽」相通。傳說伏羲觀天象日月「始作八卦」，《易經》之「易」合日月，月為陰，日為陽，象徵陰陽二元論哲學；而明月之「明」也是日、月之「和」。羊秉性溫和，羊的意蘊：吉祥如意，善良隨和，故曰「羊致清和」。

《禮記・祭義》載，「郊之祭，大報天而注日，配以月。」《祭義》注曰：「天無形體，縣象著明」。表明在古代的自然崇拜中，注重有形體的物象，而太陽放在位於崇拜之首。在中國的岩畫史料中，有著豐富的日月崇拜圖像，如其中的拜日、祭天、祈求豐年的活動場面：江蘇連雲港的將軍崖發現的岩石刻畫中，刻畫著一幅祭天的場面。內蒙古的陰山岩刻，在格爾敖包溝的岩崖上，鑿刻著一個牧民頂禮膜拜太陽的圖像，其人身體立直，雙臂上舉，高過頭頂，雙手合十，雙腿叉開，兩足相連，表示站在大地上。〔註3〕在廣西左江岩畫中，共發現三處祭日的遺跡。

人類的祭日活動與太陽崇拜有關，中國岩畫中出現的祭日形式，多是圍著太陽跳舞，與印第安人在祭祀太陽時跳太陽舞近似。《禮記・祭義》載：「祭日於壇，祭月於坎，以別幽明，以制上下」。反映中國古代廣泛而悠久的祭日月習俗。

「羊」有牡、牝（雄、雌）之分，中華「羊文化」中可見陰陽，陽剛陰

〔註3〕宋耀良：《史前神格人面岩畫》（三聯書店・香港，1992 年 10 月版，第二百一十一頁。

柔。「羊石」又稱「陽石」、「石祖」，是象徵男性生殖器的石神柱。「羊石」表達「陽剛之氣」。「五羊銜谷」神話中，仙羊化為羊石仍留在廣州。人類遠古時期，種族的繁衍佔有極重要的地位，原始人把生育後代視為氏族部落的頭等大事之一。祈求生育，因而有女性生殖器崇拜；及崇拜陽（羊）根男性生殖崇拜的表現。不難發現「羊」在生殖崇拜中的意義。

「羊」的宗教文化內涵亦可從古代仙蹤野跡中找到其痕跡。中國道教的仙人傳說很多皆與羊有關，在東晉之前，早已有羊化為石的神話，如民間有魯班鞭石成羊的傳說。西漢劉向《列仙傳》，即記述了華陰山術士修羊公化作石羊的故事。而流傳最廣泛的是浙江金華黃初平「叱石成羊」之神話，黃初平即黃大仙，他至今在南粵仍受到頂禮膜拜。「叱石成羊」仙話出自東晉葛洪的《神仙傳》。據《金華府記》載：黃大仙原名黃初平，他八歲牧羊於浙江金華赤松山上；十五歲上山牧羊時遇道士善卜。善卜見初平有異相，就帶他到金華赤松山修煉了四十年，最後得道成仙。因此，黃大仙以「赤松子」為別號。後來，其兄黃初起去尋找他。兄弟相見，初起問：「羊在哪？」初平大聲地叱之：「羊起」，滿山坡的白石立刻變成了羊。如今黃大仙祠大門對聯：「叱羊傳晉代，騎鶴到南天」即源於此典。

（三）嶺南婚嫁習俗中的宗教文化內涵

1. 婚嫁與古代宗法倫理

婚俗文化可以反映出一個時代的社會背景，展現出其文化內涵。周代視婚禮為禮之「本」，人倫之始。當時人們認為，「夫婦有義，而後父子有親；父子有親，而後君臣有正。」並認為「合二姓之好，上以事宗廟，而下以繼後世也」。即男女結為夫婦是家齊國治的大事，父母有人敬奉，宗廟有人祭祀，可以繁衍後代，繼承家業。這種觀念，延續至今。

周代對婚姻禮儀亦十分重視：《禮記·昏義》曰：「夫禮始於冠，本於婚，重大喪祭，尊於朝聘，和於射鄉，此禮之大體也」。

古代婚俗講究「三書、六禮」，「三書」即：聘書、禮書、迎親書。其中「聘書」是訂婚用的書，於「納吉」（過文定）時男家交給女家。「禮書」，是「納徵」（過大禮）時使用的書，禮書內會詳細列明禮物種類及數量。「迎親書」，顧名思義，即迎娶新娘時的書，即在「親迎」時使用。「六禮」，記載最早源起於《禮記》和《儀禮》。「六禮」，從《禮記·昏義》《禮儀·士昏禮》到《唐律》《明律》

的記載來看，包括納采、問名、納吉、納徵、請期，和親迎。

所謂納采，指男方家請媒人去女方家提親，《儀禮‧士昏禮》：「昏（婚）禮，下達，納采用雁」。因為「雁候陰陽，待時乃舉，冬南夏北，貴其有所」。「用雁」，即暗示女家「男大當婚，女大當嫁」。

問名，指男方探問女方姓名以及生辰八字來測算合八字。鄭玄注：「問名者，將歸卜其吉凶。」問名之禮也用雁，雁象徵婚後夫婦愛情堅貞不渝。問名即是問清女名及其年庚八字，以便占卜吉凶。這種俗信源於陰陽五行、屬相及道教信仰等因素。

納吉，問名如果是吉兆，即派媒人送薄禮去女方家中；《儀禮‧士昏禮》曰：「納吉用雁，如納采禮」。鄭玄注：「歸卜於廟，得吉兆，復使使者往告，昏（婚）姻之事於是定」。

納徵，指奉送禮金、禮餅、禮物以及聘禮等。鄭玄注：「徵，成，使使者納幣以成昏（婚）禮」。幣，古代指皮帛等物。這是上述納吉之後進行的第四個環節。即在婚前幾個月男方把納吉時議定的聘禮送給女方，近代稱之過采禮或過禮。

如廣西鎮安壯族風俗記曰：「土民之家婚嫁簡約循禮，不尚奢侈。風尚近古，惟歌墟之風尚沿苗人跳月踏搖之俗，雖嚴行禁止未能盡革。插秧穫稻時，男女互相歌唱，情意歡洽，旋市果餌送女家。其父兄有允訂絲羅者，亦有私踐桑重約者，頗傷風教」。〔註4〕

廣西同正（今扶綏縣境內）記女家之所備辦之禮物：「木料如花床、八仙臺、梳粧檯、花婆桌、排幾、茶几、書櫃、臉盤架、高匱等。貧者減半，錫料如香爐、燭臺、襯瓶、檳盒、面盆、茶壺、酒壺、高燈、銅盆、錢、鐵鍋、碗盞等。贈儀如綴鞋、花鞋、手巾等。芹儀如新郎之被褥、帳子、洋氈、小帽、緞鞋、手巾、面盤，書匱中之文房四寶等。奩儀如新人之被褥、帳子、妝鏡、面盤、木盤、皮箱、大櫃、簪環、首飾、衣服、布匹等。間有丫頭隨奩嫁者，亦不盡然」。〔註5〕

請期，即男方請算命先生測算良辰吉日成婚，到女方家中去請示。《儀禮‧士昏禮》：「請期用雁，主人辭，賓許告期。如納徵禮」。鄭玄注：「夫家必先卜之，得吉日，乃使使者往辭，即告之」。

〔註4〕《鎮安府志》卷八，《風俗》光緒十八年刊本。
〔註5〕《同正縣志》卷七，《民籍‧禮俗》民國二十二年鉛印本。

親迎，即新郎乘坐禮車到女方家中去迎接新娘。這種婚俗始至周代。《詩·大雅·大明》：「親迎於渭」。《公羊·莊公二十四年》：「公如喬逆女，何以書？親迎，禮也」。

潮俗婚俗六禮中的前五禮，與古禮基本相同，唯第六項的「親迎」卻一變而為「迎親」。即由男家備了一乘花轎，花轎前請有名望且有福氣的兩人提著一對大燈籠，並有幾個吹嗩吶和打鼓的，花轎後跟著一兩乘轎子，轎子裏坐著男家請往迎親的人，到女家去迎娶新娘。其中的儀注配備，因官民、貧富以及因地而異。

無疑「三書六禮」之對偶婚制，較之以前的群婚、亂婚、應是婚姻史上的一大進步，也是社會文明發展的結果，其對後世影響深遠。

古代宗法倫理觀念對婚姻十分重視。春秋戰國時期，儒家思想中對於婚姻的解除所作的習慣性規定「七出、三不去」至唐代被正式歸入律法，其內容源自於漢代之《大戴禮記》。

「七出」又稱作「七棄」，內容包括：不順父母，為其逆德也；無子，為其絕世也；淫，為其亂族也；妒，為其亂家也；有惡疾，為其不可與共粢盛也；口多言，為其離親也；竊盜，為其反義也。「三不去」是作為「七出」規定的補充規範。「七出、三不去」顯然是古代以維護家長權、父權、夫權為核心內容的家禮之體現，是對婦女的蔑視及其地位的貶低。此後各代大多沿襲周禮，僅名目與內容有所更動。

2. 其他婚姻俚俗

（1）奢嫁婚俗

清代嶺南地區「奢嫁」之風較為普遍：如陽江，「嫁女奩產以多為尚，母氏愛女，或竭所有而不之顧。按江俗婚嫁之費動踰千金，甚或不惜破產，以為美觀」。〔註6〕

潮州「女尚厚奩，每至崇飾過度，不得寧儉寧固之意」。〔註7〕

清末廣西武緣縣（今武鳴縣），城貢生黃彥坊在《嶺南婚姻紀俗》〔註8〕詩中曰：「嫁女曾經百計圖，又來向我索盤盂。家逢賊人真堪笑，頓使爺娘長物無」。記錄了爺娘因送嫁資，而使身無長物之困窘與無奈。

〔註6〕《陽江縣志》卷一《風俗》清道光二年刊本。
〔註7〕《潮州府志》卷十二《輿地略下》光緒十九年重刊本。
〔註8〕《武鳴縣志》第三卷《地理考·風俗》民國四年鉛印本。

（2）溺女惡俗

清代廣東地區的溺女習俗不但涉及範圍廣泛　而且流傳時間較為久遠。道光時期以及民國時期《陽江縣志》對於溺女風俗均有記載。道光時期，「嫁女奩產以多為尚母氏愛女，或竭所有而不之顧。婚嫁之費動踰千金，甚或不惜破產以為美觀。因之女為累，至有溺之而不舉者。其事甚秘，法所不及。然而不仁甚矣。女亦人也，慮其嫁之不足以逞，忍絕其天性之親。以為的計，是豈於嫁者之為禍烈也。風俗之靡，轉移有漸。士大夫又能自拔於俗者。當思有以懲其懲而為之倡，庶有豸乎」。〔註9〕溺女惡俗，一方面因為家庭貧窮，考慮無力陪嫁所致，另一方面更是體現了舊時婚姻的目的，是為了傳宗接代，生兒育女。更嚴格地講，是生育男孩。故孟子曰：「不孝有三，無後為大」。〔註10〕

（3）童養媳婚俗

述童養媳婚俗，不免令人想到元代關漢卿筆下的《竇娥冤》。故事取材於東漢「東海孝婦」之民間傳說，講述了一位窮書生竇天章為還蔡婆婆借他的銀子，不得已將女兒竇娥抵給蔡婆婆做童養媳之悲劇。這種習俗在舊時嶺南同樣延續。雒容縣志記曰：「貧家接童養媳回家，至及笄年，擇吉圓房」。〔註11〕賓陽縣志曰：「童養媳，惟貧家間有之。蓋恐子女長成無力嫁娶，或因女方家貧，不能撫養。倩男家早接過門，減輕家庭負擔，是亦不得已之舉也」。〔註12〕

（4）搶親習俗

安徽黃梅戲電視劇「拉郎配」敘新太子登基，朝廷要在江浙一帶挑選良家女子充實後宮。聞聽此事，頓時民間娶媳、嫁女，忙成一片。書生李玉遊學歸家，途中竟被王員外家拉去作新郎。半夜李玉逃出，竟又錯入賣藝的張宣家，張宣女兒彩鳳正愁被選入皇宮，張宣做主要將女兒許配給李玉。故事固然荒唐可笑，但其深層次的原因在於專制皇權的暴虐。據清人《堅瓠集》：「康熙壬申仲冬，訛傳朝廷採選繡女，『邑中之民』，紛紛嫁娶，花轎盈街，鼓吹聒耳」。據當時一首謔詞說：「呼掌禮數遍追求，喚喜娘多方尋覓。」吳川李茂才曾做詩譏諷搶親習俗：「喧天鼓角仗明神，本是迎親號搶親。妾不負郎郎負妾，中途恐有替郎人」。

〔註 9 〕《陽江縣志》卷一《風俗》清道光二年刊本。
〔註10〕孟子：《孟子‧離婁上》。
〔註11〕《雒榮縣志》卷上《輿地‧風俗》民國二十三年鉛印本。
〔註12〕《賓陽縣志》丙，風俗，1961 年，廣西壯族自治區檔案館鉛印本。

（5）「寄肚」之俗

又稱之為「典妻」。先秦韓非子在《六反篇》中提到「今家人相憐以衣食，相惠以佚樂。天饑歲荒，嫁妻賣子者，必是家也」。這裡的「賣妻」，即是把妻子當作商品賣出去。《漢書主父偃傳》曰：「嫁妻賣子，法不能禁，義不能止」。

「典妻」。一般是因家中無錢娶妻之光棍。女人會被「典雇」給單身漢一起生活幾年，直到給他們生出孩子，後繼有人。現代小說柔石的《為奴隸的母親》即是對這種罪惡的「典妻」制度的控訴。主人公阿秀勤勞、樸實，其丈夫是個重病在身、負債累累的皮匠，迫於生計，無奈之下將她「出典」給一個年過五十仍無子嗣的老秀才，為其家族繁衍子嗣，延續香火。這種習俗在全國都很普遍，如浙江寧波、紹興、台州一帶，典當租賃妻子已蔚然成風。他們稱之為「典水面」。而北方的遼寧、甘肅則戲謔為「搭夥」和「僦妻」。廣西賀縣一帶稱之為「寄肚」：「賀縣桂嶺鄉俗最陋，鮮再醮。有獨而鰥者，則納之生子。委之男後不復通問，謂之寄肚。」〔註13〕「寄肚」之俗，即是把不相關的男女雙方，男人的孩子寄託在別的女人的肚子裏。這裡一般被寄肚的人是寡婦，她們專幫那些沒有老婆的人，或者是已經死了老婆的人生孩子，而生下來之後兩個人再無任何關係。以此方式傳宗接代。

此後「典妻」制更加程式化，具有預定「契約」，正式「迎娶」，與「下定」之說。即被「典」之「妻」依照年齡與租期被明碼標價，並被「契約」種種約束：如不能在租期內回家看自己的孩子，不能與自己原來的丈夫聯繫等。「典妻」制度將女人當做特殊商品買賣、人為刀俎我為魚肉，任人宰割，婦女僅被視為了生育工具。

3. 嶺南特殊婚嫁行當：「撚妹花」

即在舊時的廣州，專門培養幼女以謀取巨利之意。所謂「妹」，是未成年女子的通稱，「花」，則指幼女的意思，「撚」指精心培養的意思。

在當時的廣州從事撚妹花的大多是一些自梳女、職業媒婆、妓院老鴇、寡婦或棄妾，也有不落夫家的女子。從事這個行檔一般都需要一定的資本。妹花的來源多是孤兒院的孤兒、棄嬰、人口販子手中的幼孩等。養妹花的人從這些小孩中挑選一些容貌嬌好的小姑娘，以收養女的名義，以低價買到家中，然後精心加以培養，從起居飲食到文化禮儀，都進行嚴格訓練，平時不

〔註13〕郭松義：《倫理與生活——清代的婚姻關係》第四百九十三頁，北京商務印書館，2000 年版。

讓這些小姑娘幹體力活，讓其保持優美的身段和舉止，有的將她們送入私塾讀書，有的還聘請家庭教師，教她們知書識禮，學琴學舞，從小養成大家風範，把妹花「撚」得肌白膚美，手足纖細，婀娜多姿。

等這些小姑娘長到十七八歲時，將其賣給達官貴人或富商巨賈做小老婆或小姜，一般要價多在一千到三千元大洋左右。普通從事這種職業的人養一兩個左右，一旦賣出去，憑這些資本過後半生綽綽有餘。有的經濟能力強的，養三四個甚至更多的妹花，她們自己照顧不過來，就請別人幫忙，這些人往往籍此而謀求更多的資本。

妹花長大成人後，養家就會急著尋找買主。有錢人家一般不會正娶這些妹花，所以無需像大戶人家的閨女那樣通過隆重的議式議婚，大多是找個中間地方議價，然後通過一定的形式嫁娶。當時西關著名的茶樓陶陶居就曾是進行妹花交易之地。無論交易成否，一般都要支付約十元大洋賞錢。當時廣州這種生意紅火，如《羊城竹枝詞》描述：「妹仔妝成小嬌姐，名花撚就畫難描。陶陶居上論身價，范蠡千金未枉丟」。

（1）自梳女

即女子通過某種特定的儀式，將辮子髮髻像已婚婦一樣自行盤起，以示終生不嫁、獨身終老。此種風俗可追溯至春秋之際，《禮記·內則》曰：女子「十有五年而笄」。《順德縣志》曰：「古有冠、笄之禮，邑則臨娶而始冠，臨嫁而始笄」。〔註14〕

自梳女是一個有宗教信仰的群體。她們信奉的主要神靈是觀音、七姐、天后。其中觀音信仰占主體地位，觀音作為自梳女的守護神，具有貞潔的象徵。自古以來，貞操觀是男權社會的產物，是封建社會禁錮女性自由的繩索。自梳女雖然跳出了「三從四德」的約束，避免了封建傳統家庭對女性的壓迫。但她們在「自梳」以後受到了內部自梳女群體和外部社會輿論更嚴厲的監管。她們的貞操觀比婚內婦女更加保守、極端。

辮子一經梳起，則終身不得反悔，父母也不能強迫其出嫁。日後如有「不軌」行為，就會被鄉黨所不容，並在遭受酷刑毒打後，捆入豬籠投河溺死。死後還不准其父母收屍葬殮，得由「姑婆屋」中的自梳女們用草席與門板草草挖坑埋葬了事。村中如無「自梳女」幫助殮埋的，便將被拋入河中。自梳女現

象延續至二十世紀三十年代以後，隨著女性社會地位的提高和戰亂的影響而漸趨消歇。2012 年 12 月，順德均安冰玉堂「自梳女」博物館掛牌成立，「自梳女」現象亦已成為了歷史。

（2）不落家

指婦女婚後不到夫家長住，也不與丈夫過夫妻生活。這種婦女，名曰已婚，實則仍為獨身，俗稱「不落家」。不落家的女子，本決心要過獨身生活，雖瞞著父母已秘密自梳，但終因拗不過父母的逼迫而出嫁，所以只好採取婚後「不落家」的辦法來應付父母。有的不落家的婦女，臨嫁時請姐妹們特製一套防衛服，不讓新郎貼近其身。如新郎以暴力相逼，即厲聲呼救金蘭，尋求幫助解脫。乾隆《順德縣志》云：「舊習女子未嫁與鄰姊妹處，謂之金蘭。嫁則視夫如仇敵，率數日返，歲以時節至，必食母之食，強之則以死誓，非嫁三四年或孕，不守婦道也。父母畏其輕生，貽訟累，亦即聽之」。《順德縣志》載：「女多矯激之行，鄉中處女與里女結為姊妹，相為依戀，不肯適人。強之適人矣，歸寧久羈不肯歸夫家，甚或自縊自溺」。「自梳」與「不落家」習俗曾盛行於粵中的順德、番禺、中山、南海等縣，是封建宗法制催生下的特殊風俗。

（四）三教與茶道

唐陸羽之《茶經》堪為論茶之經典。無論茶之源、之具、之造、之器、之煮、之飲、之事、之出、之略，無不備焉。

《茶經》述茶之源：「茶者，南方之嘉木也。一尺、二尺乃至數十尺……」茶之功效：「味至寒，為飲最宜。精行儉德之人，若熱渴、凝悶、腦疼、目澀、四肢煩、百節不舒、聊四五啜，與醍醐、甘露抗衡也」。《神農食經》：「茶茗久服，令人有力悅志」。

追溯「飲茶」之源：「茶之為飲，收乎神農氏，聞於魯周公。齊有晏嬰，漢有楊雄、司馬相如，吳有韋曜，晉有劉琨、張載、遠祖納、謝安、左思之徒，皆飲焉」。

至於茶之習俗：「飲有粗茶、散茶、末茶、餅茶者。乃斫、乃熬、乃煬、乃舂。貯於瓶缶之中，以湯沃焉。謂之痷茶。或用蔥、薑、棗、桔皮、茱萸、薄荷之等，煮之百沸，或揚令滑，或煮去沫，斯溝渠間棄水耳，而習俗不已」。

論茶之食飲，《廣雅》曰：「荊巴間採葉作餅，葉老者，餅成以米膏出之。欲煮茗飲，先炙令赤色，搗末，置瓷器中，以湯澆覆之，用蔥、薑、桔子芼之。其飲醒酒，令人不眠」。

1.「禪茶一味」之茶道

中國茶道至萌芽始，即與儒釋道有著千絲萬縷的聯繫。佛家廣為人知的便是「禪茶一味」，亦即通過茶去領悟禪之意蘊。禪茶的最終目的在於明心見性之頓悟，即品味茶與佛在思想上的「同味」，如品「苦」味的同時，亦品味煩苦人生，參破「苦」諦。

茶與佛教的最初關係是茶為僧人提供了無可替代的飲料，而僧人與寺院則促進了茶葉生產的發展和製茶技術的進步，繼而，茶道與佛之間找到了共鳴，萌生了無法割捨的情懷。佛教之「四諦」：「苦、集、滅、道」之「苦」，與茶性之「苦」相通。佛認為人類有種種苦，如：生苦、老苦、病苦、死苦、怨、憎之苦、愛恨別離之苦……，佛法所求「苦海無邊，回頭是岸」；中國「茶道」則崇尚以苦為甘，先苦後甜，苦中作樂。

華佗《食論》：「苦茶久食益意思」。（即有益思維）《神農本草經》曰：「茶葉苦，飲之使人益思，少臥，輕身，明目。」壺居士《食忌》：「苦茶久食，羽化。與韭同食，令人體重。」陶弘景《雜錄》曰：「苦茶，輕身換骨。昑旦丘子、黃山君服之」。

苦茶不僅悅志，亦可養生。《本草·木部》：「茗，又叫苦茶。味甘苦，性微寒，沒有毒。主治瘻瘡，利尿，除痰，解渴，散熱，使人少睡。秋天採摘有苦味，能下氣，助消化。（原注：要春天採它）」。《詩》云：「誰謂茶苦」，又云：「堇茶如飴，皆苦菜也。陶謂之苦茶，木類，非菜流」。《枕中方》曰：「療積年瘻，苦茶、蜈蚣开炙。令香熟，等分，搗篩，煮乾萍汁洗，以敷之」。《孺子方》曰：「療小兒無故驚蹶，以苦茶、蔥鬚煮服之」。

佛家又講究「放」，認為人生之苦惱皆因「放不下」。佛法之修行則必需「捨得」，放下一切雜念方可入道之境界，反之則徒勞。同樣，品茶亦主張「放」，放下手頭忙碌的一切事務：放下游弋於政界、商海、文壇、工作中的種種繁瑣，焦慮，而從品茶之中悅志，尋求「放心」與樂趣，在品茶過程中乃可悟出茶道之真諦。

《釋道該說續名僧傳》記載了南朝宋時的和尚法瑤，永嘉年間過江，在武康小山寺遇見了沈臺真清真君，其人年已垂暮，每日飲茶當飯。

茶亦可解憂：王微《雜詩》云：「寂寂掩高閣，寥寥空廣廈。待君竟不歸，收領今就檟」。「檟」即茶樹的古稱。表達了女主人公孤寂難耐，藉茶解憂之情懷。

南齊世祖武皇帝的遺詔稱其靈座上，慎勿以牲為祭：「但設餅果、茶飲、乾飯、酒脯而已。」可見其對「茶」之情有獨鍾。

中唐詩人元稹《一字至七字詩‧茶》寫出了茶之動人的芬芳，楚楚的形態，生動的色彩，神奇之妙用，茶可以洗盡古今人之不倦，更是道出了品茶之禪趣，詩客、僧家品茶之奇趣，一醉方休之樂趣：

> 茶，
>
> 香葉，嫩芽，
>
> 慕詩客，愛僧家。
>
> 碾雕白玉，羅織紅紗。
>
> 銚煎黃蕊色，碗轉曲塵花。
>
> 夜後邀陪明月，晨前命對朝霞。
>
> 洗盡古今人不倦，將至醉後豈堪誇。

《晉書》記曰：「陸納為吳興太守，時衛將軍謝安常欲詣納，納兄子俶怪納，無所備，不敢問之，乃私蓄十數人饌。安既至，所設唯茶果而已。俶遂陳盛饌珍羞必具，及安去，納杖俶四十，云：『汝既不能光益叔父，奈何穢吾素業？』」詩中，陸納以茶果招待謝安，並訓斥陸俶自以為是，穢濁其茶道：納之「素業」，彰顯了其高潔情操。

《晉四王起事》曰：「惠帝蒙塵，還洛陽，黃門以瓦盂盛茶上至尊」。述晉四王叛亂時，惠帝逃難在外，回到洛陽時，黃門用陶缽盛茶敬奉之事。

張孟陽《登成都樓詩》曰：「芳茶冠六清，溢味播九區。人生苟安樂，茲土聊可娛」。《藝術傳》述：「敦煌人單道開，冬天不怕冷，夏天不怕熱，經常服食小石子，所服的藥有松、桂、蜜的香氣，此外只飲茶葉、紫蘇罷了。」唐代皎然《九日與陸處士羽飲茶》：「九日山僧院，東籬菊也黃。俗人多泛酒，誰解助茶香」。無不表達古人對茶之情有獨鍾。

2.「三才合一」之茶道

茶與道家淵源深厚，中國茶道即是在道家思想的直接影響下而形成的。道家視茶為瓊漿甘露，可怡情養性，增添功力與道行。

老子鼓吹：「滌除玄鑒」。所謂滌除，即洗除垢塵，洗去人們的主觀欲念、成見和迷信，使頭腦變得像鏡子一樣純淨清明。「滌除玄鑒」使受世俗功利遮蔽的心彰顯出來，拂去心靈的塵埃，從而進入無功利的審美境界。

道教敬奉的農業神、醫藥神——炎帝神農氏，也是茶葉的發明者。據傳神

農氏在室外的火爐上燒水的時候，附近一棵灌木叢的葉子落到了水中，並停留了一段時間，神農注意到水中的葉子發出了一種怡人的香氣。後來，他決定嘗嘗這種熱的混合物。它相當可口。於是世界上最受歡迎的飲料之一誕生了。

《史記‧補三皇本紀》曰：「神農氏作蠟祭，以赭鞭鞭草木，嘗百草，始有醫藥。」《淮南子‧脩務訓》亦謂：「神農嘗百草之滋味，一日而遇七十毒。得茶而解之」。

據傳「茶樹」也是在神農氏的教授下人們學會了栽種。神農氏嘗百草時，隨身帶著的一隻幫助他識別藥性的獐鼠吃了巴豆，腹瀉不止。神農氏把它放在一棵青葉樹下休息，過了一夜，獐鼠奇蹟般地康復了，原來獐鼠吸吮了青樹上滴落的露水解了毒。神農氏摘下青樹的青葉放進嘴裏品嘗，頓感神志清爽、甘潤止渴。於是便教人們種了這種青樹「茶樹」。此後，民間傳頌著這樣一首山歌：「茶樹本是神農栽，朵朵白花葉間開。栽時不畏雲和霧，長時不怕風雨來。嫩葉做茶解百毒，每家每戶都喜愛」。

茶人們習慣於把有托盤的蓋杯稱為「三才杯」。杯托為「地」、杯蓋為「天」，杯子為「人」，寓意著天大、地大、人亦大。如果連杯子、托盤、杯蓋一同端起來品茗，這種手法稱之為「三才合一」。

道家學說為茶道注入了崇尚自然、崇尚樸素及重生、貴生、養生的思想。重要的是，還注入了「天地人合一」的哲學理念，樹立了茶道的靈魂。

在道家的影響下，中國茶道思想認為自然萬物都具有人的品格和情感，都是生命體，可以和人進行精神溝通：「人化自然」，在茶道中表現為人對自然的回歸渴望，以及人對「道」的認可，此即道家「天地與我並生，而萬物與我唯一」思想的體現。

杜甫《重過何氏五首》其三，詩中通過「落日」、「春風」、「石欄」、「桐葉」、「翡翠」、「蜻蜓」之意象，抒發了「道法自然，返璞歸真」之「無我」境界：「落日平臺上，春風啜茗時。石欄斜點筆，桐葉坐題詩。翡翠鳴衣桁，蜻蜓立釣絲。自今幽興熟，來往亦無期。」於此，可見天、地、人，與「茗」（茶）之契合無間。

馬鈺的《長思仁‧茶》述曰：「一槍茶，二槍茶，休獻機心名利家，無眠未作差。無為茶，自然茶，天賜休心與道家，無眠功行加」。「天賜休心與道家」即表現了道家在茶道中追求的「無我」境界，其越名教任自然之曠達逍遙的處世態度，亦即茶道的處世之道。

道教南宗第五代傳人葛長庚《水調歌頭·詠茶》亦表達了其道法自然之「無我」追求：

> 二月一番雨，昨夜一聲雷。槍旗爭展，建溪春色佔先魁。採取枝頭雀舌，帶露和煙搗碎，煉作紫金堆。碾破香無限，飛起綠塵埃。
>
> 汲新泉，烹活火，試將來。放下兔毫甌子，滋味舌頭回。喚醒青州從事，戰退睡魔百萬，夢不到陽臺。兩腋清風起，我欲上蓬萊。

葛長庚有雲遊四方和道士生活的薰陶，其作品清雋飄逸。這篇詞的上闋述春茶繁茂狀，「槍旗爭展」，比喻鮮茶的外形，由茶芽和嫩葉組成，芽尖細如「槍」，茶芽旁的嫩葉展開如「旗」以及採茶、製茶之情狀；下闋則表達作者品茶之心曠神怡，飄飄欲仙之感。

詞之上闋以「雨」、「雷」、「春色」、「露」、「煙」、「香」、「綠」等一連串與新茶相關的景物、事物，間用比擬與直接抒寫之法，多方面渲染個人情緒，寫出了春意盎然，新茶飄香沁人肺腑，欲罷不能之空靈境界。雖連篇譬喻卻氣脈貫通，氣韻生動，令人身臨茶境，如癡如醉。

被譽為茶葉百科全書之《茶經》，其前身《茶論》曾經過道士常伯熊之「廣潤色之」，乃致唐代「茶道大行」。唐代的封演，宋時的陳師道、歐陽修以及清時的程作舟等人，在其相關的著述中皆記述有常魯烹茶的趣聞軼事。

「坐忘」是道家為了要在茶道達到「至虛極，守靜篤」而提出的致靜法門，使自己在品茗時心境達到「一私不留、一塵不染，一妄不存」的空靈境界。茶道提倡人與自然的相互溝通，融化物我之間的界限，以及「滌除玄鑒」，「澄心味象」的審美觀照，均可通過「坐忘」來實現。

概言之，中國茶道吸收了儒、佛、道三家的思想精華。佛教強調「禪茶一味」以茶助禪，以茶禮佛，在從茶中體味苦寂的同時，也在茶道中注入佛理禪機。道家的學說則為茶人的茶道注入了「天人和一」的哲學思想，樹立了茶道的靈魂。同時，還提供了崇尚自然，崇尚樸素，崇尚真的美學理念和重生、貴生、養生的思想。儒家學說則注重以茶待客、以茶作祭的茶葉禮俗，體現了儒教倫理綱常思想主導下產生的強烈影響。

3. 雅志修身之茶道

儒家茶道精神講究在飲茶中溝通思想，創造和諧氣氛，與增進友誼。儒家的中庸思想構成了茶道中之清醒、達觀、熱情、親和與包容之歡快格調，中庸之溫、良、恭、儉、讓的精神；「齊家、治國、平天下」的處世之道，茶

人們在品茗時，無不將其表現得淋漓盡致。這既是中國茶文化的主調，也是儒家區別於與佛教禪宗的重要特徵。

陸納杖侄四十云：「汝既不能光益叔父，奈何穢吾素業。」這段文字不僅反映了陸納以茶交友，亦表現了他對茶的深刻理解，稱之為「素業」，即以此倡廉，對抗奢靡的世風。杖其兄子以寓教化。飲茶之外，亦以儒家思想觸及了茶道的底蘊。

歷代茶詩中，唐朝盧仝的《走筆謝孟諫議寄新茶》（又名《七碗茶歌》），頗能代表儒家思想對茶的詮釋：

> 日高丈五睡正濃，軍將打門驚周公。口云諫議送書信，白絹斜封三道印。開緘宛見諫議面，手閱月團三百片。聞道新年入山裏，蟄蟲驚動春風起。天子須嘗陽羨茶，百草不敢先開花。仁風暗結珠琲瓃，先春抽出黃金芽。摘鮮焙芳旋封裹，至精至好且不奢。至尊之餘合王公，何事便到山人家。柴門反關無俗客，紗帽籠頭自煎吃。碧雲引風吹不斷，白花浮光凝碗面。一碗喉吻潤，兩碗破孤悶。三碗搜枯腸，唯有文字五千卷。四碗發輕汗，平生不平事，盡向毛孔散。五碗肌骨清，六碗通仙靈。七碗吃不得也，唯覺兩腋習習清風生。蓬萊山，在何處？玉川子，乘此清風欲歸去。山上群仙司下土，地位清高隔風雨。安得知百萬億蒼生命，墮在巔崖受辛苦！便為諫議問蒼生，到頭還得蘇息否？

所謂「走筆」是一氣呵成之意，這首詩是盧仝的即興之作，是為了感謝孟諫議給自己送來了新茶。孟諫議名簡，盧仝的摯友，曾官拜諫議大夫之職。當時孟簡正在常州做刺史，他的職責之一便是確保陽羨茶如期進貢到朝廷。孟簡督查完進貢任務後，便將一些陽羨茶送給了自己的摯友盧仝，盧故而以此名茶：「至尊之餘合王公，何事便到山人家」，表現了詩人收到陽羨茶的驚喜，也從詩人的口中知道了這種茶的名貴。詩中第一部分敘述好友贈茶的經過和茶的形態；第二部分敘飲茶後的感受：「柴門反關無俗客，紗帽籠頭自煎吃；碧雲引風吹不斷，白花浮光凝碗面」，即作者吃茶的過程，形象地表現了行家識茶之態。盧仝十分尊重茶，所以在喝茶之前，要先整理衣冠，要謝絕俗客，此亦唐人飲茶之況，並不僅僅是一種日常享受，更是對茶的喜愛，尊重，與精神追求。後世茶道重精神和人格，無不受唐人的影響。從「一碗」到「七碗」，盧仝靈動而又浪漫地為我們展現了喝茶之後的感覺、之功效，其將

飲茶的妙處發揮到了極致，把茶提神醒腦、激發文思、淨化靈魂、與天地宇宙文融、凝聚萬象的功能，描繪得淋漓盡致。

第三部分筆鋒一轉，轉而為蒼生請命，同情茶農的遭遇。於是詩人看到了採茶人的辛苦，看到了茶農的不易，「山上群仙司下土，地位清高隔風雨；安得知百萬億蒼生命，墮在巔崖受辛苦」。達官貴人們為了能夠品嘗到這名貴的茶品，亦或是為了作為溜鬚拍馬的物資，強迫茶農到「巔崖」之處去採茶，置茶農之生命安全於不顧，更談不上體恤民情。

「安得知百萬億蒼生命，墮在巔崖受辛苦！便為諫議問蒼生，到頭還得蘇息否？」首用九字句，後三句用七字句，言辭鏗鏘，氣勢奔放，表現了詩人對「百萬億蒼生命，墮在巔崖受辛苦」之深切憂慮，抒發了作者憂國憂民的情感。詩人的博大胸襟和崇高理想，至此表現得淋漓盡致。盧全愛茶、知茶、敬茶，並以絕佳的藝術手法表現了出來。全詩行文瀟灑自如，錯落有致，無論是構思還是語言，皆恰到好處，膾炙人口。

儒家將茶列為貢品獻給天子，以盡君臣之義。故儒家之茶文化衍生出了賜茶、贈茶、敬茶、下茶、謝茶、茶會等禮儀。如謝茶：唐宋詩人喜以謝茶為題吟詩，不乏膾炙人口的佳句。《舊唐書·陸贄傳》記曰：「刺史張鎰有時名，贄往謁之。鎰初不甚知，留三日，再見與語，遂大稱賞，請結忘年之契。及辭，遺贄錢百萬，曰：『願備太夫人一日之膳。』贄不納，唯受新茶一串而已。」辭別時，張鎰贈送陸贄百萬錢，說：「希望充當太夫人一天的飯食費用。」陸贄不收受錢，只接受了一串新茶曰：「敢不承君厚意」。陸贄之廉潔如此，百萬金相贈婉拒不受，卻肯笑納贈茶。

又如沖、泡茶之禮儀，亦有儒家茶禮之趣。如鐵觀音的沖泡程序即分為八道：白鶴沐浴（用開水洗淨茶具）、烏龍入宮（把鐵觀音茶放入茶具）、懸壺高沖、春風拂面（用壺蓋輕輕刮去漂浮的白泡沫，使其清新潔淨）、關公巡城（把泡好的茶水依次巡迴注入並列的茶杯裏）、韓信點兵（茶水倒到少許時要一點一點均勻地滴到各茶杯裏）、鑒嘗湯色（觀賞杯中茶水的顏色）、品啜甘霖（先聞其香，後嘗其味，邊啜邊聞，淺斟細飲）。整個品飲過程中，用心理突破視覺和時間的極限，使飲茶者的思想更開闊，更沉靜，有助於修心養性，體悟大道。

唐代劉貞亮《飲茶十德》：「以茶散鬱氣；以茶驅睡氣；以茶養生氣；以

茶除病氣；以茶利禮仁；以茶表敬意；以茶嘗滋味；以茶養身體；以茶可行道；以茶可雅志」。

詩中既有儒家中庸之溫、良、恭、儉、讓的精神，又將修身、齊家、治國、平天下的偉大哲理寓於日常品茶之中。「以茶利禮仁，以茶表敬意」，則說明最遲在唐代，客來敬茶，以茶為禮，已成為民間崇尚的普遍風俗。

儒家茶道講究寓教於飲，寓教於樂。在民間茶禮、茶俗中，儒家的歡快精神表現得更加明顯。古代婚禮中，茶樹作為一種至性不移的象徵，必出現在聘禮定親之物品中。劉貞亮《茶德》中提出了「以茶利禮仁，以茶表敬意」，這說明最遲在唐代，客來敬茶，以茶為禮，已成為民間的普遍風俗。如古時婚姻必以茶為禮，男方向女家送致聘禮稱下茶：

明代許次紓《茶疏·考本》:「茶不移本，植必子生。古人結香，必以茶為禮，取其不移置子之意也。今人猶名其禮曰下茶。」明代湯顯祖《還魂記·硬拷》:「我女已亡故三年，不說到納采下茶，便是指腹裁襟，一些沒有，何曾得有個女婿。」《紅樓夢》第百十八回:「王夫人聽了，想起來還是前次給甄寶玉說了李綺，後來放定下茶，想來此時甄家要娶過門。」下茶即詮釋了儒家「以茶利禮仁」之禮。

二、海外潮人宗法、商業，及政治型文化

潮文化是具有鮮明特色的區域文化。它既帶有中華文化共同體的色彩，又不乏獨特的文化內涵。潮汕地區較具規模的歷次移民東南亞浪潮，不僅將潮人捲入當地的主流社會，亦使潮文化融入、滲透其中。潮人在其聚居地所致力於形成的文化氛圍，不僅深入地影響著東南亞各國的文化面貌，同時也促使、催化其聚居地文化與世界文化的整合。

（一）海外潮人的宗法文化

潮人祀巫好神的習俗隨著他們的遷徙，帶入了異域文化圈，潮僑籍地緣性與族緣性社團組織迅速地融入了聚居地的主流社會。

地處古楚之地的潮汕地區，在地理上背五嶺而面南海，古代與北方內地交通隔絕。從先秦時期起，便形成了信鬼而好祀的傳統。史傳記載:「楚人信巫鬼，重淫祀」，亦即濫祀各路鬼神。

海外潮人也把這種淫祀的傳統和自己信奉的神明帶到了異邦，如出現在泰國的大峰祖師、三山國王廟、城隍廟、關帝廟和媽祖廟等。潮人的宗教文

化亦通過藝術的載體在異域的廟宇殿堂中表現出來，泰國著名的華宗龍蓮寺就是這種宗教文化的載體。它充滿了龍文化氣息的格局，播揚了華人的文化精神。龍蓮寺廟宇的屋脊、門簷上「四大天王殿、大雄寶殿、祖師殿」，俱為典型的中國雕塑。門框上的「龍勢飛騰地，蓮燈照耀天」的題詞，赫然醒目。而禪房之間小天井中的一叢綠竹，則顯現了中國文人尚竹之情懷。華人所崇尚的藥神，中國古代華佗的尊像，也被請到泰國的龍蓮寺中。寺門上「龍蓮禪寺華佗仙師施藥處」的題詞，用中泰兩種文字，黑底金字鑲嵌著，凸現出兩股異質文化的合流。

在新加坡，潮汕文化的某些載體，一方面與新加坡的地域文化融合，另一方面則傳承與延續著潮文化。如十九世紀建於大坡披立街的粵海清廟，百多年來一直香火不斷。它經過潮洲建築師的參與設計，恢復與完善了古廟之原貌。廟中所祀之神仍為天后聖母、玄天上帝與關帝爺。這些神明都是潮人時代鼎禮膜拜的偶像。如今粵海清廟已被新加坡國家發展部正式列為國家級古蹟保護處。〔註15〕

中國傳襲久遠的宗法制度基於同族的血緣關係與同鄉的地緣關係二者的結合。在親緣、地緣的基礎上，又產生出神緣（供奉神祇宗教），業緣（同業、同學）、物緣（行會、協會）。〔註16〕這種帶有濃厚宗法意味的組織是潮人在異邦籍以聯絡親情、感情和事業之紐帶。海外潮人的「優生之嗟」，是其信奉宗教的直接心理動能。二十世紀七十年代，聚居在越南各地的潮人為了互濟共助，相繼建立了宗親會組織，宗親會以姓氏族緣為紐帶，每個姓氏建立一個宗親會。有的還建立全國性的宗親總會。如東南業各國最大的地緣性組織「潮州八邑會館」，其會員包括潮安、澄海、朝陽、揭陽、饒平、普寧、惠來、南澳八個縣的潮僑。該組織會歌的歌詞形象地傳達了海外潮人在異邦建功立業的雄心壯志：「維吾潮僑，來自嶺東。安居獅島，創業立宗。組會聯誼，共濟和衷。致力公益，促進認同。宣揚文教，培育淳風，群策群力，以競全功」。〔註17〕

此類帶宗法性的海外潮人地緣性組織多以會館、聯誼社、同鄉會和互助會命名如：揭陽會館、潮陽會館、潮安海外同鄉會和仙島互助會等。總的來

〔註15〕參見：《潮人在新加坡》陳驊著，公元出版有限公司，2003年版。
〔註16〕參見：《中華文化史》馮天驥主編，上海人民出版社，1990年版。
〔註17〕參見：《新加坡潮州八邑會館成立七十週年特刊，新加坡潮州八邑會館，1999年編印。

說，這類組織在聯絡感情、團結華僑、推動慈善和社會服務諸多方面發揮了積極作用。

（二）海外潮人的學術文化

移居海外的潮人雖然已越出自身生態環境的界限，但其潮文化因子並未因之消失。它們顯示出對異質文化融合、滲透、適應性的特徵。海外潮人打破了與潮州「壞斷土隔「的文化生態環境的疆域線，介入與異域文化相適應的生態環境，在異域這一特定的文化場閾，潮州戲劇文化展現出一種優勢能的態勢。隨同移民浪潮的擁入，潮劇在移民潮人聚居的東南亞各國顯現出其特有的藝術魅力。

潮劇被介紹到泰國的歷史據說已有三百多年。它不僅已融入泰國主流社會，而且融入了其上層社會，並且登堂入室地進入了泰國的遢羅宮廷，受到王室貴族們的親睞。據說泰國的母旺感猜倉皇宮，就建有一座戲臺，供王室觀賞潮劇。

二十世紀五十年代，在曼的華人居住區耀華立路，聚集著中一枝香、老怡梨、老梅正、中正順和老寶興五大戲班。這五大戲班在耀華立路天外天街一帶彈丸之地互相競爭，日夜上演，持續不斷，幾乎場場爆滿。

在新加坡，演出潮劇的場所更多，如新加坡怡員園戲院、哲園戲院、同樂戲院和永樂戲院。這些地方已成為潮人「鄉坊之音」的場所。先後進入新加坡的潮劇職業戲班已多達二十餘個。顯而易見，有親和力的潮劇因子已滲入東南亞各國戲劇文化之中，並對當地的文化起著補闕作用。潮劇這一異質文化的介入，使東南亞各國文化生活增添萬千風采。

發展華人教育是海外潮人文化生活中另一重要內容。為了使潮人的後代不忘桑梓之情，越南潮人熱衷於創辦華文學校。有人統計，至二十世紀六十年代，越南各地潮人創辦的華文學校多達一百餘所。華文教育在越南的發展已具規模。華文教育的辦學形式主要有集資辦學和捐資辦學兩種。如潮人實業家許渭濱在越南捐資創辦了培英小學、樹人小學。潮人集資創辦的學校有蓄臻中學、中華公學、和新中學、明德中學等。二十世紀八十年代末，新加坡八邑會館還協助國家教育部、文化部舉辦了「發揚東方傳統美德」的華文徵文比賽活動，華文教育的興起和發展，在異域文化圈中扮演著一個重要的角色。

值得一提的是，潮人早期在新加坡辦學，亦受到了清朝政府的鼓勵與支

持。當時請政府駐英國使臣汪大燮即盛讚新加坡潮人在當地辦學的義舉,並為學堂題贈「果行有德」,他還以個人名義為新加坡潮洲公立端蒙學堂捐款五百銀圓。之後,清政府派往該院「宣慰華僑」的楊子奇亦為之捐款一百六十銀圓,用於增添教學設施。

華文報刊的興起,是海外潮人文化生活中的又一件大事。報刊文學的開闢,成為潮人探討學術,推行道德教育的基地,同時也是他們交流情感,聲氣相求,追逐一種精神上的自得之場所。

資料表明,越南華人所辦的華文報紙,就曾多達四十餘家,其中潮人創辦的報紙約占四分之一。如潮人鄭武職擔任經理和社長,在河內開辦的《中華日報》《時代報》和《南亞日報》,新加坡潮僑張永福和閩僑陳楚楠等創辦的《閩南日報》《南洋總匯日報》和《中興日報》,其他僑胞創辦的《天南新報》《日新報》和《星州晨報》等華文報紙,這些報刊為播揚中華文化效力,不僅促進了新加坡報業的發展,亦孕育、催生了新加坡的華文文學。1931年底,當新加坡出現新、馬華文文學史上第一個高潮時,就已先後出現了《荒島》《洪荒》和《新航路》等二十多種定期的華文文學報刊,開闢了華文文學的重要園地。而潮人在新加坡直接參與從事的華文文學創作,他們所創作的小說、新詩、散文、文學評論等作品,更是直接推進了華文文學浪潮的興起。

潮人在新加坡直接參與從事華文文學創作的人數眾多,他們不斷地以小說、新詩、散文、文學評論等作品,推進了華文文學浪潮的興起。其時主要的潮人代表作家有:新加坡華文文學的開拓者之之曾聖提及其主編的《文藝週刊》;曾以一闋《滿江紅》飲譽新馬文壇的劉思;曾獲東南亞文學獎的蔡文玄;新馬華文文學史研究先驅吳之光;榮獲「亞細安文學獎」的余克泉和精通潮汕文化的劇評家黃叔麟等。潮人的華文文學報刊不僅是潮人播揚思想政治主張,探討社會人生理想的基地,也不僅是潮人講授和傳承中華語言文化知識之場所,它尤其是潮人表達眷念故土,尋求文化之根的聖地。

植根於潮洲的歷史文化土壤,海外潮人鄉音不改,鄉情難忘。這份癡情甚至於異域的馬路、街頭亦歷歷可見。如在新加坡,就有以潮洲街道命名的街名:成寶路、阿佛路柄源街、林大頭路、連成街、偉南路、林亞雨路、潮洲村、義順村和忠邦村等。

泰國的地名亦與潮人信奉的神明相關,如耀華力路的龍尾爺街,因街口有一座「龍尾爺」古廟而得名;真君爺街的北端有一座古色古香的中國古廟

奉祀真君大帝塑像；耀華力路東端的海國新村，是華人勞工住宅區，奉祀的神像叫太子爺，這條小巷便叫太子爺巷；橫貫耀華力路和石龍軍路的媽宮前巷和媽宮後巷，則有奉祀水神的廟宇。曼的「三山國王廟」即為揭陽的祖廟。「三山國王廟」是潮洲地區的本地神，也叫「三山祖廟」。潮汕一帶各縣各村皆有此廟。「三山國王」是古粵東先民創立的第一個本土文化神祇。潮人移居海外，亦望家鄉的信仰帶到寓居地，以祈保祐平安。正如洪林先生戲言：「不能說凡有潮人地方，就有『三山國王廟』，但可以說，那兒有『三山國王廟』，那裡就會有潮人聚居」。

泰國的街道亦與潮洲的建築格局相仿。如泰國最古老的三聘街，是一條模仿潮洲城鎮的商業街。它與耀華力路和石龍軍路平行，連同他們之間的橫街，構成了與潮洲地區市鎮相似的市容。附近的民居，多為潮洲常見的「四點金」或「下山虎」模式，體現了潮人建築藝術的結晶。

（三）海外潮人商業型文化

大量潮人擁入束南亞各國，積極投身於當地的經濟建設與開發，這種新的經濟因素的出現，不可避免地引發了新的文化因子在異域文化母胎內躁動。它不斷地自我伸張，這種新的文化因子的切入，令人眼花繚亂。

潮人不斷地擁入越南之後，他們大量地開墾荒地，種植水稻、蔬菜、菠蘿、椰子、龍眼、葡萄等多種作物，並且將種植技術傳授給當地居民，促進當地生產技術的提高。不久，越南的蓄臻、迪石、薄僚、芹苴、金甌、茶榮、朱洋、隆田等地的荒山野嶺相繼變成為繁華的都市。越南潮人還積極地經營機器碾米、紡織、化工、造紙、大米出口，以及進出口貿易等產業。在這些產業中，華人資本占 60～80%，其中潮人資本占華人資本的四分之一以上。〔註18〕在泰國創業的潮人則主要從事漁業、造船業、手工業的經濟活動，以及從事胡椒、甘蔗、咖啡、煙草等經濟作物的種植。據記載，十九世紀九十年代，越南尖竹汶一帶已成為泰國的胡椒生產基地。這裡生產的胡椒占泰國出口胡椒總量的2/3。華人經營的甘蔗園和製糖廠，也由尖竹汶一帶逐漸擴展到整個泰國的東南部。蔗糖已成為泰國的主要外銷產品之一。在泰國的建築業中，潮人亦發揮了較大的作用。他們在泰國享有「皇族華人」的地位。據傳十九世紀已成為遠東最大的城市之一，擁有百萬居民的曼，就是潮人在被緬軍徹底摧毀後的廢墟中

〔註18〕《潮人在越南》楊群熙著，公元出版有限公司，2003 年版。

建立起來的。正如一位英國記者所報導:「曼今日之成為大城市,不論是私人的還是公共的房屋和建築物、馬路、河渠以及碼頭,絕大部分是靠熟練的和半熟練的華人技工的勞動建成的」。而這裡所指的華人技工的主體即為潮洲人。華人在泰國還積極地參與對外經貿活動。在泰國王朝的鼓勵支持下,潮人不但參與泰中貿易,也參與泰國與朝鮮、日本、流球、越南、馬來西亞、爪哇、印度等國家和地區的貿易。他們被認為是泰國對外貿易最好的代理人、商人和航海家。潮僑在曼還大量經營米行,從稻穀的中介商、運輸商、出口商,乃至國內市場的代理商,潮僑統統包攬,成為了泰國米業界的龍頭和主體。以潮人為主的泰國華人,在泰國的經濟活動中佔有舉足輕重的地位。二十世紀以來,泰國潮人又全方位地拓展各個經濟領域如:銀行、保險、珠寶首飾、紡織、釀酒、典當、土產、木材、橡膠、書店、中醫藥、裝卸業等。從 1904～1950,四十多年間,泰國先後成立的十七家華僑銀行或華泰商人合辦的銀行中,大部分為潮商。海外潮人的這股新質文化因素在異邦由潛滋暗長,終至突兀奔騰,幾乎同步,他們的聯翩擁入泰國,已將一股異質商業型文化注入泰國文化系統中來。

新加坡獨立後,潮人的經濟進一步融入當地社會,成為新加坡民族經濟的組成部分。其明顯的特徵是,潮人的商號、企業,已逐步由過去的單一產品、行業經營轉向多元產品、綜合行業經營;由傳統的家庭經營轉向社會化、大眾化經營,從而在發展規模、經營範圍、組織形式、管理模式等方面形成了多元化、集團化、國際化和現代化的發展趨勢。近二十年來,潮人企業跨國經營日益廣泛,特別是金融方面,形成了全方位的分支網絡,現已成為新加坡一個成功實踐跨國經營的世界性經營機構。潮文化海外的經濟滲透已由「潤物細無聲」而轉化為轟轟烈烈。

(四)海外潮人政治型文化

求任渴望和經世意識上傳統的中國士大夫的思想主潮。這種心態,正與君主專制政治的意識形態和政權建設需要相契合。外邦統治者意識到,華人的才識和貢獻,對其政權興衰有著直接關係,所謂「六國之士,入楚則楚重,出齊齊輕,為趙趙完,畔(叛)魏魏喪」。為了籠絡和利用人才,使之服務於泰國王朝,泰政府為海外華人營造了寬鬆的氛圍,對之推行同化政策,使一批事業有成或受過高等教育的潮人進入泰國上層社會,為他們在泰國歷史舞臺上治國經邦的活動提供了廣闊的平臺。正如魏源《海國圖志》暹羅條所述:

「華人駐此……惟潮州人為官屬、封爵、理國政、掌財賦」。〔註19〕

曼王朝建立後，潮人在泰國的官僚體系中舉足輕重。他們憑籍雄厚的財力、經濟實力，晉身官場，或任稅務官、財務官；或擔任外交官、商務官；或成為華人居住地的地方官。其中位至府尹的也大有人在，據資料顯示，泰國內閣中具有華人血統的成員最多時約占 80%，而各府、市、縣政府中，也有不少華人華裔官員擔任要職，如曾任泰國國會主席的許敦茂，曾任泰國第七位總理的陳家樂，兩次任副總理的陳裕才，以及曼市市長陳運平等。這些活躍在泰國政壇上的華人政治家們，對於推進泰國的現代化民主進程發揮了重要作用。

同樣，不少潮人也在新加坡國家權利機構和高層部門擔任要職如：國會議長陳樹群，新聞、通訊與藝術部長林得恩，政務部長柯新野，教育部兼國防部部長張志賢等，以及曾先後擔任新加坡駐埃及、黎巴嫩、印尼、日本、韓國、巴基斯坦、南斯拉夫等國大使的潮人李炯才等。海外潮人政治家們在參與外邦國事的決策與治理方面表現了極大的政治熱情和才幹。

毋容置疑，東南亞各國政府對外域文化的積極受容，是使潮汕文化這一異質文化迅速融入外邦文化圈的重要原因。

（五）海外潮人宗社組織

在海外華人社會裏，地緣、血緣、業緣是華人之間聚落、聯絡、團結、互助的紐帶。如在海外媽祖信仰者心目中，媽祖之「神緣」是一種超物質的、憑信仰力量可以領導和鼓舞人們的富有感召力的磁場，其作用不可忽視。媽祖信仰內涵中所蘊存的積極向上的民族傳統精神正是海外僑胞宗社組織所倡導的。

世界各地有華人的許多地方都建有潮州會館。明清時期，在國內的許多商埠也都設有潮州會館。如今，在東南亞各國和美、加、澳等地皆組建有潮人社團。1981 年「國際潮團聯誼年會」成立，於每兩年舉行一次國際性聚會。並以香港為國際潮團聯絡中心。這種聚會不僅顯示了世界潮人的凝聚力，也充分顯示了潮人的經濟實力。二十世紀七十年代，聚居在越南各地的潮人為了互濟共助，相繼建立了宗親會組織，有的還建立全國性的宗親總會。如東南業各國最大的地緣性組織「潮州八邑會館」，其會員包括潮安、澄海、朝陽、

〔註19〕參見：《潮人在泰國》楊錫銘著，藝苑出版社，2001 年版。

揭陽、饒平、普寧、惠來、南澳八個縣的潮僑。該組織會歌的歌詞形象地傳達了海外潮人在異邦建功立業的雄心壯志：「維吾潮僑，來自嶺東。安居獅島，創業立宗……」。

海外的鄉音鄉曲、各種宗親會、同鄉會，是潮人加強聯繫，互相提攜的磁場和紐帶。當他們在商業上取得成功時，總會懷著戀土思鄉、報本思源的心情。

近代潮汕會館組織遍布潮商聚集的每一個地方，凡是「有潮人的地方，就有潮州會館」。潮汕會館組織起著溝通商情、調解商業糾紛、共赴社會公益等作用。亦如上海潮州會館章程所述：「本會館以聯絡商情、發展合作互助精神，保障桑梓福利公益慈善事業，提倡教育，調解糾紛」。這種行業公會兼具社會公益組織性質的團體，不僅能有效地將業界的衝突控制在團體內來化解，還能積極救災幫困，減輕社會負擔，消除社會的不穩定因素，進一步突出顯示潮人的文化實力，提高和鞏固潮人在世界上的影響和地位。正如著名潮州學專家饒宗頤先生在巴黎第六屆國際潮團聯誼年會上的講話中所說：「海外潮人大團結的力量所引起的影響，已令世人矚目……如何以財力去開發智力，這是一個十分重要的問題，因為財力與智力的結合，將會產生無窮無盡的力量。我們海外潮人創業有成，財力雄厚，如果能重視智力的開發，以財力去培養智力，那麼對鄉邦民族將會做出更大的貢獻。」〔註20〕陳偉南指出，「旅居海外的潮籍人士有一千多萬，分布在全球五大洲數十個國家及地區，不少人為當地具實力之企業家，同香港的經貿關係密切。」故充分發揮海外僑胞宗社組織之紐帶作用，將十分有利於實現二十一世紀可持續性發展的戰略目標。〔註21〕

〔註20〕 饒宗頤：《在第六屆國際潮團聯誼大會上的講話》，參見香港潮州會館出版之《國際聞訊》第十四期。
〔註21〕 田若虹：《潮文化異域態勢論》，原載《汕頭特區晚報・專家論壇》2003.2，及《汕頭社科》第三期，2004 年 9 月。